风声

麦家 著

北京出版集团
北京十月文艺出版社

新经典文化股份有限公司
www.readinglife.com
出　品

目录

上部 东风

第一章

一

故事发生在一九四一年春夏之交：日伪时期。地点是中国江南名城杭州：西子湖畔。

上世纪三四十年代，杭州城区尚无现今五分之一大，但这座城市之魂——西子湖（简称西湖），一点也不比今天小，湖里与周边的风景名胜也不比现在少，如著名的苏堤、白堤、断桥、望仙桥、锦带桥、玉带桥、锁澜桥、三潭印月、平湖秋月、阮公墩、湖心亭、西泠桥，和西泠桥头的苏小小之墓，清波门边的柳浪闻莺、钱王祠，孤山上的西泠印社、秋瑾墓、放鹤亭、楼外楼、天外天，以及隐匿在四周山岭间的白云庵、牡丹亭、净慈禅寺、报恩寺、观音洞、保俶塔、双灵亭、岳王庙、双灵洞、栖霞洞等——统而言之，即我们通常所讲的一山二月，二堤三塔，三竺六桥，九溪十八涧，在那时都有，日本鬼子来了也没有被吓跑。

一九三七年八月，日本鬼子在杭州城里扔了不少炸弹，据说现在钱塘江里还经常挖出当年鬼子扔下却没有开爆的炸弹，连厂家的商标都还在。炸弹像尸首一样从天上倒栽下来，没有开爆都吓人，何况大部分都开了爆的。爆破声震天撼地的响，爆炸力劈天劈地的大，炸死炸伤的人畜无以数计，把杭州城里的人畜都吓跑了。西湖和西湖里外的景点，如果能跑一定也会跑掉的。当然它们不会跑，只好听天由命。

不过，西湖的命倒是出奇地好，几百架飞机，先后来炸了十几个批次，把杭州城炸了个底朝天，唯独西湖，像有神灵保佑一样，居然毫发不损，令人匪夷所思。西湖周围的众多名胜古迹也是受禄于西湖，躲过大劫。唯有岳王庙，也许是偏远了些，关照不到，挨了一点小炸。

从岳王庙往保俶塔方向走，即现在的北山路一带，当时建有不少豪宅深院，当然都是有钱有势人家的。有钱有势的人消息总比平民百姓灵通，鬼子炸城前，这些人都准时跑了。日伪机构开张后，城里相对太平，这些人又恰如其时地回来了。即使主人不回来，起码有用人回了来，帮主人看守家业，以免人去楼空，被新起的日伪军政权贵霸占。

其中有个傍山面湖的大院落，院主姓裘，曾经是一个土匪贼子，一九二四年江浙爆发**齐卢战争**，他趁乱下山，买地造园，造好的园子声名显赫，人称裘庄。可能是园子太好，名声太大，鬼子占领杭州后，裘庄即被日军维持会霸占。后来鬼子扶持汪精卫成立伪中央政府，汪从主子手上讨得这院子，交由新组建的华东剿匪总队接管，院里几幢建筑遂被派上新用场。如前院的三层主楼，以前是庄主开办茶肆酒楼用的，现在做了军官招待所兼寻欢场，藏污纳垢，男嫖女淫，肉欲滚滚。后边竹林里的一排凹字形平房，以前是仆用人的寝室，现在成了招待所的办公用地。再往后走，有两栋相对而立的小洋楼，西边一栋成了首任司令官钱虎翼的私宅，东边那栋做了他会客室和几个亲信、幕僚的下榻处。这两栋楼，曾经是庄主和家人住的，装修得十分精细、豪华，钱虎翼入住后，充分感受到了投靠日本人的好处。

此时的中国，政治格局十分复杂：东北有伪满洲国；东南有汪精卫的南京政府。这两个政权是日本鬼子养的儿子，由鬼子一手扶持打造，保驾护航，自然是亲日随日的。另有两个政党和政权是反日的：一个在西南，是以蒋介石为代表的重庆国民党政府；一个在西北，是以毛泽东为代表的延安共产党政府。双方在**抗日反伪**这件事上具有共同的民族大义，所以实施联合阵线，一致抗敌。但两党因各自利益需求，又经常貌合神离，各自为政，甚至互相拆台。复杂的政治势力使巨大的中国变得混乱不堪，民不聊生。

当时的杭州，因紧邻上海、南京，交通方便，日军兵力又相对薄弱，成了国民党军统特务和共产党地下组织秘密活动的重要据点，抗日反伪力量发展迅猛。为此汪精卫政府专门组建华东剿匪总队，钱虎翼走马上任，信誓旦旦，要清剿这些反日抗伪组织。钱虎翼原是国民党军官，因为贪图荣华富贵被日本人收买，当了汉奸、狗腿子，人称钱狗尾。他深知，共产党和国民党之间的**貌合神离**，巧施离间计，大搞清剿，使双方地下组织一度损失惨重。正因此，钱虎翼本人与其部队成了共产党和国民党地下组织的眼中钉，双方都想方设法派人打入该部，暗中作法，扭转劣势。

一九四〇年夏日的一天，作恶多端的钱虎翼惨遭灭门。这天深夜，有人潜入裘庄后院，把当时住在两栋小洋楼里的所有人，男女老少，一个不剩，统统杀个精光。于是，这两栋豪华洋楼再度人去楼空。

总以为，这么好的洋楼金屋，一定会马上迎来新主，却是一直无人入住，或派作新用。究其原因，有权入住的，嫌它闹过血光之灾，不敢来住，胆敢来的人又轮不上。这样，两栋楼一直空闲着。直到快一年后，在一九四一年的春夏交替之际，一个月朗星疏的深更半夜，突然接踵而至来了两拨人，分别住进两栋空楼。

二

两拨人，先来的一拨入住的是东楼。他们人多，有满满一卡车，下了车，散落在楼前的台地上，把整块台地都占满了。黑暗中难以清点人数，估计有十好几人。他们多数是年轻士兵，有的荷枪，有的拎扛着什么仪器设备。领头的是一个微胖的矮个子，腰里别着手枪和短刀。他是伪总队司令部特务处参谋，姓张，名字不详。士兵们在来之前早已领受任务，下了车，等张参谋打开屋门，一挥手，拎扛着仪器什么的那一半人都拥到门前，鱼贯入屋；另一半荷枪者则原地不动，直到张参谋从屋里出来，才跟着他离开东楼，消失在黑暗里。

约一个小时后，第二拨人来，住进西楼。他们是五个人，三男两女，都是军官。其中官衔最高的是吴志国，曾任伪总队下属第一剿匪大队（驻扎常州）大队长，负责肃查和打击活跃在太湖周边的抗日反伪军事力量，年初在湖州一举端掉一直在那边活跃的抗日小虎队，深得新任司令官张一挺的器重，官升两级，当上堂堂军事参谋部部长，主管全区作战、军训工作（参谋长的角色）。目下，他新官上任，三把火烧得热旺，趾高气扬，前程无量。第二号人物是掌管全军核心机密的军事机要处处长金生火。其次是军机处译电科李宁玉科长，女。白小年既可以说是第四号人物，也可以说是第一号，他是张一挺司令的侍从官，秘书，一人之下万人之上的角色，官级不高，副营，但权限可以升及无限。顾小梦是李宁玉的科员，女，年轻，貌美，高挑的身材，艳丽的姿色，即使在夜色中依然夺人双目。

五个人乘一辆日产双排越野车，在夜色的掩护下，像一个阴谋一样悄然潜入幽静的裘庄，穿过前院，来到后院，最后钻进久无人迹的西楼，令这栋闹过血光之灾的空楼变得更加阴险可怖，像一把杀过人的刀落入一只杀过人的手里。

阴谋似乎是阴谋中的阴谋，包括阴谋者本人，也不知道阴谋的形状和内容。他们在来之前都已经上床睡觉，秘书白小年首先被张司令的电话从床上拉起来，然后白秘书又遵命将金生火、李宁玉、顾小梦和吴志国四人从睡梦中叫醒。五个人被紧急邀集在一起，即上了车，然后像梦游似的来到这里。至于来干什么，谁也不知道，包括白秘书。带他们来的是特务处处长王田香，他将诸位安排妥当后，临别时多多少少向他们吐露了一点内情：天将降大任于诸位。

王田香说："张司令要我转告大家，你们将有一项非常特殊的任务，以后的几天可能都睡不了一个安稳觉。所以，今天晚上一定要抓紧时间，好好睡一觉，司令将在明天的第一时间来看望大家。"

看得出，这个夜晚对王田香来说是兴奋的、忙碌的，将诸位安顿在此，只是相关一系列工作的一个小小部分，还有诸多成龙配套的事宜需要他去张罗完成。所以言毕，他即匆匆告辞，其形其状令人激奋，又令人迷惑。

顾小梦看王田香神秘又急煞的样子，心头很不以为然，于是玲珑玉鼻轻慢地往上一翘，嘴里漏出不屑的声音：

“哼，这个王八蛋，我看他现在越来越不知道自己姓什么了。”

声音不大，但性质严重，吓得同伴都缩了头。

王田香身居要位：特务处长，有特权，惹不起。甚至张司令对他也有所忌惮。特务处是个特别的处，像个怪胎，有明暗两头，身心分离，有点身在曹营心在汉的意思。身子是明的，当受张司令管辖，但在暗地里，张司令又要受它的明察暗查。每个月，王田香都要向日本特高课驻上海总部递交一份工作报告，历数包括司令官在内的本区各高官的重要活动、言论。这种情况下，他有些志得意满，有些不知晓姓什么，便是在所难免的啦。

对这种人，谁敢妄加评说？当面是万万不敢的，背后小议也要小心，万一被第三只耳朵听见，告了状，要吃哑巴亏的。所以，顾小梦这么放肆乱言，闻者无一响应。人都当没听见，各自散开。

散了又拢了。

都拢到吴志国的房间，互相问询：司令把大家半夜三更拉出来，到底是为哪般？

总以为其中有人会知道，但互相问遍，都不知道。不知道只有猜：可能是这，也许为那；可能是东，可能是西……可能性很多，很杂，最后堆在一起，平均每个人都占两个以上。多其实是少，众说纷纭，其实等于什么都没说。总之，猜来猜去，就是得不出一个具体结果。但似乎又都不死心，情愿不停猜下去。唯有吴志国，白天在下面部队视察，晚上吃了筵，酒饱人困，早想睡了。

“睡了，睡了。”他提议大伙儿散场，“有什么好猜的。除非你们是司令肚皮里的蛔虫，否则说什么都是白说，没用的。”话锋一转，又莫名地问大伙儿，“你们知道吗，我现在住的是什么地方？钱虎翼生前的卧室！他就死在这张床上！”

顾小梦本来是坐在床沿上的，听了不由得哎哟一声，抽身跳开。

吴部长笑道：“怕什么，小梦，照你这样害怕，我晚上怎么睡觉呢？我照睡不误！鬼是怕人的，你怕什么怕？他要活着你才该怕，都说他比较好色。”

顾小梦嗔怪道：“部长，你说什么呢！”又是撇嘴翘鼻。

金处长插嘴：“部长是夸你呢，说你长得漂亮。”

部长看小梦想接嘴，对她摆摆手，问她：“你知道吗，钱司令是被什么人杀的？这庄上出去的人！”说得很神秘，当然要解释，“这里以前是一个土匪老子的金窝子，老家伙生前敛的财宝可以买下西湖！那些金银财宝啊，据说就藏在这屋子里，范围大一点，也就在这院子里。因为这个缘故嘛，金银财宝没挖出来，这庄园已经几易其主，都想来找财宝呢，包括钱司令。可是都没找到，至今没有哦。”

这大家都是听说过的。

吴志国立起身，哈哈笑，“睡了，回去睡觉吧，有什么好说的。如果你们这样瞎猜能猜出什么结果，说明你们也能找到老家伙藏宝的地方，嘿嘿。嘀嘀，睡觉睡觉，都什么时候了，猜什么猜，明天张司令来了就知道了。”

大家这才散伙。

此时已经凌晨一点多钟。

三

第二天，太阳刚升起，笼罩在西湖水面上的烟雾尚未消散，张司令的黑色小车已经孤独又招摇地颠簸在西湖岸边。

张司令的家乡在安徽歙县，黄山脚下，百姓人家。他自幼聪慧过人，十八岁参加乡试，考了个全省第一。年少得志，使他的志向变得宏大而高远。但横空而来的辛亥革命打乱了他接通梦想的步伐，多年来一直不得志，不如意。心怀鸿鹄之志，却一直混迹在燕雀之列，令他过多地感到人世的苍凉、命运的多舛。直到日本佬把汪精卫当宝贝似的接进南京城，在他年过半百、两鬓白花花之时，前途才开始明朗起来，做了钱虎翼的二把手：副司令。可这又是一种什么样的前途啊，一年前他回家乡为母亲送葬，被乡人当众泼了一瓢粪，气恼之余他从勤务兵手上夺过枪，朝乡人开了一枪。乡人没打死，只是腿上擦破了点肉皮，而自己的心却死了。他知道，以后自己再也不会回乡，从而也更加坚定了一条路走到底的决心。所以，在前任钱虎翼惨遭灭门暗灾、四起的风言把诸多同僚吓得都不敢继任的情形下，他凛然赴任，表现出令人吃惊的勇气和胆识。快一年了，他对自己的选择没有后悔，因为他已经别无选择。现在，想着昨天夜里发生的一切，和在裘庄即将发生的一切，他同样有一种别无选择的感觉。

黑色小车沿湖而行，顺道而驶。几声喇叭鸣响后，车子已停在墙高门宽、哨兵持枪对立的裘庄大门外。哨兵开门放行，此时才七点半钟——绝对是**第一时间**！

入内，迎面是一组青砖黛瓦的凸字形古式建筑，大门是一道漂亮但不实用的铁栅门，不高，也没有防止攀缘的刺头，似乎可以随便翻越。这里曾经是裘家人明目张胆开窑子的地方，现在名牌上是军官招待所，实际上也有点挂羊头卖狗肉的。

车子缓缓开过军官招待所屋前的大片空地，然后往右一拐，径直往后院驶去。穿过一片密匝的凤尾竹林和一条狭长的金丝楠木林荫道，便是后院。穿出林荫道，车里的张司令已看得见东西两楼，待绕过一座杂草乱长的珊瑚假山和一架紫色藤萝，便一眼看见王田香恭敬地立正在西楼屋前台地上。

刚才，王田香接到门口哨兵的通报，即恭候在此。在他身后，肃立着一个胯下挂着驳壳枪的哨兵。哨兵的身后，竖着一块明显是临时竖立的木牌子，上书“**军事重地　闲人莫入**”八个大字。这些都是王田香在夜里落实的。奇怪的是，张司令的司机也被列为闲人，当他随司令准备往楼里走时，哨兵客气地挡住了他。

哨兵说："对不起，请在白线外等候。"

司机愣了一下，看地上确有一道新画的白线，弯曲有度，把房子箍了个圈，像迷信中用来驱邪避灾的咒符。

因为夜里睡得迟，加之没想到司令会这么早光临，五个人都起得晚。顾小梦甚至在司令进楼时都还在床上躺着。司令如此之早来看望大家，让各位都有些受宠若惊，真有一种天降大任的庄严感和紧迫感。后来当他们走出楼，看到外面肃立的哨兵和箍的白线，这种感觉又被放大了一倍。

他们出来是去吃早饭的，餐厅在前院招待所里。王田香像个主人又像个仆人，一路招呼着带他们去。虽然夜里没睡好，但王田香的精神还是十足，脸上一直亮闪着足够的神采，好像奉陪的是一群远道而来的贵宾。这也给他们增加了那种庄严感和贵重感，因为王田香一般是不做这种事的。

待大家离去，对面的东楼里便溜过来两个人，着便衣，携工具箱，由张胖参谋领着，在楼里楼外、楼上楼下认真察看一番，好像是在检查什么线路。张司令是吃过早饭的，这会儿没事，便随着他们把楼里楼外看了个遍。

四

这是一栋典型的西式洋楼，二层半高，半层是阁楼，已经封了。

二楼有四个房间，锁了一间，用了三间。看得出，金生火住的是走廊尽头那间。这是一个小房间，只有七八个平米，但设的是一张双人床，看上去挤得很。它对门是厕所和洗漱房。隔壁住的是顾小梦和李宁玉，有两张单人床、一对藤椅和一张写字桌，像一间标准的客房。据说这里以前是钱虎翼的文房，撑在窗台外的晒笔架至今都还在，或许还可以晾晒一些小东西。其对门也是一间客房，现在被锁着。然后过去是楼梯，再过去则是一个东西拉通的大房间，现由吴志国住着。这个房间很豪华，前面有通常的小阳台，后边伸出去一个带大理石廊柱和葡萄架的大晒台（底下是车库）。几年前，钱虎翼上任时，张司令曾陪他来此看过，当时房间里乱得很，地板被撬成一堆，大家具四脚朝天，小家什东倒西歪，几处墙面和天花板都被开了膛，破了肚，一派遭过重创的败象。但他还是被它可以想见的阔气和豪华震惊：紫木地板、红木家具、镀金铜床、欧式沙发、贵妃躺榻、水晶吊灯、釉面地砖、抽水马桶……都是千金难买的玩意儿。后来钱虎翼把它们修复了，他又来看，果然是好得很，比前面招待所里唯一的一套将军房还要上档次。正是这个房间一度诱惑过他，钱虎翼死后身边人都劝他来这里住，他也动了心思。但犹豫再三，还是退了心思。几个月前，他差人把两幢楼里能搬动的一些贵重物都搬到前面招待所里，有的秘藏了，有的布置到将军套房里，屋子则丢给招待所，差他们改造成客房，用来经营。

张司令之所以要改造这两栋楼，一来是闲置可惜，二来是他对招待所目下这种藏污纳秽之状是看不惯的，有顾虑的。和钱虎翼不一样，张司令是从四书五经中过来的人，对这种事骨子里是不接受的。他有顾虑正是怕冒出第二个他，因为像他一样看不惯而去上头告一个正状，掳了他的乌纱帽。取缔嘛，又怕得罪哪个好吃这一口的皇军大人物，上南京告他一个恶状，同样叫他走人。相比之下，他这个伪司令，这个傀儡，比钱虎翼当得累多了，缘由是他有本举人才子的历史簿。这其实是他现行路上的尾巴，走到哪里，尾巴总拖着——如历史一般沉重的尾巴，累死他了。回头吧，现世的功名利禄又舍不得。舍不得功名利禄，只好舍得累了，凡是他不能接受的东西，闭着眼去接受，凡是有可能殃及他现实利害的，尽可能去努力化解，拉拢，抹平。他改造后边两栋楼，初衷是想把前院不堪入目的污秽事转移到后院来，好避人耳目，同时又不拆灶，不会夺人所好，两全其美。

应该说主意是不错的，只是实施不了。要知道，前院的妓女们都是被那场著名的凶杀案吓坏的，案发后大多是来现场看过的。少数新来的虽说没有亲眼所见，但听这个说那个讲，耳膜都起了茧。看的人觉得可怕，听的人觉得更可怕。可怕互相传染，恶性滋长，到后来人都谈之色变。不谈吧，也老在心里吊着，蹲着，晃悠着，搞得连大白天都没一个人敢往后院来逛。事情就发生在她们身边，时间过去不久，一切犹在眼前，死鬼的阴魂尚在竹林里徘徊不散，你却叫她们来这边做生活，有客无客都要在一群死鬼中度过漫漫长夜，这无异于要她们的命！她们的身子是贱的，可以供人玩笑，名誉也是可以不要的，但命总是要的，是不可以开玩笑的。

不来！

坚决不来！

宁愿走人也不来！

就这样，楼是改造好了，但人改造不好，而且短时间内看来也是难以改造好的。除非把这拨人都遣散，换人。这又谈何容易，比部队招兵买马都难呢。兵马招不上来可以去抓，抓了也是不犯法的，冠冕堂皇的。但这等人马能抓吗？抓不得的。抓就是逼良为娼，民间官方都是大罪名。算了，算了，还是让楼闲着吧。换言之，宁愿得罪钱也不能得罪人。于是乎，张司令两全其美的如意算盘，最终变成一个烂算盘，白耗了一堆冤枉钱，气得他恨不得把那两栋楼连根拔掉。

昨天晚上，他得知事情后，要给这拨人找地方住，他马上想到这里，并且心里头有一种终于把它派上用场的得意！现在看，他更觉得自己做的安排确实不错，该得意。两栋楼，两干人，一边住一干，各自为政，彼此有即有离，可收可放，很好。只是没想通，王处长为何会这样安排他们住，他原以为楼上四间房，可以每人住一间的，不知为何要锁掉一间，让顾小梦和李宁玉合伙住一间。

白秘书住在楼下。

楼下除了客堂、厨房和饭厅外，真正的房间只有一大两小三间：现在白秘书和哨兵各住一间小的，大的那间被布置成会议室。走进这间屋——看见会议室的布置，张司令才想起自己今天是来给他们开会的，当然要有一个会议室。但外边的客堂本来是蛮大的，围了一圈藤椅，还有茶几什么的，完全可以当会议室用，何必另行布置？张司令搞不懂王田香在想些什么。他围着长条形会议桌走一圈，不经意间发现，会议桌其实是由两张餐桌拼接而成，铺上桌布，看上去也挺像回事。从这种周到和细致中，张司令相信王田香的安排必有他的讲究和合理之处，心里不由对他升起一丝好感。这也是他对王田香的基本态度，尽量对他保持一种好感，不同他发生龃龉。

最后，张司令在桌子前坐下来，从公文包里翻出一些文案来看，酝酿开会的事情。想到他将给大家开个什么样的会，他脸上露出了讪讪的笑容。讪讪中又似乎带点儿厌恶。

五

几人用毕餐回来，会议就开始了。

会议由王田香主持，张司令主讲。张司令先是老生常谈地宣讲了一番当前全队**肃贼剿匪**工作的艰巨性和紧迫性。他强调指出，当前地下抗日反伪活动出现了新动向，共产党的地下游击活动比国民党的公开抗战还要频繁，还要喧嚣，还要难对付。

这是一九四一年的春末初夏，发生在年初的皖南事变的枪声和血腥气尚未完全在空气中消散。兄弟阋于墙，日伪笑在家。皖南事变使一支九千人的抗日生力军，在短短几日内变成数千亡灵和两千多人的散兵游勇。这些有幸突围的将士，为了摆脱国民党军队的秘密追击和日伪军的公开剿捕，相继潜入江浙两地的日伪占领区，有的加入了当地地下组织，有的各自为政，采取散打游击的方式积极开展地下抗日反伪活动。所以，正如张司令说的，时下共产党的地下游击活动频增哪。

从司令的谈吐看，众人明显感觉到，司令今天的心情似乎比往常好，虽然说的不是什么高兴的事（是头痛事），但脸上一直挂着轻浅的笑容，言谈的声腔也是爽朗有余，显得底气十足。这会儿，他不乏亲善地对大家说：

“你们都知道，昨天下午南京给我们发来一份密电，密电内容是说，一个代号叫老 K 的共党头子已经从西安出发，这两天就要到我们杭州。他来干什么你们也知道，来阴谋策反。共匪策反的事情我们见得多了，所以不必为怪。但这次策反行动来势之大，布置之周密，后患之严重，必须引起我们高度加高度的重视。南京的密电确凿地告知我们，老 K 实系周恩来的特使，他将代表周在本月二十九日深夜，也就是四天后晚上十一点钟，在凤凰山文轩阁客栈秘密召集在浙各共党组织头目开会，布置联合行动。大家可以想一想，这个会一旦开成，联合活动搞成了，结果会怎样？不堪一击的鸡蛋变成铁蛋，耳聋眼瞎的散兵游勇变成统一指挥，小打小闹的扰乱滋事变成强有力的军事对抗。这无疑将给我们的剿匪工作带来前所未有的困难，所以我们该庆幸发现得早啊。”

顿了顿，环顾了一下大家，接着说：

“俗话说，好事成双，昨天是我的吉日，当然也是在座各位的良辰，下午是南京来电，一字值千金的电文哪。到了晚上，”他指了指王田香，“我们王处长又给我送来礼物。什么礼物？瞧，就是它。”说着，拿出一本厚厚的、脏不啦叽、似乎是从泥泞中捡回来的字典丢给大家看，“这是什么？是一本新版的《中华大字典》，各位也许家里就有。你们可能会想，这算什么礼物？是啊，我当时也这样想。但王处长告诉我说，这不是一本普通的字典，这里面可大有秘密呢，为此，一个倒霉的共党在被逮捕之前特意将它扔出窗外，企图抛尸灭迹。”

说到这里，司令掉头问王田香：“王处长，是这样的吧？”

王田香点头称是，继而解释道：“共党住在青春中学的教师公寓里，在二楼，房间有一个后窗，我怕他跳窗逃跑，上楼抓他前专门在窗外安排人守着。结果他人没跑，来不及了，却把这玩意儿从窗洞里扔了出来，刚好被我的人捡到。共党命都不要了，还想着要把它丢掉，不让我们得到，我想这里面一定有名堂。”

张司令接过话头：“是啊，我也这样想，这里面一定有鬼名堂。他扔的不是字典，而是字典里藏的鬼名堂。所以，我细心地翻看起来。但是从头翻到脚，看得我头昏脑涨，也没看出什么名堂，里面没有多一个字，也不见任何异常。后来，我去外面散步，出门前我把端在手上的茶杯顺手一放，我自己都不知道是放在了字典上。等我回来再翻看字典时，奇迹出现了——我看到扉页上有一些模糊的字迹，都是阿拉伯数字，圆圆的一摊，像是图章盖上去的。用手摸，那摊地方还热乎乎的。我晓得，这是因为我刚才把茶杯放在上面的缘故。这等于是破了天机，我马上想到鬼名堂就在这扉页上，或许给它加一点温度就会显露出来。就这样，我找来热水袋将它焐了个透，然后你们看，就成了这样子。”

张司令举起字典，翻开封皮，让大家看。

大家看到，麻黄色的扉页上写满了浅白色的阿拉伯数字，像电报一样，一组一组的。虽然字迹驳杂，但足以辨识：

120 3201 009 2117 477 1461……

741 8816 187 5661 273 4215……

如是这般，足有十几行。

张司令指着它们，问大家："这是什么？"

随即自问自答："你们应该比我知道，这是一份加密文书。换言之，是一份密电码。为什么要加密？因为里面有重要情报。共党怕它落入我们手头，很害怕，以致死都不怕就怕它被我们得到。这又说明什么？说明里面的情报对我们来说是至关重要的，是我们打着灯笼在找寻的，你们说是不是？"看看大家，又是自己作答，"是的。那么现在想必你们也该明白了，我为什么深更半夜把你们拉出来，集中到这里来，就是要你们来破译这份密电。"

各位有些惊异，顾小梦似乎还嘀咕了句什么。

张司令视而不见，闻而不听，继续沉浸在自己的思绪和情绪里，他"啊啊"地感叹道："真是天助我也。"一边起了身，踱着步，边走边说，"接下来我需要你们来助我。老天帮我现了形，但这还不行，不够，我还要它显神，现意，要把它深藏的谜底挖出来。我认为，我估计，这一定跟老K的行动有关。若真如此，"说到这里，他停下来，走到座位前，以一种咄咄逼人的口气说，"那就是事关重大，我们必须破译它！"

也许是经历的坎坷太多，老举人才子的脾性欠佳，有点喜怒无常，加上长期弄权，德行也是积重难返，不乏辣毒。正因如此，他在属下面前的威严是足够的，这会儿声腔一变，下面人的目光都静了。不过，今天他心情好，不想耍威风，点到为止。他看下面肃静的乖样，笑了笑，坐下来，尽可能和蔼地说道：

“俗话说，养兵千日，用兵一时，我现在比以往任何时候都需要你们。虽然你们并非专职的密报破译师，对出自共军的密电更是缺乏了解，但我相信你们一定不会让我失望。因为……怎么说呢？一、我估计这份密电不会太难，难了共党也就无需冒死扔掉它，反正是破不掉的嘛，扔什么扔。二、在座诸位各有所长，吴部长对匪情了如指掌，可谓是匪情的活地图；金处长和李科长都是老机要，破译的电报成千上万；小顾参谋嘛，年轻有为，脑筋活，点子多，敢说敢想。有道是，三个臭皮匠顶个诸葛亮，你们四个人加起来，我敢说绝对顶得上一个专职破译师。总之，我对你们是充满信心的。老实说，松井将军对此密电的破译工作非常重视，我向他一报告，他就说要派专人来协助我们破译，现在人已出发，下午即可到。当然喽，我希望我的人能自己破译，就是你们。这是你们向我，也是我向松井将军效忠的最好机会，希望你们在这里抛开一切，集中精力，尽快破译这份密电。成败论英雄，我衷心希望你们都成为英雄，扬我军威，也为自己美好的前程铺平道路。”

张司令一席话说得大家有点云里雾里，首先，这封密电的来历令人惊奇，然后把他们四个人聚在一起来破译这份密电也令人称奇。如果说难，他们都不是专业从事敌报破译的人员，他们平时破译的都是自己的电报，译电员而已，凭什么信任他们？如果说容易，又凭什么要让他们来立功领赏，还这么兴师动众？此外，司令今天的谈吐也异于往常，亦庄亦谐，举重若轻，亦玄亦虚，神秘难测。好像司令换了一个人，又好像司令说的这些，并不是真正要说的。话外有话，另有机锋。他们以为，司令一定还会继续**谈吐**下去，并且在下文中来解答他们心中的疑团。

但是司令没有下文了，下文就是告别了，走了。他叮嘱白秘书和王处长要照管好诸位的生活和安全，随即抱手作揖，乘车而去，令**吴金李顾**四人倍感失落。失落得心里莫名地发慌虚空。半个小时后，当他们轻易译出密电后，方才还是莫名无实的慌惶，顿时像剥掉了皮肉，露出血淋淋、狰狞的本质，把他们都吓瘫了。

六

正如司令说的，密电不难破，甚至可以说是最容易的——容易得不能称其为**密**，只要初识文字即可以破解。

其实，这不过是司令为等上面来人，心血来潮跟大家玩的一个文字游戏而已。所谓破译，不过是根据标示的页码数和行数、列数，在字典里捡字而已：第几页，第几行，第几个字。如此这般，有了第一个字：**此**。

继而有了二，有了三……有了如下全文：

此密电是假
窝共匪是真
要想人不知
除非己莫为

全军第一处
岂容藏奸细
吴金李顾四
你们谁是匪

这部密码我要破
检举自首皆欢迎
过了这村没这店
错过机会莫后悔

可能只有一个过气的老举人，得意之余才有这种雅兴：以诗讨伐。

可作为一个老举人，这诗文作得实在欠佳，连基本韵律都锁不住，或许是戎马多年耽误了他对诗文技法的把握，喜欢直抒胸臆，主旨明确，力透纸背之类——就此而言，这无疑又是一篇无可指摘的力作，别说吴金李顾四，连之外的白秘书，都觉得它字字如刀，寒光四溢，后背凉飕飕的。

第二章

一

坐立不安。

望眼欲穿。

下午的早些时候，张司令的小车终于又驶入招待所，几个拐弯后，却没朝西楼开来，而是往对面的东楼驶了去。车停之后，张司令忙煞地抢先下车，打开后车门，点头哈腰地将车里的另一人迎接出来。

此人穿的是常见的书生装，深衣宽袖，衫袂飘飘，有点魏晋之古风，唐宋之遗韵。他年不过四十，小个头，白皮肤，面容亲善，举手投足，略显女态。张司令的年纪足可做他父亲，但司令对他恭敬有余，感觉是他儿子。即使扒掉了军服，但贴在人中上的一小撮胡子掩饰不了他的真实身份：鬼子。

确实，他是个日本佬，叫肥原龙川。和众多鬼子不一样，肥原自小在上海日租界长大，后又长期从事特务工作，跟中国人的交流毫无语言障碍，哪怕你说浙沪土语，他也能听个八九不离十。他曾做过鬼子驻沪派遣军总司令官松井石根将军的翻译官，一年前出任特务二课机关长，主管江浙沪赣等地的反特工作，是松井的一只称心黑手，也是王田香之流的暗中主子。他刚从沪上来，带着松井的秘密手谕，前来督办要案。

楼里的王田香见他的主子来了，急忙出来迎接。寒暄过后，肥原即问王田香："怎么把人关在这儿？我刚才看这里的人进进出出很方便嘛。"那颔首低眉的模样，那温软和气的声音，与他本是责备的用心不符，与他鬼子的身份也不尽相称。

张司令抢先说："王处长说，这样才能引蛇出洞。"

王田香附和道："对，机关长，我选在这儿，目的就是想把其他的同党引诱进来，这是一张大网。"他伸出手一个比画，把大半个庄园画在了脚下。

肥原看他一眼，不语。

王田香又解释说："我觉得把他们看得太死，什么人都接近不了他们，我们也就没机会抓到其他共党了。我有意网开一面，让他们觉得有机可乘，来铤而走险。但是，不管什么时候，只要有人来接头，不论明的暗的，都在我的监视之中。我在那边每一个有人住的房间都安装了窃听设备，他们在那屋里待着，我们就在这里听着；他们出来了，去吃饭或干什么，我这里的人也全部放出去，盯梢他们。我在餐厅里也安插了人。总之，只要他们走出那栋楼，每个人至少有两个人盯着，绝对没问题。”

张司令讨好说：“肥原长，你放心，强将手下无弱兵，你的部下个个都是好手哪。”

肥原打了个官腔：“哎，张司令，田香是你的人哦，怎么成了我的部下？”

本想拍马屁，但人家把屁股翘起，朝你打官腔，张司令只好讪笑道：“我都是皇军的人，更不要说他了。”

王田香凑到肥原跟前，热乎乎地说：“对，对，我们张司令绝对是皇军的人。”话的本意兴许是想奉承两位，但两位听了其实都不高兴。

说话间，三人已经进了楼。

二

东楼的地势明显比西楼高，因为这边山坡的地势本身高，加上地基又抬高了三级台阶。从正侧面看，两栋楼几乎是一模一样的：一样是坐北向南的朝向，一样是东西开间的布局，一样是二层半高，红色的尖顶，白色的墙面，灰砖的箍边和腰线；唯一的区别是这边没有车库。从正中面看，东楼似乎比西楼要小一格，主要是窄，但也不是那么明显。似是而非的。直到进了屋，你才发现是明显小了。首先，楼下的客堂远没有西楼那边宽敞，楼梯也是小里小气的，深深地躲藏在里头北墙的角落里，直通通的一架，很平常，像一般人家的。楼上更是简单，简单得真如寻常人家的民居，上了楼，正面、右边都是墙：正面是西墙，右边是北墙。唯有左边，伸着一条比较宽敞的廊道。不用说，廊道的右边也是墙（西墙）。就是说，从外侧面看，西面的四间房间（窗户）其实是假的，只是一条走廊而已。几间房间，大是比较大，档次却不高，结构呆板，功能简单。总的说，东西两楼虽然外观近似，但内里的情况却有云泥之别。给人一种感觉，好像庄主在建造两栋楼时遇到什么不测，致使庄上财政急剧恶化，无力两全其美，只能顾此失彼，将东楼大而化小，删繁就简，草而率之。

事实并非如此。

据很多当初参与裘庄建造和管理的人员说，东楼是在西楼快造好时才临时开工的，起因是一个路过的风水先生的一句闲话。先生来自北方，途经杭州，来西湖观光，散漫地走着走着，不经意走进了正在建设中的裘庄。当时西楼已经封顶，正在搞内外装修，足以看得出应有的**龙凤之象**。先生像是被某种神秘的气象所吸引，绕着屋细致地踏看了三圈，临走前丢下一句话：

是龙也是凤，是福也是祸；祸水潺潺，自东而来。

裘庄主闻讯，兴师动众，满杭州地找这位留下玄机的风水先生。总以为在树林里找一片树叶子是找不到的，居然就找到了。

有点心有灵犀的意味。老庄主把先生当贵宾热情款待，在楼外楼饭店摆了满筵讨教。先生于是又去现场踏看一次，最后伫立在现在东楼的地基上不走了，活生生地坐了一个通宵，听风闻声，摸黑观霞。罢了，建议老庄主在此处再筑一楼，以阻挡东边来的祸水。既是要挡的，自然要高，所以现在的东楼非但地势高，还筑了高地基。是高高在上的感觉。既是挡的，立深也是不能浅薄的，所以从侧面看，东西两楼大同小异。再说，既是挡的，开间大小无所谓的，内里简单化，寻常一些，也是无关紧要的。所以，才如此这般。

三

王田香带肥原长和司令上了楼。

楼上共有三间房间和一间洗手房，呈倒L字形排列。上楼第一间，现由王田香住着，第二间是给肥原留的。再过去是一分为二的洗手间：外面为水房，里间为厕所。再过去还有一间房，这间房比另外两间要大，因为它处于廊道尽头，有条件把廊道囊括其中。三间房以前都是钱虎翼幕僚的寓所，设计上已经有点客房化，所以此次改造没有下功夫，基本上保持原样。只是肥原的房间，当中立了一道固定的、带装饰性的屏风，象征性地把房间分开：里面铺床为室，外面摆桌设椅，可以接客。

王田香知道肥原长爱夜间卧床读书，单独给他的床头配了一盏落地台灯，很漂亮，是从外面招待所的将军套房里借来的。此外，时令已经入夏，天气随时都可能骤然变热，所以，在肥原的房间里还备有一台电风扇。再就是鲜花、水果什么的，都摆放在外间。一枝被深山的寒冷延迟绽放的白梅和一枝含苞欲放的红梅，红白相对，交相辉映，一下子把一个寻常的小厅衬托得香艳起来，活泼起来。

肥原进房间，立即被那枝盛开的白梅花吸引，上前欣而赏之。他指点着一朵朵傲然盛开在光秃秃枝丫间的花儿，对二位赞叹道："看，多像一首诗啊，没有绿叶映衬，兀自绽放，像一首诗一样才情冲天，醒人感官。"

张司令是个老举人，有多少诗词了然于胸，不禁凑上去，预备献上两句半首的。未及张口，尽头的大房间里乍然传来一个女人怒气冲冲的声音：

我要见张司令！

是顾小梦的声音。

即使经过了导线和话筒的过滤，声音依然显得怨怒，尖厉，蛮横，震得屋子里的空气都在发颤。正如王田香所言，那边房间里都安上了大功率的窃听器，那边人的一言一语，这边人听得一清二楚。

肥原丢下花，往那大房间走去，一边听着两个被电线和话筒偷窃的声音——

白秘书：你要见张司令干什么？

顾小梦：干什么？这话应该我问，你们想干什么？

白秘书：这还用我说嘛，事情明摆着的。

顾小梦：我不是共党！

白秘书：这也不是由你说的，嘴上谁都说自己不是。

顾小梦：你放屁！白小年，你敢怀疑我，等着瞧……

肥原饶有兴致地听着顾小梦急促的脚步声咚咚远去，直到消失了才抬头问张司令："这人是谁，怎么说话口气这么大？"

张司令反问道："有个叫顾民章的人听说过吗？是个富商，做军火生意的。"

肥原想了想："是不是那个高丽王的后代，前年在武汉给汪主席捐赠了一架飞机的人？"

"对，就是他。"张司令说，"这人啊，就是他的女儿，仗着老子的势力，有点天不怕地不怕。"

肥原会意地点了个头，走到案台前，察看起窃听的设备。设备都摆在用床板搭成的一张长方形台子上，主要是一对功放机、一只扬声器、两套耳机、一只听筒、一组声控和转换开关等。此外，在对面墙上，还挂着两架德式望远镜。肥原取下一架，走到西窗前，对着西楼房望起来，一边问问说说的：“她住在楼上中间的房间吧……嗯，她看上去很年轻，也很漂亮嘛……叫什么名字……顾小梦……嗯，她好像还在生气……嗯，她脾气不小哦……”

张司令取下另一架望远镜，立在肥原身边一道望起来，依次望见：顾小梦气呼呼地坐在床上，李宁玉有一下没一下地在梳头发；金生火在房间里停停走走，显得有些焦虑；吴志国一个人坐在沙发上抽烟……一切都在视线内，在望远镜里，甚至清晰得可以看见金生火眉角的痣，吴志国抽烟的烟雾。这时张司令才恍然明白，王田香为什么要这样安排房间——锁掉一间，让李宁玉和顾小梦合住，因为只有这三间房间才在这边的视线内。如果不这样安排，让李宁玉或顾小梦分开住，其中有一个人就无法监视了。

两人看一会儿，肥原率先放下望远镜，拍拍张司令的肩膀：“走吧，我们过去看看吧，人家不是急着想见你嘛。”

就过去了。

四

楼里的空气充满一种死亡、腐烂、恐怖的酸臭恶味，好像一年前的血光之灾刚刚又重演过。王田香引着司令和肥原匆匆入内，白秘书即从会议室冲出来迎接，或许是刚同顾小梦吵过嘴的缘故吧，心神受扰，迎接得乱糟糟的，跟肥原长握过手后，居然又来跟张司令握手。

张司令不屑地瞪他一眼："你怎么啦，是不是被共党分子弄傻了，还跟我握手。"

白秘书缩回手，傻笑："没……没有……我……"

张司令打断他："去把人都喊下来，开会。"

会议开得比追悼会还要沉重、落寞，大家的目光都含着，不敢弹出来，像怕泄露了机密或清白。**吴金李顾四，你们谁是匪？**是官高一级的吴志国，还是年长称老的金生火？还是貌美年轻出身名门的顾小梦？还是李宁玉？是一个人，还是两个？还是三个？是新匪，还是老贼？是反蒋的共匪，还是联蒋的共匪？是何以为匪的？是窃取情报，还是杀人越货？是卖身求荣，还是怕死求生？是不慎失足，还是隐藏已久？是确凿无疑，还是仅仅有嫌疑？是要杀头的大犯要犯，还是仅仅革职便可了事的小毛贼？贼犯会不会自首？其他人会不会检举……

吴金李顾四，你们谁是匪？

我×！这哪是一句话？这是一枚炸弹！一泡烂屎！一个恶鬼！一个陷阱！一个阴谋！一个噩梦！……像被扒了衣服……像上了贼船……像撞见了鬼……像吃错了药……像长了尾巴……像

丢了魂灵……像上了夹板……

我×！简直乱套了，人都不知道该干什么，说什么……说什么都不是！做什么都不是！骂娘也不是……不骂也不是……哭也不是……笑也不是……站也不是……坐也不是……走也不是……留也不是……睁眼也不是……闭眼也不是……不是……什么也不是……不什么也不是……无所适从……无计可施……

张司令请肥原坐上席，肥原谦让了，在上席的左边位置上坐下，一边客气地招呼大家都坐下。大家刚坐定，白秘书轻手轻脚走到司令身后，耳语一句，递上一页纸。后者看了看，笑一笑，递给肥原："肥原长，你看看，这是我给他们造的一份密电。"

肥原看着，慢声慢气地念起来："此密电是假／窝共匪是真／要想人不知／除非己莫为／／全军第一处／岂容藏奸细／吴金李顾四／你们谁是匪／／这部密码我要破／检举自首皆欢迎／过了这村没这店／错过机会莫后悔。"

肥原念完，张司令拍拍手，对**吴金李顾四**说："不愧是破译高手啊，和我拟的原文一模一样，只字不差。不过，光破译这个不行，这不是真正的密码。这不过是我为了等候肥原长大驾光临而作的一首小诗，旨在稳定君（军）心，真正的密码……"

肥原接过话，指着报纸说："在这儿，**吴金李顾四**，**你们谁是匪**，是不是，张司令？"

张司令笑道："对，这才是我真正要你们破译的密码。如果你们自己愿意破最好，不愿意也没关系，我们肥原长是这方面的高手，行家里手。我上午说过，松井将军对我们破译这部密码非常重视，专门委派肥原长来，就是为了破这部**密码**。”

“高手不敢当，但非常喜欢破。”肥原和张司令唱起了双簧，“因为喜欢，所以张司令早上叫我下午就来了。”

张司令打开公文包，从里面翻出一些纸张，继续说：“要破译这个密码，你们可能也需要一些资料，我给你们介绍一下。这里有一份电报，来，金处长，你念一下。”

金生火接过电报，有气无力地念：“南京来电。据可靠情报，周恩来已委派一代号为老 K 的特使前往杭州，并定于本月二十九日夜十一点在凤凰山文轩阁客栈，与在浙抗日排日组织头目密谋有关联合抗日反汪之计。此事……”

张司令打断他：“行了，金处长，你这不是第一次念吧？”

金生火点头默认。

五

金生火第一次念这电文是昨天下午三点多钟。电报是两点半钟收到的，当时在破译室里值班的是顾小梦，她看电报的等级极高：**加特级**，立即进行破译。但是居然破译不出来。破出来的都是乱字符。她很奇怪，也很着急，便去找李宁玉讨教。李宁玉是老译电员，破译经验丰富，下面译电员遇到破译不了的电报都会向她求教。她看了电报，又看看顾小梦破出来的乱字符，判断这是一份密中有密的密报。

毋庸置疑，密报都是加了密的，诸如 1234 或者 abcd，在一份明码电报里，它代表的就是 1234 或 abcd，然后根据国际通用的明码本，即可译出对应的文字。但在一份密报里，它代表的肯定不是 1234 和 abcd，而是各种可能都有。这种可能性少则上千，多则上万——十万、百万、千万……难以数计。那么到底是什么？答案只在密码簿里。如果身边没有密码簿，你即使得到电报也是没用的。密报形同天书，任何人都看不懂。但只要有密码簿，所有从事机要译电工作的人又都是可以破译出来的，可以阅读的。很简单，只要对着密码簿像查字典一样，逐一查对即可。

不过，有时遇到一些重要的密电，有些老机要员会临时加上一道密，这样万一密码簿落入敌手，也可能起到迷惑对方的作用。因为是临时加的密，这个密度一般都很浅，比如把 0～9 十个数码，或二十六个英文字母，逐一后移一位或几位。比如假定 0 代表 1，那么 1 则为 2，依此类推。如果假定 0 为 3，那么 1 为 4，其余依然类推。这个说来很简单的东西，有时起的作用却相当大，像顾小梦就被难住了。可以想象，如果这份电报被第三方截获，而且他们手头也掌握着密码簿（破译或偷来的），同时又恰好遇到像顾小梦这样的新手，识不破这个小小的机关，这个浅浅的密就成就大事了，甚至会给对方造成错觉，以为这边启用了新密码。

应该说，这种错觉对第三方来说是很容易犯的，因为他们毕竟是第三方，出现这样的问题容易把事情想复杂。但对李宁玉来说，首先她知道他们联络的密码簿没有换，不会去瞎想；其次她也有处理类似问题的经验，对症应变，很快剥掉假象，译出了密电。

密电译出后，顾小梦按照正常程序报给金处长，后者又呈报张司令。也就是说，这份密电在落入张司令手之前，有三个人经手过：金生火、李宁玉、顾小梦。这一点，三人在会上都供认不讳。

下一个问题是，张司令问金、李、顾，在密电破译后至昨晚事发前，他们有没有跟第四个人说过密电的内容。这个问题其实在昨晚事发后第一时间，张司令就在电话里婉转地问过他们，现在又提出来当然再不会婉转，而是声色俱厉，为的就是要他们如实招来，不容搪塞、欺骗。

金处长发了誓说没有。

顾小梦也言之凿凿地表示没有。

唯有李宁玉看着吴部长，不好意思地说："对不起，吴部长，我只有实话实说了。"

什么意思？

李宁玉说，她曾跟吴部长透露过。

司令知道，三人的陈词与昨晚说的并无出入，只是语气变得坚定而已。

不料，李宁玉的话音未落，吴志国像坐在弹簧上似的，咚的一声弹跳起来，对李宁玉破口大骂："他妈的你什么时候跟我说过这事！"

于是，张司令要求李宁玉当面说清楚，她是怎么跟吴部长透露的：什么时间，什么地方，什么理由，有没有证人。

李宁玉说昨天下午她们刚译完密电，顾小梦正在办公室誊抄电文准备上交时，忽遇吴志国来科里查看某个文件。因为这是一份加特级密电，不便外传，顾小梦见吴部长进来，怕他看见，用报纸盖了电文。

李宁玉说："这可能引起了吴部长的好奇，他问顾小梦在抄什么电报，搞得这么神神秘秘。顾小梦半开玩笑地对他说：你快走，我在抄一份重要密电。吴部长也是开玩笑说：我偏不走，就要看，怎么了？顾小梦说：只有司令才有权看，你想看，等当了司令再做这个梦吧。吴部长说：当了司令怎么还要做梦呢？……两个人就这样贫了一阵嘴，没什么，都是开玩笑。后来吴部长看完文件，走的时候说要跟我说个事，我便带他去了我办公室……"

吴志国又跳起来骂："你放屁！我什么时候进你办公室了！"

张司令命令他坐下："你让她说，让你说的时候你再说。"

李宁玉继续说，口气平缓，口齿清楚：“进了办公室，他问我是不是真收到上面一份重要电报。我说是的。他问我是什么内容。我说不能说的。他问是不是人事任免方面的。我说不是。他又问我是什么，再三地问。虽然我知道按规定是不能说的，但我想吴部长在主抓剿匪工作，密电的内容他迟早要知道，就跟他说了。”

吴志国又想发作，被张司令一个眼色压下去。

张司令问顾小梦，李宁玉说的是否属实。顾小梦说，李宁玉前面说的都是事实，吴部长确实在那时去过她办公室，也确实向她打问过密电内容，她也确实那样拒绝了，后来李宁玉也确实是同吴部长一道离开她办公室的。

“至于他们出去后，吴部长有没有进李宁玉办公室，”她摇摇头说，“我不清楚，我眼睛又不会拐弯的，怎么看得见他们去了哪里。再说当时我哪有心思管这些哦，抄电文都来不及呢。当然，要知道有今天，起来看一下也是可以的……”

张司令看顾小梦像嘴上了油，似乎一时停不下来，对她喝一声：“行了！我知道了。”随即掉头问李宁玉，“你说他进你的办公室，当时有没有人看到？”

“这我不知道，”李宁玉说，“当时我办公室里没人，外面走廊上有没有我没在意。”

“现在你来说，”张司令问吴志国，“你说你没进她办公室，有没有谁可以证明？”

"这……"吴志国给问住了。他没有证人，只有一连串的誓言，赌天赌地，强调他当时绝对没进李宁玉办公室。司令听得不耐烦，敲了一下桌子，叫他住口。

"她说你进了，你说没进，我信谁？口说无凭的话现在都不要说。"顿了顿，司令又补一句，"也没什么好说的，事实上进去了又怎么了，知道密电内容又怎么了，问题不在这里。是吧，肥原长，你对情况大致了解了吧？"

肥原微笑着点点头。

"问题在这里。"张司令说，他从公文包里摸出一包前进牌香烟，递给肥原，"你看，这是王处长从一个共党手上缴获的，里面可是大有内容啊。"

烟盒里尚有十多根香烟。肥原把香烟都倒出来，最后滚出一根皱巴巴的香烟。肥原拾起这根皱巴巴的香烟，只瞅一眼，便如深悉内中的机密一般，用指尖轻轻一弹，一揪，揪出一根卷成小棍的纸条。

原来，这根香烟是已被人掏空烟丝，再把纸条装进去的。

肥原故作惊讶地"啊"了一声，道："果然是大有内容呢。"他剥开纸条，朗朗有声地念读起来，"**速告老虎，201特使行踪败露，取消群英会！老鬼。即日。**"念毕，肥原抬头望着张司令，"这又是一份密电嘛。"

张司令得意地说："这份密电我能破。所谓老虎，就是共党在杭州城里的宋江，贼老大的意思。这两个月我们一直在搜捕他，但他很狡猾，几次都逃脱了。”

“能不逃脱吗！”肥原道，“老鬼就在你身边，笨蛋也逃得脱啊。”

“是。”张司令诚恳地点点头，继续说道，“所谓201嘛，指的就是周恩来。这是延安的密码，对共党的几个头脑都编了号的。群英会嘛，就是凤凰山上的那个会议。嘿嘿，几个小毛贼聚会，自称群英会，不知天高地厚。”

肥原笑笑，感叹道：“好一个老鬼啊。”抬起头，假模假式地露出一脸慈善，对**吴金李顾**四人好言相问，“你们谁是老鬼呢？吴金李顾四，你们谁是匪？”声音软软的，绵绵的，像一口浓痰。

六

戏半真半假地演到这里，大家如梦初醒。这是个噩梦，与魔鬼在一起，又不知谁是魔鬼，弄不好自己将成为魔鬼的替死鬼。因为谨慎，开始谁都没有开腔，大家沉默着，你看我，我看你，恨不得从对方脸上看出个究竟。

张司令可不喜欢沉默，他要他们开口说话：要么自首，要么揭发。他时而诱导，时而威胁，好话坏话说了一大堆，却不见谁自首，也没有谁揭发。

其实，有人是想揭发的，比如吴志国，事后他一口咬定李宁玉就是老鬼。但在当时那种情况下，噩梦初醒，谜底是那么令人惊愕，人都惊傻了，呆了，一时难以回过神来，话给噎住了。

等一等吧，总要给人家一点压压惊的时间。

结果有人不合时宜地来了，匆匆的脚步声急行急近，一听就是有急事相报。

来人是张胖参谋，他跟张司令耳语一句，后者坐不住了，猛拍一记桌子，喝道："不想说是吧，你们！好，什么时候想说找肥原长，我才没有时间陪你们。"说罢起身，一边往外走，一边说，"有一点我告诉你们，我相信老鬼就在你们几个人中间，在你们供出老鬼之前，你们谁都别想走出这个院子。要走，先告诉我谁是老鬼！"

肥原也站起来，但没有拔腿走，而是修养很好地、笑容可掬地说："我相信张司令说的。另外我还相信一点，就是你们不可能都是老鬼。你们当中有无辜者，大多数是无辜的。谁无辜，谁有辜，谁知道？我们不知道，只有你们自己知道。所以啊，解铃还须系铃人。现在我们只有这样，把你们集中起来，看起来，管起来，你们觉得冤枉也好，受辱也罢，暂时只有认，没办法的。我想你们也明白，这种时候我们宁愿错怪你们，也无法同情你们。为什么？因为同情错了，是要铸成大错的，我担待不起。当然，你们要出去也很容易，只要把老鬼交出来，检举也好，自首也罢，交出来就了事。”

张司令刚才一直立在门口听肥原说，这会儿又回来，走到桌前，敲着桌子警告大家：“都记住了，二十九日之前！这之前都是机会，之后等着你们的都是后悔！”

肥原说：“对，一定要记住，是二十九日之前，之后你们说什么都无法改变自己命运了，你们的命运在哪里？”他拿出一只封口的信封，拍拍它，“在这儿。这是我来之前松井将军交给我的，里面说了什么，实话说我也不知道。”

笑了笑，又说：

“各位，这也是一份密电哦，它有可能被我烧掉，里面的内容将成为永远的秘密，也有可能被我阅读，里面的内容就是你们的命运。我是烧掉还是阅读，权力就在你们手上，一旦你们给了我阅读的权力，你们也就没有权力改变自己命运了，张司令和我肥原都无法改变。所以，你们可千万不要跟它开玩笑，跟它开玩笑就是拿自己的命运开玩笑。”

说这些话时，肥原的情绪控制得很好，声音温和，节奏缓慢，显得亲善亲切，是语重心长的感觉。最后他甚至还绕到每一个人的背后走了一圈，说了几句闲言碎语才离去。尽管如此，**吴金李顾**四人依然强烈地感到一种时空轰然坍倒的震撼——惊惶——眼睛发黑——双腿发软——后脑勺空洞洞的，像被切掉了一片半圆的脑花，心里则满当当的，有一种盲目无边的畏惧……

第三章

一

谁是老鬼？

谁他妈的是老鬼！

这天下午，天是蓝的，花是香的，前院招待所的妙龄女郎们照例坐在了镜子前，开始期待夜色的降临。换言之，这个下午时间照样在流动，滴答，滴答，向前流，向一个新的夜晚流去。然而，在西楼，时间仿如回到一年前，回到那个创下血光之灾的夜晚一样，楼里人的命运都被一个神秘的未名人，一个黑客，一双黑手，一个厉鬼，掌握了，控制了，卡住了喉咙，捏住了命脉。

司令有事要回部队，肥原和王田香送他上车。车开走后，王田香准备回楼里去，肥原对他摆摆手：“别理他们，走吧，我有事要问你。”

问的是：香烟里的纸条是怎么得到的？

答的是：一个代号叫**老鳖**的共党联络员送出去的。

二

老鳖是个穷老汉，六十来岁，人精瘦，腿奇长，走起路来上身笔挺，下半身就显得飘飘浮浮的，有点独步螳螂的感觉。从去年入冬以来，老鳖做了伪总队营院的清洁工人，白天负责打扫营区卫生，傍晚去家属区各家各户收垃圾。上个星期，他们抓了一个重庆派出来的地下军统，投降了，前天是第一天上班，中午在食堂吃饭，偶然看到正在收潲水的老鳖，认出他以前是个共党分子，现在情况虽然不了解，但总归是有嫌疑吧。

重大嫌疑哦！

于是，王田香派人对老鳖的一举一动都进行了严密监视。两天来他们没有发现老鳖在院子里跟谁接头，也没有任何异常活动，只是正常地在营区打扫卫生，到了晚上去家属区挨家挨户地收垃圾。昨天晚上七点多钟，他收完垃圾骑着三轮车离开营院，去垃圾场倒垃圾，一路上也不见有什么人跟他接触。直到从垃圾场出来，盯梢的人才发现有些异常：老鳖出奇地去了琴台公园。

这儿是个三岔路口，入夜常有小商小贩摆摊设市，叫卖小吃、杂货。老鳖在一个卖花姑娘的地摊边停放了垃圾车，然后在胸前挂出一只箱子，开始卖起香烟来。巧的是，不一会儿，一个坐在黄包车上的女人把他叫过去，向他买烟。女人很年轻，穿扮也是蛮入时，嘴里叼着香烟，像煞一个风尘女子。一个风尘女子买烟并没有什么不正常的，不正常的是，她给的钱明明是要找零钱的，可她抓了烟就走，没有要零头。老鳖呢，捡了便宜也没有显出什么格外的欢喜，好像理所当然。

王田香说："哪有这样的理所当然？要说理所当然，一个风尘女子理所当然是不会把零头不当做钱的，而一个小商贩子得了便宜也是理所当然要喜形于色的。"

肥原赞许地点点头，脚步却没停下来，目光也是一味地向前伸去，好像在赶路似的。刚才两人把张司令送上车后，没有返回西楼，也没有去东楼，而是跟着车子往外院走，边走边说。这会儿，两人已经走出庄园，来到西湖边，开始沿着笔直的苏堤走。素有十里桃花之誉的苏堤，眼下正是一派灿烂，叶绿花开，花重香浓，把长长的苏堤装扮得灿烂如霞，十里飘香。要是在太平年月，这个季节一定是游人如织，而现在游人稀落，很适宜两个人边走边聊，即使聊的是军事机密。

王田香继续介绍说，正是老鳖与他的同党在这个零头面前表现出来的异样，引起了他派出的眼线的警觉。于是，他们中有人追上去，把那个风尘女子抓了。经查发现，烟盒里就有这张小纸条。

"就这么抓了？"肥原像踩了个空脚，吃惊地停下来，"怎么能这么早抓她？应该悄悄跟着她，那样说不定她就带你们去见他们的头目老虎了。”

“是啊，”王田香似乎比肥原还痛心，头摇得跟个拨浪鼓似的，“我也这样想，多好的机会。可是……唉，都怪我没有亲自在场。”

好在老鳖没有抓，还养着，否则不知王田香会不会把脖子摇断呢。

因为还养着老鳖，肥原没有太责怪王田香。肥原认为，如果把老鳖也抓了，一条线上三个人（包括老鬼）同时失踪，不知去向，其他共党必定会怀疑他们出了事。

“有疑就会有惧，”肥原说，“有惧就会夹紧尾巴，风吹草动都会吓着他们。一旦外面的共党怀疑老鬼出事，被关押在这里受审，即使没有得到任何情报，他们也会怀疑我们的行动，那样你最后恐怕连根鱼骨头都吃不到。”

所以，肥原告诫王田香：抓人的事一定要保好密，老鳖也一定要养好他。还有，那个刚抓的女同党那边也应该想想办法，补个漏，不能让她的同党怀疑她已被抓。因为老鳖昨晚才同她见过面，而且还转送了情报，若不补好这漏洞，万一老鳖跟组织上说起这件事，岂不要露出破绽？

肥原说：“我们要迷惑敌人，首先是要查漏补缺，封锁消息，不能让外界知道我们在这里干什么。你认为我们在这里干什么？抓老鬼？不是。老鬼已经抓住，已经在网里面了，难道还跑得了？瓮中捉鳖，跑不了的。你也不用担心老鬼不现形，不是今天就是明天，或者后天，时间会叫老鬼露出尾巴的，迟早而已。”

顿了顿，又说：

“迟早都没关系，莫非一条网里的鱼还能兴风作浪，把情报传出去？不可能。现在最要紧的是封锁消息，不能让外面的共党知道他们在这里干什么，怀疑都不行。要记住，老鬼在这里不是在受审，而是在……在干什么呢？”

肥原想了想，一时没找到合适的说法，笼统地说：“就说他们在执行公务吧，把他们拉出来，集合在一起，就是为了完成一项重要任务。这个以后大家必须统一口径，而且应该设法尽快让老鳖知道。可以尽可能让外面人知道，知道的人越多越好，他们的家属、上司、同事等等，包括你那些卫兵，都叫他们知道。骗住了他们，也等于骗住了共党，只有这样，我们才能抓住老K这条大鱼，然后把那些小鱼小虾也一网打尽。现在情况已经有点破绽，你已经抓捕一个人，好在没抓老鳖，否则这出戏就没唱头了。”

现在看，这出戏还是蛮有唱头，因为还养着老鳖。有了老鳖，已有的险情可以化险为夷，没有的美事也可以梦想成真。肥原胸有成竹地说：“你要知道，老鳖现在可是我们的大道具、大诱饵，我们要用好他，用他去帮我们钓大鱼。”方法似乎是很简单的，“只要给老鳖提供一个老鬼在外执行公干的假情报，他自然会替你去向他的组织报告：老鬼现在平安无事。”

就是说，当务之急是要给老鳖做一个情报，让他和他的同党**知道**老鬼在干什么——在此执行公干，不是受审，不是软禁当鱼饵。

“这没事，”王田香拍了拍胸脯说，“我会去落实的。”

“那就快去落实吧。”肥原说，“要尽快，越快越好。”

就走了。

三

肥原目送王田香离去，一角粉墙红瓦的屋檐钻入了他的视野，那是孤山上有名的楼外楼，是他最心仪的饭店。他马上想到，晚上要去那边吃饭。好久没去吃了，不知九龙师傅还在不在。肥原以前是经常来杭州的，每次来都要去楼外楼吃九龙师傅的手艺。想起胖乎乎的九龙师傅，他更加坚定晚上要去那边吃饭的想法。但跟谁吃呢？他想到一群特殊的客人，顿时大声“哎哎”地叫住了已经走远的王田香，让他回去通知张司令，晚上他要在楼外楼设宴，请司令作陪。

王田香问：“客人是谁？”

肥原笑道：“他们的家属。”

王田香一时没有反应过来。

肥原问他："你把这些人弄到这里来关着，他们家里人知道吗？"

王田香说不知道。肥原说："那怎么行！把人关在这里，门不能出，电话不能打，不是明地告诉人出事了吗？现在咱们既然说他们是在执行公务，请他们家属来吃个饭，表示一下慰问，这是不是应该的？"笑了笑，又说，"叫你的太太也来，让她也来当一个贤内助接受一下慰问，荣誉一下，理解一下，支持一下。"

王田香是个聪明人，他马上想到肥原这样做的目的，所谓慰问是假，放风才是真。都说老鼠是一窝一窝的，匪贼经常也是一窝窝的。他想，肥原一定怀疑老鬼的家属也是共党，所以把他们请来吃一顿饭，表面上是犒劳他们，实际上也是要对他们制造假情报。

肥原感叹道："是啊，如果老鬼的家属也是共党，一定会和老鳖同时向他们的组织提供**老鬼在外公干**的假情报。这样的话等于是上了双保险，老K、老虎他们即使长满疑心也将深信不疑。"

高明！

高明！！

王田香嘴上说，心里也在说。

后来，肥原即兴把计划稍稍作了点调整，似乎就显得更高明了。吃罢筵后，他把各位家属从楼外楼饭店直接带来招待所，乘车转一圈。当转到后院，车子往东楼前一停，众家属清楚地看见，自己的亲人就在眼前——在对面的楼里——在灯火通明的会议室里——一个个神情肃穆地坐在会议桌前，像煞在开一个紧急又重要的会议。

眼见为实，还有什么不可信的？都信了，而且都热烈地生出一种自豪感，自己的亲人跟宝贝似的被卫兵保护着，在一个绝对安全的地方，开着重要又机密的会议。近在眼前，又远在天边，不能靠近，只能举目相望。望得心里都美滋滋的。自豪得美滋滋的。

美中不足的是，顾小梦没有结婚，没有家属，而大富大贵的父亲似乎也没把张司令的宴请放在眼里，没有亲自来，只派了个自以为是的管家婆。说起来，顾小梦是管家婆一手带大的，但毕竟有点不着边际，如果让她夹在一群家属中间，会破坏整个事情的严肃性。所以人虽然来了，却没让她入筵，只是私下接待了她，说明了情况，赠了点礼品，把她打发走了。事后肥原想，这也没什么好遗憾的，想必管家婆回去后，一定会把情况报给主人，并在下人中传播。要的就是这个，广为传播，让顾小梦身边的人不辨真相，叫假想中的共党分子上当受骗，误入泥潭。

这么想着，好像顾小梦就是老鬼，她的亲人中必有同党似的。

其实以目前得到的信息而言，假若几个人中一定要排除掉一个人，肥原将排掉顾小梦，理由是她家来的人太莫名其妙。从顾小梦父亲派管家婆来赴这个宴，肥原多少看出这家人的傲慢和清白。无疑，如果顾小梦是老鬼，亲人中有什么同党的话，该不会叫一个管家婆来。当然，没有同党也不能断定顾小梦就不是老鬼。谁是老鬼现在不要去猜。肥原想，现在是搭台子的时候，戏还没开唱呢，等戏开唱了，谁是红脸，谁是白脸，自然会见分晓。

肥原觉得晚上的台子，总的说是搭得不错，张司令在席间的表现可圈可点，他自己又临时冒出灵感，把一群人拉到现场，看了个**眼见为实**。加之，王田香说他下午已经蛮巧妙地把**情报**丢给老鳖，而且还顺便办妥了烟花女子那边的补漏工作，肥原心头顿时欢喜地响起一阵欢快的锣声，感觉是人都粉了墨，要登台演出了。

四

王田香也是这般感想的，虽然他晚上的角色不宜抛头露面，但下午他是抛够了头面。下午他的任务是回部队去给老鳖做情报，三下五除二，任务完成得很顺利——无非就是在老鳖身边漏两句话而已，不难的。难的是**烟花女**那边的补漏工作，必须要提审她，知道她家住在哪里，身边有什么人，然后才能通过她身边的人来想办法，寻求补漏方案。

如前所述，烟花女子是昨晚被捕的，按理王田香早应提审她。但她身上的纸条如晴天霹雳，没商量地把王田香一下推到老鬼面前，忙得不可开交，人一直耽在裘庄，连回部队的时间都没有，根本无暇审她。下午提审她，见了人，王田香简直是发现了新大陆。尽管变化很大，昔日披金戴银的富贵太太装扮成一个轻佻的烟花女，但王田香还是一眼认出，眼前的人就是钱虎翼的姨太太：二太太！

这个世界有时候真小，也真奇妙。二太太的出现，令王田香一下子暗想到钱虎翼的跟头是栽在谁身上的啦，肯定是这个**心里藏鬼**的二太太嘛。他知道，以前钱虎翼对二太太情有独钟，哪想到她居然是个共党。这个意想不到的新发现，让王田香整个下午都处在一种盲目的、广阔无边的快乐中。这是一种莫名登天的快乐，像迷航的水手刹那间遥望到久违的陆地线一样。

不是说钱虎翼一家人都死了，怎么还有个二太太？

是这样的，因为二太太的名分不正，没入住裘庄。毕竟是当了堂皇司令，把持一方，形象问题很重要，钱虎翼在举家搬迁裘庄时，没有把二太太带进庄。王田香想，二太太可能就是为此对钱司令怀了恨，然后伙同裘家后人，把钱司令一家老少送上黄泉路。因为二太太没住在裘庄，案发后也没人怀疑她——虽然钱家人都死了，独她幸存。现在看来很显然，二太太就是钻了这个空子，把钱司令一家老少都送上了黄泉路。

最毒妇人心！

王田香没想到，表面上安安静静的二太太长着一颗蝎子心。

因为是二太太，很多事情问都不必问，比如她住在哪里，身边有什么人，这些王田香本来就知道。这不算什么，关键她是钱虎翼的女人，做补漏工作具有得天独厚的条件。虽然没有确凿证据证明二太太一定参与了谋杀活动，但把她说成参与又何妨呢？于是，王田香带了两个警察，熟门熟路地来到二太太公寓，翻江倒海地搜查，把老用人吓坏了。记者的消息真灵通——当然是王田香通的风，一下来了好几拨，王田香不厌其烦地答记者问，风光无限。当天傍晚，二太太的几张照片被当地两家晚报刊登，危言耸听的通栏大标题，让全城人都知道，裘庄伪钱司令一家的命案终于水落石出，案犯锒铛入狱……入狱了当然不能跟组织上联系了。

王田香就这样出色完成了补漏工作，非常精彩，博得了肥原高度表扬。

人逢喜事精神爽。事后，王田香又得意洋洋地打起小算盘：如果略施小计就把老鬼吓出来，岂不是他的功劳？就这样，趁肥原在楼外楼用餐之际，他擅自把二太太秘密带来裘庄，让她在会议室与各位打了个照面。

干吗？

认人呗。

认老鬼！

他给二太太数出一大堆诱惑和许诺，只要二太太的一个字：

他！或者她！

二太太不知是装傻，还是真傻，以一个**不知道**对付他各种花花绿绿的诱惑和许诺，有点以不变应万变的意思。无动于衷。无可奉告。他的小算盘就这样付之东流，珠落满地。一团糟。白忙乎。二太太是什么人嘛，敢在太岁头上拉屎屙尿的人，哪里是可以随随便便摆平的。王田香私设公堂，想搞什么速战速决，显然是高兴过了头。乐极生悲。知道肥原即将从楼外楼带家属们来**眼见为实**，他只好草草收场，遣人把二太太送回城里，将吴志国**请**上主席位，自己退居边缘。总之，他的小算盘打不成，也只好帮肥原打大算盘了。在肥原的大算盘上，他在会议桌上只是一个负责保安的二线人员，自然坐不了主席位。主席位理所当然是吴志国坐的，人家是一部之长，官高一级压死人呢。

这会儿，王田香从窗户里看到司令带着家属们（包括他自己老婆）乘车而去，即急煞地出了门，去找肥原了。肥原送走人后，回楼里去取了点东西，叫上一个兵，陪他出了门。王田香看肥原出门了，以为他一定是要来这边开会，便小跑着去迎接。但肥原却没往这边来，而是径直朝外院走去，叫王田香纳了闷，不知他要去做甚。他追上去，向他报告说，他们都在会议室里等着他去开会。

肥原说："开什么会，我有事，明天吧。"

王田香问什么事，肥原不答，只说："你也跟我走吧。"

王田香看肥原手上拎着一袋什么东西，问他去哪里。肥原不答，只说："走吧。"

一走，走出了院子，来到西湖边。天黑了，月亮还没有升起来，对岸南山路和湖滨路上的灯火，把西湖衬得更黑。黑沉沉的，不像湖面。像一块天幕一样的黑布，大而无边，飘飘忽忽。王田香在黑暗中亦步亦趋地跟着肥原，肥原竟走得那么快，像个鬼似的，黑暗中照样走得路熟脚轻。

约莫走了一里多路，肥原才停下来，停的地方居然有一座坟茔。在湖边。在湖水的拍打下，坟墓像在幽幽而动，令人悚然。肥原却像回了家，亲切地绕着坟墓走一圈，这边摸摸，那边收拾一把杂草。完了，他从袋子里取出带来的东西：是几扎纸钱和蜡烛、蜡台什么的，看样子是要上坟。

"你要上坟吗？"王田香忍不住问道。

"嗯。"肥原不言而答。

"这是谁的坟？"

"一个叫芳子的年轻太太。"

"你认识她吗？"

肥原沉默好久，冷言道："你问得太多了。"

上完坟，肥原的情绪似乎很低落，回来的路上一言不发，经过招待所时，主动要进去喝酒。一喝就是几个小时，回来时，夜亦深，人亦醉，幽亮的月光静静地洒落在四周，清冷的样子，像是落了霜。肥原醉得稀里糊涂，一时不知这究竟是霜还是月光。不过，肥原酩酊地想，霜也罢，月光也罢，都预示来日必定是个好天气。

五

翌日果然是个好天气，日头早早地搁在钱塘江上，亮得发青，像轮明月。早晨的太阳没有热量，但有力量。大把大把的阳光，如风似气，一个劲儿地往窗洞和缝隙里钻，钻进了肥原的被窝，驱逐了他的梦乡。所以，尽管夜里睡得迟，他醒得还是蛮早。醒了，只觉得浑身无力，不想起床，显然是昨晚酒喝多的缘故。他记不起酩酊中有没有玩小姐，却记起几年前发生在这里的很多事。其实，肥原对裘庄是太熟了，早些年……不过这是他的秘密，他不会跟任何人说的，包括王田香。

王田香起得更早，起来后一直在隔壁的窃听室里听肥原的动静，等他醒来，一边把昨天晚上的窃听记录从头到脚看了个遍。记录一页纸都不满。就是说，他们几乎没说什么话。但也出现了两个情况：

一、散会后（王田香做给各家属看的会），吴志国把顾小梦单独叫去房间，请她好好回忆回忆。言外之意有那么个意思，想动员顾小梦帮他证明，他确实没进过李宁玉的办公室。但没有达到目的。从记录上看，顾小梦只有一句话：**相信我，吴部长，我会把事实如实向组织汇报的**。言简意赅，又有点义正词严。

二、过了一会儿（记录上表明相隔一分四十一秒），顾小梦回到房间，即把吴志国刚找她去声援的情况如实告诉李宁玉。王田香很想看到李宁玉会作何反应，但记录上没有李的片言只语，只有一句综述：**李没说什么**。值班员解释道，李宁玉当时确实没说什么话，只是嗯哈几下，即支开话题，叫顾小梦去洗漱，连一句答谢的话都没说。

情况似乎就在这里：一个是顾小梦对李宁玉为什么这么好，宁愿为她得罪吴部长；二个是李宁玉明明得了顾小梦的好，却不答谢。给人感觉好像两人蛮有私交，有些东西不需言传，意会即可，神交呢。想到李宁玉平时那个德行，冷漠又傲慢的样子，王田香又觉得下此判断为时尚早。都是在一个楼里上下班，平时低头不见抬头见，王田香对各位的性情大致是了解的。尤其对李宁玉，两人曾有过一次小摩擦，让他对李宁玉所谓的不徇私情——冷漠又傲慢——的德行，深有领教。那是年前的事情，说来简直可笑，有一天他和李宁玉合用一辆车去外面办事，李宁玉替机关采购了不少文具用品，他帮着搬上车，顺手拿了一本笔记本。这是个多小的事嘛，两人一起出门办事，他顺手牵羊，你做个顺水人情，有什么大不了的。李宁玉却不近人情，横竖不从，叫王田香甚是难堪。

对这样一个人，靠现有的东西，王田香觉得还真不能下什么判断，正如你不能因他们之间的那点小摩擦，来判断他俩以前有什么过节似的。其实，两人以前没有任何隔阂和过节，不好也不恶，不亲也不疏，正常的同事关系。客观地说，摩擦之前王田香对李宁玉是有些好感的，起码是好感大于反感。之后王田香才开始对她有些反感，私下里常说她是个假正经。说是这么说，真要以此来做什么决断又不那么敢说了。现在敢说的只有一点，就是：顾小梦对李宁玉有私心，有偏爱。

王田香决定将此情况汇报给肥原，让他去分析、定夺。

肥原没听几句就摆了手，制止了。肥原不感兴趣。肥原说："你还是听我说吧，并照我说的去做。"他说了三点：一、叫王田香马上过去，带他们去吃早饭；二、告诉他们，他肥原昨晚去城里了，至今未归，何时归也不知；三、通知白秘书，让他吃罢早饭便安排人在楼下会议室里谈话，一个个谈。

谈什么？

当然是老鬼——谁是老鬼？

肥原说："自首也好，检举也好，每个人都要给我说出一个老鬼。"这是要求，原则是畅所欲言，不要有避讳，"可以随便说，说错了不追究，不记录在案，不允许传话，更不能搞打击报复。但不能以任何原因、任何方式推诿不说。"

说到底，关键不是说什么，而是要说，要有态度，要人人开口，人人过关。

很显然，肥原准备把白秘书推上前台去吆喝，自己则躲在台后冷眼旁观，暗暗观察。

第四章

一

老鬼昨晚一夜没睡，惊心动魄的一天，把他／她的睡意全惊散了，绕梁而去。他／她听了一夜的风声，**老汉**的目光像一盏长明灯一样悬在他／她眼前，无数次地让他／她头昏目眩，丧魂失魄，仿佛身体已化作光芒，随风而散。

老汉就是二太太，当王田香把她带到会议室时，老鬼顿时明白了问题出在哪里。他／她并不害怕老汉会认出自己，因为他／她知道她不可能认识自己。即使认识，他／她相信老汉也不会出卖自己。他／她曾多次听同志们夸赞老汉，为了革命，为了抗日救国，视个人的荣华富贵如粪土，甚至连女人最看重的名誉也不顾。总之，这是一个革命利益高于一切的好同志。问题不在这里，他／她相信老汉！问题是自己怎样才能出去？把情报传出去！这个问题正如老汉的目光一样，一直悬吊在眼前，令他／她无法摆脱。闭上眼照样清晰可见！他／她就这样度过了漫长一夜，当黎明的天光照亮窗玻璃的时候，他／她忧郁地想，自己迎来的也许是更漫长的一天……

二

吴志国是第一个被白秘书单独请到会议室来谈话的，他不知道对面有耳（白秘书也不知），先骂了一通娘，自下到上地骂，点面结合。点是李宁玉，面有双面：正面是共党，背面是张司令。张司令的轻信令他无比愤慨，愤慨之余恶语伤人也在所难免——谁知道这是装的还是怎么的？好在张司令不在现场，听不到。

肥原和王田香听得倒清清楚楚。天气很好，阳光明媚，没有下雨，没有刮风，线路一点故障也没有，每一个声音都能畅通无阻地传送过来——完整无缺，无一挂漏，让一主一仆，一日一伪，两个诡计多端的人，虽身在百米之外，却近如咫尺之内，如临其境，如见其人。

在白秘书的一再劝说和引导下，吴志国终于冷静下来，开始一五一十地陈述前天下午他是如何与李宁玉一道离开顾小梦，然后如何在走廊上同她说了一点事（芝麻小事），完了就分了手，绝没进她办公室。云云。最后，他语重心长地对白秘书说：

“你可以想一想，我连她办公室都没进，哪来她跟我说密电的事。这完全是捏造，是诬陷！我不要有其他任何证据，光凭这一点——她诬陷我，就足以肯定她就是共党。她为什么要诬陷我？分明是想搅浑水，好让自己脱身嘛。”

就是说，面对谁是老鬼的大是大非问题，关键问题，敏感问题，吴志国没有丝毫犹豫和忌讳，一口咬定是李宁玉，理由是她捏造事实，诬陷他！

肥原在窃听室里听了吴志国说的话后，对一旁的王田香煞有介事地评论道：“他说得很有道理，如果他能找到人证明，他确实没有进李宁玉的办公室，那么我们可以肯定李宁玉就是老鬼。”

“可他现在还没有找到人证明啊。”王田香一本正经地指出，好像是怕主人忘记了这个事实似的。

“是啊，”肥原道，“所以他说的是废话。”

原来是在嘲笑他！

王田香嬉笑道：“包括他对张司令的骂。”

肥原爽朗而笑：“是啊，我们有言在先，不允许传话……”

三

和对面楼里谈笑风生的气氛比，这边的气氛确实是太死气沉沉。吴志国愤愤地走了，金生火沉重地来了。

金生火长得一脸猪相，低额头，大嘴巴，小眼睛，蒜头鼻，烂酒肚。以貌取人，他是只猪。但是又有俗语说，脸上猪相，心里亮堂，谁知道谁呢？这些人中他的年龄是最大的，已经过了知天命的年纪，资历也是最老的。在机关里，他以和事佬著称，平时少有是非，凡事礼让三分。为此，有些势利庸俗也是情有可原的，因为他表面上给足了你面子和虚荣。他似乎做惯了猪，一进门，肥原就听到他跟白秘书叫苦不迭——

金生火：哎哟，简直倒了八辈子大霉，碰上这种事。我这个处长看来是当到头了。

白秘书：那也不见得。如果你能把老鬼挖出来，这不立了大功。有功就有赏，说不定还要升官呢。

金生火：白秘书，你说，到底谁是共匪……你们现在有没有什么线索？

白秘书：这要问你啊。

金生火：哎哟，我……哪有你站得高，看得远。

白秘书：老金你搞错了，这不是要看远，而是要看清。总共四个人，一个是你自己，两个是你的部下，你说谁站得近，看得清。

金生火：哎，白秘书，难道你连我都不信任？

白秘书：老金啊，不是我不信任你。这是事实，你看事情就是这样，总要有个下落。

金生火：难的就是没有下落。白秘书啊，说句老实话，我要心里有个底，是一定会端给你的，难的就是……

肥原甚至听到了他猛烈摇头的声音。

摇头是无奈、无辜、痛苦、失语……面对白秘书的老问题——谁是老鬼，他脑袋瓜子里一片空白，不是脸上堆笑，就是嗯啊哈的，不吭声，不表态。不表态似乎也不是知情不报，而是无知难报。他甚至不惜露出哭相，来表明他内心的无知无助无措，希望白秘书同情他，帮助他，让他顺利渡过这个难关。

说实话，不论是眼前的白秘书，还是导线那头的王田香，看着听着他带哭相的样子，打心里说都希望他不是老鬼，也希望他能顺利过关。但是要过关，你如果不承认自己是老鬼，就必须在其余三人中指认一个，哪怕是信口雌黄。这是肥原定下的原则，所以白秘书最后这样对他说：

“这样吧，老金，三选一，你选一个算数。”

足见是对他同情了。

在这种情况下，没有退路，老金选的是顾小梦，理由是她平时有些亲共的言论，外出的几率相对也比较高。

白秘书要他说详细一些：时间，地点，内容……金生火挠着头皮，苦思一番，吞吞吐吐地说开了——

规定单身的人平时不能出营区，可她经常擅自出去……

她有时说的那些话，我都不敢听，听了心里发紧……

她还在办公室骂皇军，把皇军叫做日本佬，甚至什么脏话坏话都敢骂……

她工作很不认真，去年她把一份有关剿匪工作的电报压在手上，差点坏了事……

如果她是共党简直太可怕了，她经常跟父亲去南京会见一些大官，听说连汪（伪）主席家她都去过……

肥原觉得听他说话真他妈的累，结结巴巴又啰里啰唆的，像个受罚的孩子，说的话经常是前言不搭后语，有结语没有证词，要不就是有证据不下结论。总之，听到最后肥原也没听出他到底说了什么名堂，一笑了之。

四

随后下来的是李宁玉。

也许是吴志国指控在先的原因吧，肥原觉得白秘书对李宁玉说话显得底气十足，脸上想必是挂满了得意的笑容——

白秘书：李科长是个明白人，一定知道我喊你下来干什么。

李宁玉：……

白秘书：李科长是老译电师，破译密电是你的拿手戏，昨天的字典密码破得那么快，也许就是你的功劳，希望今天的密码，老鬼密码，你也能速战速决。

李宁玉：……

白秘书：怎么，是不想说，还是没想好，李科长？

李宁玉：……

白秘书：我知道李科长不爱说话，有人说你是天下最称职的机要员，嘴巴紧得很。但今天，现在，此时此刻，你不是机要员，而是老鬼的嫌疑对象，你不要给我沉默，不说是不行的。

李宁玉：……

白秘书：哎，什么意思，李宁玉，说话啊，检举也好，自首也罢，你总要有个说法……

面对白秘书的道道逼问，扬声器里始终不见人声，倒是不断发出有节奏的嚓嚓声，好像白秘书是在和一只挂钟说话。

“那是什么声音？”肥原问。

“不知道。”王田香答。

是梳头的声音。她居然有问不答，只管埋首梳头，岂有此理！

白秘书忍无可忍，厉声喝道：“李宁玉！我告诉你，有人已经揭发你就是老鬼，你沉默是不是说你承认自己就是老鬼？”

李宁玉终于抬起头，看着白秘书，平静地说：“白秘书，我也告诉你，十五年前我父亲是被共匪用红缨枪捅死的，六年前我二哥是被蒋光头（蒋介石）整死的。”

白秘书：你想告诉我什么？

李宁玉：我不是共匪，也不是蒋匪。

白秘书：既不是共匪，也不是蒋匪，又为什么要诬陷吴部长？

李宁玉：如果是我诬陷他，那我就是先知了。

白秘书：你是想说什么？莫名其妙……

肥原也觉得李宁玉说得有点莫名其妙。但经她解释后，当面的白秘书和背后的肥原与王田香都觉得她言之有理。她先是反问白秘书，前天晚上他知不知道他们来这里是干什么的。

当然不知道。

谁都不知道。

李宁玉说：“你不知道，我也不知道，那你去想吧，我在来这里干什么都不知道的情况下，又怎么去张司令那儿诬告他？”

确实，那天晚上楼里没人知道张司令要他们来干什么，既然不知道，李宁玉诬告谁似乎都是不可思议的，除非司令与她串通一气。而这——怎么可能？不可能的……这么想着，白秘书开始相信诬告是不大可能的，然后在导线这边听来，白秘书的口气和用词明显温软了一些——

白秘书：照你这么说，是他在撒谎。

李宁玉：他肯定在撒谎。

白秘书：那你是不是认为他就是老鬼？

李宁玉：谁？

白秘书：吴部长。

李宁玉：我不知道。

白秘书：你怎么又不知道了，你不是说他在撒谎嘛。

李宁玉：他是在撒谎，可你不能因此肯定他就是老鬼。

白秘书：为什么？

李宁玉：因为他向我打听密电内容本身是违反规定的，而且关心的还是人事任免问题，你让他在司令面前承认多丢脸，只好撒谎不承认。这种可能性完全有。

白秘书：那你说谁是老鬼？

李宁玉：现在不好说。

白秘书：不好说也得说……

李宁玉就是不说。沉默。长时间的沉默。雕塑一样的沉默。任凭白秘书怎么劝告、开导、催促，始终如一，置若罔闻，令白秘书又气又急，又亮了喉咙：“你哑巴啦？李宁玉，说话啊你！”

话音未落，李宁玉霍然起身，对白秘书大声吼道：“我哑巴说明我不知道！你以为这是可以随便说的，荒唐！”言毕抽身而起，手里捏着梳子，疾步而走，把白秘书愣得哑口无言。

王田香听了，兀自笑道：“白小年啊，你惹着她了。”转而对肥原解释说，“这就是李宁玉，脾气怪得很，她平时跟谁都不来往，只跟自己来往，很没趣的。但你一旦惹了她，她会勃然大怒，说跟你翻脸就翻脸，没顾忌的。”

王田香还说，她以前当过军医，早些年在江西围剿红军时，一次张司令上山遭了毒蛇咬，身边无医无药，危在旦夕，是她用嘴帮他吸出毒汁才转危为安。就是说，她救过张司令的命，可想两人的关系一定好。王田香认为，她胆敢如此小视白秘书（包括对他也不恭），正是靠着与司令素有私交。

肥原听了，未发表任何意见。

五

最后下来的是顾小梦。

顾小梦进门就来一个先发制人，对白秘书说：“你别以为我是来接受你审问的，我下来是要告诉你，我什么都不知道，反正我不是老鬼，他们是不是我不知道，你去问他们就是了。”

虽然看不见她人，但从她轻慢的态度和言语感觉，肥原和王田香都可以想见她的刁蛮和凌人的盛气。听他们对话，肥原觉得最有意思——

白秘书：我每个人都要问，他们说他们的，你说你的。我现在是在问你。

顾小梦：我刚才不是说了，我不知道他们是不是共党，我只知道我不是。

白秘书：你拿什么证明你不是呢？

顾小梦：那你又凭什么证明我是呢？

白秘书：你起码有四分之一的可能！

顾小梦：那你就杀我四分之一嘛，是要头还是要脚，随你便。

白秘书：顾小梦，你这是在跟张司令和肥原长作对，不会有好下场的。

顾小梦：白小年，你这么说就干脆把我弄死在这儿，否则等我出去了我弄死你！

白秘书：小顾，我知道你父亲……（讨好的笑声）可这是我的工作啊，希望你配合我。

顾小梦：我确实不知道他们是不是，我总不能瞎说吧。

白秘书：这么说吧，小顾，老金和老李都是你的上司，你应该了解他们，如果在他俩之间你必须认一个，你会认谁？

顾小梦：我没法认。

白秘书：前提是必须认一个。

顾小梦：那我就认我自己，行吧……

肥原听着顾小梦的脚步声咚咚地远去，心里有种说不出的味道。他没有想到，谈话的结果会是这样，人人有招，人人过关。他原以为这些人都是吓破了胆的，只要堂前一坐，虚惊一下，一定会竞相撕咬，狗咬狗，咬出血，咬出屎，让他看够他们的洋相。他甚至想，只要这样随便审一审，老鬼就会形影大白。在他多年的经验中，共党也好，蒋匪也罢，都是十足的软骨头，刀子一亮，枪声一响，就趴下了，好可笑。他曾经对人说他现在为什么总是那么笑容满面，就是因为他在中国人身上看到的可笑事情太多了，经常笑，让笑神经变得无比发达，想不笑都不行了。但刚才这一圈走下来，他没看到料想中的可笑的东西，不免有点失望。

不过，对揪出老鬼，肥原的信心一点也没受到打击，他手上有的是杀手锏。制胜的底牌。肥原相信，只要需要，他随便打一张牌都可以叫老鬼露出原形。就是说，对揪出老鬼，他充满信心。不像王田香，出师不利后，脸上嘴上都有点急乱的迹象，骂骂咧咧的，乱猜一气。

肥原站起身，一边往外走，一边安慰他："不要着急，也不要乱猜。你要相信，老鬼现在是砧板上的肉，跑不了的，只要耐心等待，自会水落石出。"

王田香跟在他屁股后面，讨好地说："是，跑不了，有肥原长在，老鬼再狡猾也是跑不了的。"

肥原走进自己房间，坐下了，一边喝着茶，一边慢条斯理地对王田香道来："你说老鬼狡猾，狡猾好啊，狡猾才有意思嘛。你想如果他们今天就招了有什么意思，你不会有成功感的。结局是预期的，乐趣在于赢的过程，而不在于赢的结果。所以，他们现在不招，我反而有了兴致，乐在其中啊。"

肥原喝的是真资格的龙井茶，形如剑，色碧绿，香气袭人。转眼之间，屋子里香气缭绕，气味清新，像长了棵茶树似的。

第五章

一

什么叫度时如日？

老鬼现在就是度时如日。时间在分分钟地过去，老 K 和同志们的安全在分分钟地流失，而他／她似乎只能不变地、毫无办法地忍受时间的流逝。窗外，依然是那片天空，那些神出鬼没的哨兵；心里，依然是那么黑，那么绝望。他／她想象着同志们为迎接老 K 的到来可能布置的一个个切实周密的行动，不禁对他们大声疾呼：**快取消群英会**！**快取消**……但能听得到他／她呼号的只有他／她自己。这是对他／她最恶毒的惩罚！他／她想起以前一个同志说过的话：干他们这行的（做卧底），最痛苦的事就是有时不得不眼睁睁地看着自己的同志被敌人残害。他／她一直害怕这种事发生，可现在似乎不可避免地就要发生了。他／她感到很痛苦，痛苦的程度远比他／她想象的大。他／她不停地问自己：我怎么才能把情报送出去？问了一遍又一遍，一遍又一遍，好像这样连续发问可以减轻他/她的痛苦。其实是增加了……

二

到底谁是老鬼?

中午，一个卫兵向肥原报告一个重要情况，说明好像是顾小梦!

事情是这样的，白秘书同各人谈完话，差不多也到吃午饭的时间了。按规定吃喝拉撒的事都由王田香牵头，到时间他该带他们去餐厅吃饭。但是今天中午他去不成，因为肥原不能现身（冒充在城里呢），他要陪他进餐。于是便派张胖参谋代他去招接他们。张胖参谋过去后告诉白秘书：王处长去城里接肥原长，估计马上回来。这个理由一说，张胖参谋陪他们吃饭也好，厨房给东楼送好吃的也罢，都光明正大，可以磊磊落落地贯而彻之。

但顾小梦却给张胖参谋横出了个难题：她肚子不饿，不去吃饭。

这是个特殊情况，张参谋吃不准能不能同意。不同意只有捆她去，因为顾小梦压在床板上不起身，你有什么办法?没办法，只好同意。不同意也得同意。可万一有个三长两短怎么办?采取一个补救办法：留一个卫兵看着她。

哪知道，这正中了顾小梦的计。

再说肥原和王田香从窗户里看见，一行去吃饭的人中没有顾小梦，不知道有什么事。肥原估计她是在装病。

“她说她生病了。你怎么办？让不让她出去？”肥原如是问王田香，有点考考他的意思。

王田香说：“如果是谎称生病就不理她，如果是真生病了就请医生上门，总之是休想出去。”回答得流利，周全，底气十足，像事先预备好的。

肥原有意打击他：“你说得容易，首先你怎么知道她是真是假，她是母的，她说得妇科病了你怎么判断？其次，你说如果是真的就请医生上门，可万一医生识破我们在这里的真相，出去乱说怎么办？”

说的也是。看来这真不是个小问题，若顾小梦真来这一手还挺多事的。

好在顾小梦没来这一手，但也没少给王田香生事，折腾得他连顿饭都吃不安心！本来送来的饭菜是蛮好的，单独陪主子吃饭的感觉也不错。平时哪有这种机会嘛，一对一，面对面，你一言，我一语，像一对老友似的。可话还没说两句，饭还没吃两口，西楼那边的哨兵急煞地敲开了门，说有情况。

真的有情况。

原来，白秘书他们刚出门，顾小梦便下楼来跟哨兵套近乎，先是绕来绕去说了一些闲话，主要是把她的非凡身份抖搂出来，后来才道出真情。干什么？要哨兵帮她给一个人打个电话，叫**那人**速来此地，**她有急事相告**。当然，哨兵做好事不会没回报的，她许诺事后一定好好感谢他。至于那人的情况，哨兵说是姓简，简先生，还有一个电话号码，其他情况不详。

三

简先生到底是个什么人？顾小梦为什么这么急着要见他？是阴谋还是阳谋？肥原望着窗外，陷入沉思。不一会儿，他转过身，吩咐哨兵：“你回去告诉她，你已经打了电话，对方没人接。”哨兵刚要走，他又补充说，“记住，以后都这样，只要她催你来打电话，你就来，回去还是这么说，没人接电话。”

哨兵走后，肥原把刚才顾小梦和白秘书的谈话记录要来看，末了问王田香：“你看出什么了？”不及王田香作答，他又说，“我这回看出了两个顾小梦：一个是仗势欺人、行为乖张放肆的泼女子，仗着老爹的权势，天不怕，地不怕；一个是经验老到、胆识过人的老鬼，通过装疯卖傻来迷惑你，玩的是一个反常和大胆。”

说得太高深，王田香无言以对。

肥原解释道：“她不是放肆地说自己就是老鬼嘛，刚才我们的直觉是她在耍无赖，在无理取闹。但我们换个思路想，如果她真的是老鬼呢？她这么说，以无赖的方式，不打自招，自投罗网，这就是智慧啦，胆识啦。你们宋朝不是有个故事，说有个小偷去财主家偷东西，小偷在屋内翻箱倒柜找也没发现财宝，原来财主把财宝当干货，跟一大排腌肉、干辣椒一起挂在屋檐下。这是一种逆向思维，是流氓的智慧，出奇而不意，出奇而制胜。”

王田香看主子脸上发光，语出惊人，明显是进入角色的样子，心里备受鼓舞，兴奋有余。过度的兴奋反而使他脑袋一片空白，说不出有质量的话，只是献殷勤地说：“刚才金生火也说她是共匪。”

肥原沉吟道：“金生火的说法本身并不可信，但是放在现在的顾小梦身上，一个要急于与外界联络的人身上，就值得重视。现在的问题是，我们要找到一个最简单有效的方式来证实我们的怀疑。”

肥原决定打一张兵家老牌：借力用力，诱敌入瓮。他要求王田香马上给简先生打电话：“你就告诉他，顾小梦现在公务缠身，走不开，托你给他带了点东西，你要见他。”

就打电话找简先生。

果真是有个简先生！

简先生听明事情，不知道这是个套，高兴死了。惊喜万分。一种突然而至的喜出望外的心情跃然在电话里。喜形于声，于电线，于话筒。连离话筒有几尺远的肥原都感觉到了。于是，约好了见面的时间、地点。时间当然是越快越好——立刻出发。地点嘛，当然是家里头最好——这样跑得了和尚跑不了庙。

现在的问题是带什么东西？东西其实是次要的，关键是要在东西里设个机关，把顾小梦和简先生的身份试探出来。肥原认为，假定顾小梦真是老鬼，简先生多半是另一个老鬼：老鬼的上线，或下线，她急于见他的目的无疑是为了传情报。按照这个思路，肥原设计在东西里夹藏一片纸条，以老鬼的名义通知简先生速去某地取货。

东西挑来选去，最终选定肥原从上海带来的一筒饼干。铁筒的。纸条被讲究地放在饼干底下，无意是发现不了的，有心找又是找得到的。肥原认为，如果顾小梦是老鬼，他们是一藤两瓜，简先生受礼之后必定会去找这纸条，并且一定找得到，继而按约行事，去某地取货。

一切准备妥当，王田香出发了。

四

简先生是个北方人，身材高大，说普通话，围长围巾，戴眼镜。总的说，形象有点模糊不清：既像一个水手一样人高块大，孔武有力，又像一个书生，举止温文尔雅，说话客客气气。见了面，王田香总觉得简先生有些面熟，一问一说，明白了。原来简先生是时下杭州城里的当红名人，年初主演过一出反映中日友好的话剧，印着他头像的海报贴得满大街。后来该剧还专门去他们部队演过专场，更是忘不了了。

简先生住的是客栈的出租房，在二楼，有里外两间。里屋是卧室，床头柜上有顾小梦的相框，说明两人关系不一般：可能是在搞对象。相片是套过色的，嘴唇鲜红，眉毛清黑，面颊桃花一样粉，白里泛红。粗粗一看，顾小梦有点不像顾小梦，仔细看，还是像。外屋是客厅兼书房，王田香在沙发上坐了一小会儿，抽了一根烟，与简先生略作小聊。以王田香之见，简先生的表现还算正常，没有做贼心虚的那种迹气，言谈随和，不像个地下党。但是丢在沙发上的一本书，又让王田香觉得有些警疑。这是著名进步作家巴金去年刚出版的新作《秋》（一九四〇年七月出版）。后来去看书架，上面有好多巴金的作品，什么《家》啊，《春》啊，《灭亡》啊等，都有。此外，还有鲁迅、茅盾、丁玲、蒋光慈、萧军、柔石等左翼作家的很多作品。一大排。莫非他替皇军唱戏是假心假意的？肥原在电话里听到这情况后，立即变得煞有介事地命令王田香：

“盯着他，只要他去了纸条上约定的地方就抓他！”

但简先生没去，起码是没有马上去。他送走王田香后，即去了剧团，然后一进不出，好像是知道外面有人在盯梢。王田香守望两个多小时，守得心烦意乱，直到天色见晚，才安排一个兵守着，自己回来向肥原汇报情况。

肥原听了汇报，分析来推测去，最终认为顾小梦是老鬼的嫌疑仍不可排除。他说："现在不去，不等于晚上不去。即使晚上不去，哪怕是永远不去，也不等于他是清白的。"言外之意，似乎怀疑王田香行事不慎，被简先生识破机关了。

王田香看出主子的疑虑，赌誓说他行事绝对谨慎，绝对不会让对方有所怀疑。

肥原嘿嘿地笑道："你的意思是说简先生肯定不是共党？"王田香哪敢夸这个口？"所以，"肥原说，"还是派人盯着他吧，别让上钩的鱼又跑了。"

总的说，情况不尽如人意，似是而非，亦是亦非，难以速战速决，只好暂且搁在那儿，以观后效。观又是怎么观？是顺其自然，还是挖渠引水？肥原偏向后者。那么挖什么渠？引什么水？肥原一时想不出个所以然。后来王田香不经意说起，顾小梦在酒桌上是个积极分子，肥原顿时有了主意，果断地说：

"那我们就来给她摆个鸿门宴吧。"

殊不知，到了晚上，在酒桌上，李宁玉又冒出来，模糊了肥原的视线！

五

晚饭是肥原亲自陪他们吃的，在食堂包间里。伙食很好，有鱼，有鸡，有酒。酒是烈性的白酒，钱江大曲。肥原就是要他们吃酒，多多地吃，吃出个酩酊，吃出个酒后吐真言。所以一上来，肥原亲自给各位倒上满满的一杯酒，并带头举起酒杯："来，大家举杯，这是我与各位在此吃的第一餐饭，我希望也是最后一餐。"

意思是说，他希望把老鬼揪出来，好让大家散伙。

换句话说，他希望老鬼在酒精的作用下露出尾巴。

但是李宁玉不肯举杯，她说她酒精过敏，从不喝酒。肥原问在座的，李宁玉说的是否属实，众人都说不知道。因为李宁玉从来不跟人交际，没人跟她在外面一起吃过饭。

肥原听了，笑："看来，我们李科长是个良家妇女。"

李宁玉板着脸："当然，难道肥原长希望我堕落吗？"

肥原哈哈大笑："如果你认为喝杯酒是堕落的话，我希望你堕落一下，难得哪！"

不！

不喝！

坚决不喝！！

由于李宁玉带了个坏头，影响了大家喝酒的情绪和气氛，让肥原甚是气恼。人气恼了会多疑，肥原看李宁玉冷眼旁观的样子，不禁想，莫非她是怕酒后露真相？就是说，李宁玉拒不喝酒，反倒引火烧身，引起了肥原对她的怀疑。如果说这仅仅是一闪而过的念头，那么后来发生的事着实令肥原瞄上了她——李宁玉！

事情这样的，用餐至一半时，李宁玉和吴志国大干一架！这是迟早的，两人其实早就对上了，一直在找发泄口，现在肥原大摆筵席，无疑是提供了机会。导火线。从入座起，吴志国便对李宁玉大眼瞪小眼，红眼翻白眼。有一会儿，四目相对，吴志国还暗暗对她挥了拳头，向她示威。动筷之后，交杯之际，吴志国时有连篇怪话，或指桑骂槐，或反唇相讥。李宁玉一直没有接腔，忍着，当没听见，显得颇为大度，又有点息事宁人的软弱。后来，吴志国像突然想起似的，要求李宁玉当着大伙儿的面，把她昨天下午说过的话（她是如何带他进办公室，又是如何跟他说了密电内容）重新说一遍。

他对肥原说："如果她说的不一样，就说明她在撒谎。"

李宁玉问他："那如果一样呢，是不是说明你就是老鬼？"

吴志国说："一样就说明你太狡猾，连谎言都记住了。"

李宁玉说："既然这样我就不说，反正怎么说都是我的错。"

吴志国说："你是不敢说，你连酒都不敢喝，是怕酒后露出老鬼的尾巴……"

话音未落，只见李宁玉突然操起酒杯朝吴志国泼去，活脱脱泼了吴志国一个**酒流满面**！

场面顿时大乱。好在劝阻的人又多又踊跃，及时把两人隔开，拉走，否则李宁玉必定要吃一顿拳脚。吴志国是什么人嘛，打人机器，拳脚是用惯了的。李宁玉，一个女流之辈，虽然个性冷硬，真要出手相打，必定吃亏在眼前。

虽然一场势在必然的打斗是阻止了，肥原的鸿门宴却势在必然地完蛋了。肥原看着众人鱼贯离去，目光里和心坎上都只有一个人——李宁玉！肥原认为，李宁玉今天晚上是露出破绽了——聪明反被聪明误！他无法抑制地想，李宁玉对吴志国之前的那么多挑衅和谩骂都忍得住，为什么那时突然忍不住了呢？那话有那么难听吗？这话哪里难听了？这话干干净净的，一点都不脏，既没有说要日你，也没有骂你祖宗八代，充其量是一句恶语而已，有点人身攻击，值得大动肝火吗？思来想去，肥原始终觉得不对头，他推测李宁玉可能有意在制造骚乱，目的是想借突发的混乱回避吴志国的要求。进一步推测，说明李宁玉可能真的怕自己说不圆老话。再进一步推测，说明她可能真的是在撒谎。再进一步推测……

事情越来越复杂了！

奇怪的是，肥原并不为此觉得恼怒，一点也不。似乎还有点高兴。也许从心里说，他并不希望顾小梦是老鬼，毕竟人家父亲是南京政府的大红人，名流，旗手，榜样，倘若其女为非作歹，于（伪）国（伪）军都是有失面子的。这个政权本已遭人唾弃，高层和名流要再闹出什么丑事，岂不是丑上添丑，越发遭人唾骂嘛。

当然，希望归希望，事情归事情，现在说谁是谁非还早，等着看吧。

六

看什么呢？

王田香建议：看他们的字。就是说，验笔迹。

这倒是个不错的主意，肥原也想过。只是，一则，以他业有的经验看，在对方有备的情况下，验笔迹的效果往往不大灵。现在对方是惊弓之鸟，你突然神经兮兮地喊他们来抄个什么玩意儿，他们能不警觉嘛。警觉了能灵吗？灵不了的。二则，肥原还嫌它麻烦——瓮中捉鳖，何必这么麻烦？

可现在看，还真不是那么简单。复杂着呢，该说的好话说了，该唬的也唬了，该骗的也骗了，居然并无结果——既不见人屈服自首，也没人确凿地检举。虽说有点目标，毕竟没拿到证据，嫌疑而已。这种情况下，为了取证，为了明辨是非，肥原也不嫌麻烦了，决定验一下笔迹。或许有意外收获呢，他想。

怎么验？难道就直截了当地来？不行的。肥原告诫自己，不要操之过急。心急吃不了热豆腐。心急是要导致智商下降的。像肥原这种属于智囊团一级的人物，最要人夸他智育发达，也最怕被人拿住弱智的把柄。凡事都要有个最好的方案，暂时没有不等于过一会儿也没有，今晚没有不等于明天也没有。也许散个步，睡一觉，做个梦，没有的东西就会从没有中——虚无中——黑暗中——生发出来，他们的老祖宗不是说，凡事都是由空虚而生……

按王田香想，验笔迹是多容易的事嘛，只要按老鬼纸条上写的，你在上面念，喊他们在下面听写即是。说得轻巧！如是这般，容易是容易，但难保劳而有功。为了确保劳而有功，肥原把它整得复杂死了！自己苦思冥想不说，王田香和白秘书更是吃尽苦头，光一个准备工作就挖空了心思，费尽了心机。

做什么？

创作一封信。

是的，创作一封信。肥原苦思冥想出来的方案是，以**吴金李顾四**的口吻，给各自家属或亲人书信一封。信的中心意思是：在外公干，给家人报平安。字数在一百字左右。

这有何难？

难的在后面，在要求里：这封信里必须包含老鬼发出的纸条上的十九个字！这有点戴镣铐跳舞、梅花桩上摆擂的意味，蛮考人的。好在白秘书的笔力和想象力上乘，信创作得很见水平，又是按时交卷。肥原看罢，高兴地给了个满分。

有了这封信，验笔迹就不叫验笔迹了。叫什么？给他们家人报平安啊。可为什么不让他们自己写？那是怕他们择言不慎，泄露机密。总之，是可以勉强说得通的，再加上具体实施时采取一些适宜的愚人措施，基本上可以保证蛊惑人心，达到麻痹他们之目的。

所谓的愚人措施有三。第一，出其不意。事先什么都不说，保密，把人喊下来后再道明事因。第二，化整为零。四个人分头下来，一个个来，造成一种唯你独有的错觉。第三，当场口授，边想边说，知前言而不晓后语，感觉是临时拟订的。

此事由白秘书主持，地点是在会议室，性质是欺骗，是暗的。别以为这就完了，没呢，才一半。当你从会议室书罢信出来，还要被客厅里的王田香请去对着老鬼的原话（速告老虎，201 特使行踪败露，取消群英会！老鬼。即日）连抄三遍。这就是明的了。有明有暗，才玩得转。

从时间上说，抄三遍原话的时间和记录一封信的时间差不多，所以可以搞流水作业。就是说，你下楼来，先去会议室照白秘书口授书信一封，然后再到客厅来抄原件，同时第二个人又去会议室书信……一时间，吴金李顾，上楼下楼，出门进门，写信抄话，楼里呈现出一派繁忙景象。

其间，张司令也赶来凑热闹，他是专程来给肥原送电报的。这两天电讯科与南京的无线电联络频繁，如昨天出来五个联时(联络时间)，往来电报六封。这些电报内容大多是关于老 K 行踪和松井对此事的相关批示。一个小时前张司令吃罢晚饭没事，顺便去电讯科看，恰好遇见他们刚收到一份重要电报，内容如下：

急电！

据悉，老K已抵沪，估计今晚可潜达杭州，务必按计行事，不要轻举妄动。

张司令觉得这份电报很重要，便亲自送来了。

肥原看罢电报，算了一下时间，老K前天早上从西安出发，比预计早一天到上海，估计他一定是直接坐火车来的，没有在武汉逗留。张司令说他也是这么估算的，来之前已经在火车站加了兵力，严密监视。

“监视有什么用？”肥原说，“你又不认识他。”笑了笑又说，“就是认识他也没用，我们现在不能抓他。你交代过吧，不能抓他的。”

“交代了，交代了。”司令满口应承。

“让他来吧，”肥原整理着刚收上来的验笔迹纸条，一边说道，“来了就好，我就怕他不来。来就说明他还不明真相，上钩了，也说明你张司令有望立大功了。暂时我们可以什么都不用管，只管守好凤凰山，守株待兔。你看着好了，到时候你会都见到他们的，就像这些玩意儿可能会告诉你谁是老鬼一样。”

肥原说的这些玩意儿是指吴金李顾们的笔迹，这会儿都已收上来，等着人看呢。张司令既然凑巧来，肥原自然请他一起验看。两人严阵以待，调动全部心智和精神气，只怕稍有疏忽，被老鬼蒙骗过去。作为一个训练有素的老特务，肥原对笔迹略有研究，他知道，笔迹如指纹，每个人的字体、笔迹都是不同的。可另一方面，笔迹毕竟不是指纹，指纹是一成不变的，哪怕割掉了皮，长出来还是老样子，想破坏都破坏不了！而笔迹是可以变的，虽说万变不离其宗，但有时候要窥见**其宗**也不是那么容易，尤其是对那些练过书法的人，翻手是云，覆手是雨，搞得你晕头转向。

可今天两人的运气好极了，张司令才看到第二张纸条就兴奋地叫道："肥原长，有了！你来看。"

肥原只看一眼，即认同了张司令的感觉，颜开笑来。

随后，两人将此人的四轮笔录一一研看，每看一次，张司令都叫一次：就是他！

肥原嘴上不叫，心里也在叫。他简直难以相信，老鬼就这样显了形，而且——又是难以相信，居然不是李宁玉，也不是顾小梦。

是谁？

吴志国！

也许是慎重起见，也许是为了与人分享这份横空而来的惊喜，肥原把王田香和白秘书都叫来看。在毫无提示和暗示的情况下，他们得出的结论惊人的一致。

王田香说：“肯定是他！”

白秘书说：“绝对是他！”

肥原望着张司令：“这么说，就是他了。”

张司令把脸一沉：“把他押下来！”

七

吴志国被王田香押来。

押来当然是要审问。有了铁的物证，审问的用词是程式化的，肥原和张司令几乎都背得出来，两人你一言，我一语，左右开弓，轮番出击——

说，你是什么时候加入共党的！

说，你的上线是谁！

说，你的下线是谁！

说，把你知道的都给我说出来……

吴志国开始还显得很强硬，头脑清醒，用词讲究，神情坦然，从容不迫。但当肥原把老鬼写的原件和他晚上写的四份笔录一起丢在他面前时，他傻掉了！像见了鬼，目光发直，脸色骤然变得僵硬，可想心头是惶恐万分了。肥原是吃特务饭的，察言观色是基本功，看他表情的骤变，知道这事已近尾声。

"招了吧，吴部长。"肥原拍了拍他的肩膀。

"听到了没有，招了！"张司令的手指像匕首一样戳在他的额头上。

肥原挪开张司令的手，好言相劝："不是说，识时务者为俊杰嘛，现在你再抗拒就是丑陋了。"

"孙悟空会七十二变也变不了他的字！"张司令吼道。

"是啊，"肥原指着桌上的一堆纸头，"你不招，但你的字已经招了，白纸黑字，铁证如山。"

"就算是不见棺材不落泪嘛，你现在已经站在棺材面前还有什么好撑的。"张司令抓起一片纸头，丢给吴志国，"看看吧，就是瞎子用手摸也知道，这是你的字！"

肥原呵呵地笑道："张司令说得有点夸张，瞎子是摸不出来的，但我们可以看得出来。每个人都可以看得出来。我给你统计过，总共十九个汉字、三个数字，你起码有十个汉字和一个数字跟老鬼写得十分相似，可谓神似哦。而其中四个字，那就像是用图章盖上去的一样，或许瞎子也是摸得出来的。"

张司令骂："你不要敬酒不吃吃罚酒！"

肥原劝他："放聪明点，招了，免得受罪。"

但吴志国就是不招。坚决不招。他时而以大言相誓，时而以怨声相诉，力辩自己的清白和冤屈，把张司令气得咬牙切齿，把肥原在一群软骨头中养成的脆弱的神经和有限的耐心也折磨得死去活来。

原以为在铁证面前，审问会立竿见影，可以速战速决，哪知道遇到牛皮筋了，一时半会儿收不了场。说真的，肥原并不想审问时有个婆婆在身边，刚才不好说，现在一个回合下来——败下阵来，似乎也没什么不好说的。他把张司令喊出门，婉言劝其先走。审问这种小事情怎么是大司令干的？司令只需要下达命令，然后在家静候佳音即可。云云。说得张司令骨头都松了，留下指示，走人。

肥原送罢司令回来，即吩咐王田香把吴志国带走。去哪里？对面楼里。干什么？当然还是审问。审问是有技术的，地点、方式、用语、环境、气氛、轻重、缓急、步骤、节奏，等等，都是有讲究和技术的。肥原把他押过来，就是要讲究和追求这些东西，希望以此给他加增精神上的压力，压垮他，拖垮他。到了这边，就跟回了家似的，肥原可以一边喝着茶，一边无所顾忌地审问，谩骂，恫吓，用刑，都可以，困了，累了，可以在客厅沙发上休息，也可以上楼去小睡一觉。

起初，审问安排在客厅里，肥原请他坐在沙发上，还叫张胖参谋给他泡茶。听说他抽烟，又放了一包烟，并亲自给他递上一支。说的也没一句重话，都是客客气气的，甚至尽量给足笑容。旁人看来，怎么说都不像在审问，而是在接待一个老友，或者说远道而来的部下。张胖参谋就是这样认为的，他刚才没去那边，不了解真情，以为吴部长这会儿已经排除嫌疑，哪知道这是在审问。

既是审问，就是要你说，张开口，如实招来。你不招，那叫不识相。不识抬举。不晓得天高地厚。不撒泡尿照照自己……哼，对你好不领情，身在福中不知福，必定是泰极否来。肥原本是有耐心之人，说够了好言好语，忍了又忍，终是忍无可忍，把手上的茶杯朝他扔过去，骂："他妈的！你这不是成心逼我翻脸嘛。"

王田香看主子发火了，扔的茶杯又给吴志国躲掉了，没吃上亏，有心要给主子长长威风，冲上去，猛地朝吴志国膝盖窝里踹一脚。后者本来就为躲闪茶杯仓皇起身的，立得很不稳当，哪经得住这一脚猛踹，顿时哎哟一声跪在地上。

肥原走到他身边，咧开嘴，讥笑道："不是说男儿膝下有黄金，怎么能说跪就跪？起来！你不要脸，这身军服还要呢。"等起来，又说，"听着，我再给你一次机会，别再不识相了。"

吴志国照旧不识相。就是说，他把最后的机会又废了。不认！就是不认！与前有所不同的是，这回不认的方式有变化。大变化。居然声泪俱下地诉起苦来，好像跪了一下，他业有的骨气和脸面都碎在地上，没有了，收拾不起来了。

王田香骂："别装了，你的尿水不值钱，更别指望迷惑我们。"

肥原对他摆摆手，走到吴跟前，凑到他面前，一本正经地说："都说男儿有泪不轻弹，你怎么哭了？我是看不得男人流泪的，跟个娘儿们似的。哭什么嘛，我不要你哭，我要你说。算你的眼泪感动了我，这样吧，我再给你一次机会，算我仁至义尽。”肥原把好话说在前，跟着是严正警告，“但你不要再考验我的耐心，这绝对是最后的机会。”

吴志国把补贴的机会又浪费掉了。

不认！

就是不认！

充分表现出一个共党分子惯有的大无畏的革命精神，宁死不屈，视死如归。

是可忍孰不可忍，肥原拍案而起：“我 ×！算我开了眼，遇着了一块茅坑里的烂石头，又臭又硬！好，既然你装硬，不吃软，要吃硬的，我就给你吃硬的。”掉头对王田香丢一句，“看你的，看看他到底有多硬！”扬长而去。

走一半，又回头，左右看看，最后指着东头的一间屋对王田香下命令：

“到里面去，别吵着我！”

八

肥原指的那间屋连着客厅，挨着东墙，是间小客房，目下正好空着。

王田香先进去，把床铺掀了，腾空房间，才叫胖参谋带人进来。刚进屋，王田香把手上的烟头往吴志国脸上弹去，后者躲掉了。

“身手还是很敏捷嘛，”王田香冷笑，“就是心眼太毒了，居然是个鬼。”

“呸！”吴志国怒目圆睁，“你瞎了眼！我怎么可能是老鬼？是李宁玉！”

“哎哟，那我很危险哦。”王田香故做害怕状，“等你正了名，我不是要遭殃了。”

吴志国凛然说道：“所以你要给自己留下后路。”

王田香奸笑不已：“这就是你的后路！”一脚踢在吴志国的肚子上，后者失声叫一声，蹲在地上，把一旁的胖参谋吓得倒退两步。

“对不起。”王田香没来由地说，不知是对吴志国，还是对胖参谋。也许是对楼上的肥原说的，因为从刚才吴志国这叫声的传播方向包括力度看，王田香觉得一定是传到他主子肥原的耳朵里去了。这不是违反要求了嘛，于是他翻出一条枕巾和床单，和胖参谋一起把吴志国捆在床架上，又堵了他的嘴。

“听着，”王田香对开不了口的吴志国说，“你以前对匪徒是怎么行刑的，我今天就怎么对你。你受不了了，准备招了，就对我点三个头。听好了，要连点三下，我才让你开口。”

吴志国猛烈挣扎，呜呜乱叫，是日娘骂爹的样子。

王田香冷笑道：“我知道你在说什么，你说我在搬石头砸自己的脚，等你出去了，官复原职，要叫我吃屎。可我告诉你，不会有这一天的，你说真要有这一天，哪怕是万分之一的可能，我敢吗？不敢。我敢就说明没这可能啦。你没听张司令说嘛，就是瞎子用手摸也是你，我还不是瞎子呢。现在瞎眼的是你，都到这时候还不招，逼得我们没法做好人。张参谋，你说是不？你愿意灌他罚酒吗？肯定不愿意，都熟脸熟面的，谁想做恶人嘛。可你非得逼我们做就没办法了，知道吗？这是你逼的，成全你。”说着拔了手枪，卸下武装带，递给张参谋，“来，动手。”

真动手了！

虽然堵了嘴，禁了声，楼上的肥原还是断断续续听到楼下的动静：用力抡打的声音，皮带偶尔抽在硬物——床架或墙——上的声音，吴志国沉闷的喊叫声，王田香压制不住的恶骂声，莫名其妙的声音……不知是气的，还是昨夜在招待所吃喝玩乐累了，肥原上楼后觉得很倦怠，手重脚沉，头晕目眩。他倚在床上，本想歇一会儿再下楼去看看的，后来实在熬不住一浪浪睡意的拍打，昏昏沉沉地睡过去了。楼下的声音不时将他吵醒，他朦朦胧胧地想，这些贼骨头都一样，不见棺材不掉泪的。

第六章

一

第二天早上，天方麻麻亮，楼里人都还在睡觉，肥原却被梦中吴志国的哭声吵醒。他梦见吴志国像一条垂死的蛇蜷曲在他脚前，苦苦求饶，声泪俱下。醒来时，他第一感觉是楼里很静，很黑，像出了事，死了人。黎明前的黑，沉甸甸的，从玻璃窗里灌进来，昏沉沉地压在床铺上，毛茸茸的，有力，强烈，梦幻……因为寂静，他仿佛听得到黎明天光的聚散之音。过分的寂静让他有一种不祥感，他迅速起床，匆匆穿好衣裳，开门时手里握着手枪，好像门外守着另一把枪。

打开门看，外面什么也没有，没有枪，没有人，只有隔壁窃听屋里间或漏出轻微的响声，似有人在。他看门是关的，不知里面是什么人，还是不敢松掉手枪。直到透过廊窗，看到对面楼前哨兵若无其事的黑影，心里才松了气，手里也松了枪。他敲开隔壁门，问有没有事，其实是想看看王田香在不在里面。不在，也没有事。或者说，他们（两位窃听员）所说的事，他认为不算事。

就下了楼。

胖参谋用了一夜刑，似乎累了，仰躺在沙发上打瞌睡，身上冒着寒气，大腿上压着手枪，有点又当婊子又立贞节牌坊的味道。肥原干咳一声，胖参谋立刻醒了，惊慌地立正，膝盖哆嗦，如临深渊。

“招了吗？”

“没有。”

听见了没有，还没有招！

肥原想，真是个贼骨头啊，又臭又硬。

“人呢？”

“在里面。”

肥原本想进屋去看看，却看不成，因为他突然觉得肚子不舒服。上了厕所发现，还不是一般的不舒服，上呕下泻，必须要去医院看看。看架势，很严重，甚至都来不及把王田香从被窝里拉出来，叫上胖参谋，匆匆出发了。

二

急病得到急治，控制得不错。

十点钟，肥原和胖参谋从城里回来。车子驶入后院，肥原的目光有意无意地往西楼睃一眼，看见楼前的哨兵正在呵斥并驱赶一个老头。老头挑一担竹箩子，扁担上扎着一条毛巾，像个收破烂的。他个子长长瘦瘦的，走起路来腰板笔直，吊手吊脚的，是那种有点异形异态的人，吸引肥原多看了一眼。但也没太在意，看看而已，没作多想。

回到楼里，不见王田香，只有一个小兵在客厅里，守着吴志国。肥原以为王田香一定去了对面楼里（鬼知道在干什么），心里不大高兴，吩咐小兵去叫他回来。小兵却警惕地瞅一瞅吴志国房间，凑到肥原跟前，诡秘地说："王处长出去了。有新情况，老鳖来了，王处长去盯他了。"

老鳖是谁？肥原一时没想起来。

胖参谋指指吴志国房间，低声说："就是他的联络员。"

肥原这才想起，王田香曾对他描述过的老鳖，顿时觉得刚才他在车里看到的那老头可能就是他，便丢下小兵疾步去门口看。看见王田香和一个手下，脱掉外套在小树林里假模假式地在切磋武艺，目光却一直盯着老头，更加确信那老头就是老鳖。此时，老鳖已被西楼的哨兵赶开，悻悻地走着，东张西望，有点不知去向——好像想往这边来，似乎又有点犹豫不定。肥原当即回到屋里，对胖参谋交代道："老鳖就在外面，你去问问他是不是在收破烂，是的话你就说这儿有些废报纸，把他带过来。"

老鳖今天扮的就是拾荒拣烂的角色，有废纸当然要上门。这时候你就是主人，事情就是卖废品，万万不可画蛇添足，打草惊蛇。所以老鳖一上门，肥原即把小兵支走，又叫胖参谋去楼上把那些废纸箱拿下来。那些纸箱哪是废的，都是装窃听设备用的，现在要假戏真做，只有牺牲掉它们。再说也不是白牺牲，是有价值的。价值不菲呢。通过这次接触，和老鳖一见一聊，加之与胖参谋一唱一和，肥原至少达到两个目的：

一、虽说和老鳖的聊天内容是闲碎的，并无实质内容，但声音是有方向和用意的，足够让关在房间里的吴志国听得到，辨得清。如是，假如吴志国是老鬼，该明白是怎么回事——同志们在找他！好了，同志们在找你，你该心急了吧。心急容易失方寸。现在肥原要的就是这个，让他心急意乱，失去方寸。

二、趁老鳖在收拾纸箱时，肥原故意装得像突然想起似的，问胖参谋给对面楼里送水果了没有。这话很巧妙的，不管胖参谋怎么说——送或者不送，肥原都可以借题发挥，把他对那栋楼里的那些人的**关怀**之心表达出来，让老鳖在已有的假情报的歧途上走得更远，更深。

前者是一服泻药，是要叫吴志国（老鬼）坐不住，稳不起：在清醒中心急如焚，在焦急中乱掉阵脚。后者是一针麻药——全身麻醉，将麻得老鳖及老虎都宿醉不醒：在迷糊中高枕无忧。一醒一醉，像一只榫头的凹凸两面，对上了，咬紧了，无缝了，整个架子就牢了。坚不可摧。固若金汤。这般，就等着有好戏看。

肥原甚至想，这会儿再去劝降吴志国，感觉一定不一样，或许会不劝自降。

肥原目送老鳖远去，心里莫名地对他生出一种好感。他感激这次相逢，老鳖适时而来，使他有机会加固了整个架子，确保了老 K、老虎之流最终坐以待毙。

三

送走老鳖，肥原还在门口遐思，王田香突然跟个鬼似的从他身后冒出来。这是怎么回事？你刚才不是在树林里吗，何时进的屋？原来王田香见老鳖被小兵带走，估计是肥原有请。他不敢贸然从正门回来，只好绕到后面，爬窗进来，猫着。所以刚才肥原和老鳖的闲谈，以及与胖参谋演的双簧戏，他其实都听到了，这会儿肥原该听听他说的。

王田香说："半小时前，大门口的哨兵给我打来电话说，刚放进来一个收破烂的老头，是我们营区的那个清洁工。我想，那不就是老鳖嘛，就出去盯他。老东西显然不知道自己身份已经暴露，背后有人盯着，他在外面象征性地转了一下后，就直奔后院。后院平时都没有人来的，他来收垃圾岂不是鬼话？这家伙真是够冒失的。"

肥原问："他进来后就直接去了西楼？"

"差不多。"

"不要说差不多，是不是？"

王田香犹豫着说："他在路口张望了下，便去了西楼。"

肥原又问："是你叫哨兵不准他进西楼的？"

"是……"王田香担心自己做错，说得小声又迟疑，马上又小心地解释，"我不知道你要见他，不敢放他进去。"

"当然不能让他进去。"肥原不怪罪他，反而表扬他，"那边人多嘴杂，万一叫他看出什么异常，不成了脱裤子放屁，没事找事了。"但肥原怪罪自己，认为不该那么早让胖参谋去喊老鳖过来。"喊早了！"他批评自己，"现在我们不好判断，老鳖到底是本来就打算过来的，还是被我喊过来的。"

"这有什么不同？"

"大不同，"肥原不乏卖弄地说，"如果我不喊他，他直接走掉了，我因此可以马上放掉一个人。"

"谁？"

"顾小梦。"

肥原分析，老鳖今天来不外乎有两层用意：一是求证假情报之虚实；二乃见机行事，看能否与老鬼取得联络——能联络最好，不能则罢。就是说，两者以其一为主导，其二则是顺手牵羊的事。

"为什么？"肥原自问自答，"你不是故意在他身边**泄了密**，让他有幸听说老鬼在这里执行公务，可毕竟只是听说，无凭无据，怎么踏实得了？要眼见才能为实嘛。于是他专程而来，打探虚实。假如他只是去对面楼里打探，不来这边，我不喊他不来，你会怎么想？”看王田香一时答不上，又问他，“你给他透消息时，明确说了老鬼是在那栋楼里吗？”

“没有。”王田香果断地说。

“那么——”肥原想了想说，“假如他只去对面楼里打探而不来这边，说明他事先知道老鬼就在那边。可你没跟他说明，他凭什么知道这个？谁告诉他的？只能是老鬼家属。”顿了顿，肥原加快了语速，“老鬼家属来过这里，知道他们住在那里。老鳖本不该知道，知道了必定是那些家属告诉他的。家属凭什么告诉他？一个收垃圾的老头，谁爱搭理他？只有一种可能，此人是老鬼家属，他们都是共党分子！但是你知道，那天顾小梦家来的是管家婆，饭都没吃就被我打发走了，根本没来这里，完全不可能知道老鬼住在那里。所以，这样的话，我们就可以据此排除顾小梦。”

但现在不行，现在老鳖还没有走到岔路口便被胖参谋喊过来，所以你无法判断老鳖究竟是被他们喊过来的，还是他本来就准备过来的。说来说去，是喊早了，也许只是早了一分钟，失去的却是一大片地盘——推理余地。

王田香看肥原沉浸在惋惜中，劝他：“其实也无所谓，反正吴志国就是老鬼，还要这些推理干什么。”事到如今，什么难听的话都说了，什么脏话都骂了，毒手也下了，他是害怕吴志国不是老鬼了。

肥原摇摇头："话不能这么说，干我们这行的证据是第一，我们现在认定吴志国是老鬼，就因为我们掌握着确凿证据——他的笔迹。但这个证据只能证明他是老鬼，不能证明他老婆是不是同党。再说，该到手的证据，由于自己考虑不周，弄丢了，总是很遗憾的。"

这似乎说到一种职业精神，肥原谈兴大发："打个比方说，两个人下棋，即使输赢已定，但你还是应该下好每一步棋。这是一种习惯，也正是这种良好的习惯，才能保证你当常胜将军。今天我是草率了一点，走错了一步棋，本来不该这样的。"

肥原确实感到很遗憾，缠着这件事说不完地说便是证据。他叹口气，又说："话说回来，其实我们现在很需要这个证据，吴志国不肯招，这也说明我们掌握的证据还不够，起码他认为还有抵赖的余地。如果证据一个个的有了，他还会抵赖吗？敢吗？"

王田香说："他赖只能活受罪。"

"你昨晚对他用刑了？"得到王田香肯定的答复后，肥原又神秘地问他，"你就不怕他不是老鬼吗？"

"你……怎么……有什么新情况吗？"王田香心里一下长了毛。

"没有。"肥原笑，"是和不是，该打还是要打，我同意的，你怕什么。"

“我不怕，”王田香又硬了脖子，“怎么可能不是他，肯定是他。”

这时门口哨兵打来电话，报告一个惊人的消息：老鳖没有走！他不走干什么？难道还要住下来不成？当然，住是不可能的，他不会这么傻。他很聪明的，去厨房转了一圈，认了一个人，看上去两人蛮亲热的，可能是老熟人。也不一定，那人是食堂烧火的，火头军，兼做食堂卫生，跟他是半斤八两，一路货色。同是天涯沦落人，相逢何必曾相识。半斤八两刚认识也可能打得火热的，何况老鳖主动帮他干活：劈柴。劈得挺起劲的。

“他暂时不会走了，”肥原作出判断，“他要等吃过午饭才会走。”

“他想和老鬼取得联络？”王田香问。

“对。”肥原说，“他一定已经从伙夫那边探听到，这些人在外院吃饭。他觉得有机会与老鬼联络上，就决定不走，等着吃饭，趁机跟老鬼联络。”

“怎么办？”王田香指指吴志国房间，“要让他去吃饭吗？”

四

要！

当然要！

肥原分析，现在老鳖肯定不知道自己被监视，同时又急于想与老鬼取得联络，所以只要老鬼在他面前露面，他一定会设法跟他联络。起码会有试图联络的迹象，有动静，有反应。不用说，跟谁有反应，谁就是老鬼。

确实，老鳖现在的身份是明的，想与老鬼联络的心思也是明的，联络时可能有的一举一动也是明的——哪怕只是挤眉弄眼，装怪猫叫，在老鬼周围瞎打转，乱晃悠，一切都在严密监视中，漏不掉，瞒不住。可以说，现在的老鳖实际上是老鬼的试纸，晴雨表。吴志国说他不是老鬼，到底是不是，拉出去给老鳖看一看就能见分晓。用肥原的话说：正面攻不下，可以从侧面攻。

但打开门看见吴志国的样子，肥原知道完了，他的计划泡汤了。一夜不见，肥原已不认识吴志国，他变成一个活鬼！光着上身，外套内衣都被卷起来，反套在头上，背脊上足以用皮开肉绽来形容。下身，皮带被抽掉了，外裤耷拉在胯下，内裤上血迹斑斑——如果是女人的话，一定会使人想到刚被人强奸过。肥原本能地往后退，吩咐王田香把他收拾一下再带出来。他没想到王田香下手会这么狠！

带出来的吴志国也没有雅观多少，佝着腰，跛着脚，走一步，颤一下，像刚从兵刃相交的血战中救出来的败将。脸上倒没什么明显的青包或创口，这要归功于王田香及时把他的衣服套在他头上（这样既可免于四目相对，也不会吵着肥原），但牙关节可能是被堵嘴的毛巾撑脱了，嘴巴始终闭不拢，呈O形，嘴角还挂着两行血迹，看上去一副凄惨的痴相。肥原甚至没看全一眼就挥了手，不看了，叫人莫名其妙。

好不容易有个申诉机会，又被取消了。吴志国不从，挣扎，嘶叫，不肯回房间，向肥原喊冤叫屈。肥原走到他跟前，淡淡地说："不要叫，再叫我就再堵住你的嘴。"

吴志国看胖参谋手上捏着刚从他嘴里拔出来的枕巾，随时都可能再塞回去，乖乖地闭了嘴，等肥原发话。

肥原问他："刚才没睡着吧，该知道有人来看你了吧？"

"谁？"吴志国一头雾水，或者说是装得一头雾水。

"老鳖啊。"

"老鳖是谁？我不认识……我不知道什么老鳖……"

肥原打断他："别装了，老实说本来想给你个机会，让你们会上一面。但你这样子不行，老鳖一看你这样子就知道你已经被我们抓了，打了，我们还怎么抓老 K 嘛。所以，不行，你还得回房间去待着。"

吴志国看王田香要上来架他走，急忙闪到一边，紧急呼叫："肥原长，我不是老鬼……我不认识他……什么老鳖……你听我说……"可惜说不了了，因为王田香和胖参谋已经揪住他，捂住了他的嘴。

总的说，肥原觉得自己和老鳖缺少缘分，好好送上门的两个机会，均失之交臂，无缘享用，还弄得忙忙乱乱的，连喝口水的工夫都没有。心里一烦，口里也渴了，他决定上楼去泡杯茶喝。另外，还要吃药呢。

吃了药，肥原没有马上下楼，而是立在廊窗前，一边专心呷着茶，一边望着窗外。阳光把对面的西楼照得格外明亮，每一块窗玻璃都闪闪烁烁，仿如整栋楼都在细微地动，像有无数的蚂蚁要搬它回家。肥原想，他们都希望回家呢。又想，他们也可以快回家了，只需要吴志国一个字：

招!

可吴志国这样子哪是招的样？他是准备赴死的。死也不招，让你结不了案……让你再怀疑别人……让你制造冤假错案……让你吃不了兜着走……这样想着，肥原对吴志国的恨变得越来越强烈、清晰，头脑也随之变得灵异、清晰起来，一波一波的思潮接连涌来。

就这样，肥原获得了一个灵感，顿时拔腿往楼下走。

五

肥原来到西楼，与各位开了一个小会。

会上肥原坦诚相告，他已经掌握确凿证据，证明吴志国就是老鬼。

“大家要说，既然抓到老鬼了，干吗还不让我们回家？”肥原微笑着，和颜悦色地说，“要回的，应该回，只是按程序还要耽误一下。什么程序？吴志国招供的程序。现在我也无需跟各位隐瞒，说句老实话，虽然铁证如山，但吴志国还在做梦，不肯招。”他摇摇头，显出几分气恼的样子，“这就是他的不聪明，也可以说是太聪明，自作聪明！结果肯定是聪明反被聪明误，活受罪，作践自己的身子骨。你们中国人一向爱说，到什么山唱什么歌，他到了地狱还在做上天堂的梦，你们说这是不是很愚蠢？愚蠢到家！但是话说回来，他不招供，这事情就没有完。这是个程序问题，像文章做完了，总要画个句号。我们现在就在等他画一个句号。”

说到这里，肥原停顿下来，环视各位。看顾小梦欲言又止，他鼓励她：“你说，小顾，有什么话，随便说。”

顾小梦说：“那他要不肯画这个句号怎么办？”道出的是大家的忧虑。

肥原笑道：“会吗？不会的。你们想，脑袋和四只脚都落水了，一根尾巴还能留在岸上？不可能的，迟早而已，做梦而已。既然是做梦，总是要醒的，人世间哪有不醒的梦，喊不醒还打不醒嘛。不用担心，你要相信，事情不是由着他来的，有我们，还有你们呢。召集大家开这个小会就是这个意思，希望大家放下心里包袱，配合我们把他从梦中拉出来，叫醒他。他早一刻钟醒，我们早十五分钟散伙，回家。”

肥原说的这些都是实诚话，从心窝子里掏出来的，实打实的。

肥原解释道："我打开天窗说亮话，目的就是希望你们不要有顾虑，随便说，有多少说多少。我相信吴志国肯定是老鬼，你们不用怕，好好想一想，找一找，把证据找出来，他就垮掉了。"

找不出来怎么办？

没关系。从某种意义上说，找不出来是正常的。事到如今，如果谁掌握着吴志国是老鬼的证据，哪怕是半信半疑的东西，都早该报上来了。人嘛，都有理智的，自我保护是最基本的理智。

大家果真没有提供有价值的东西。肥原也一点不气恼，还安慰大家："这说明吴志国不是一只三脚猫。他老奸巨猾，老谋深算，平时行事慎而又慎，严丝合缝，天衣无缝，躲过了大家的眼睛。"

说一千，道一万，苦口婆心，口干舌燥，肥原只想让大家安下心，放开胆，高高兴兴地去餐厅吃饭（去见老鳖）。老鳖一边卖力地帮人劈着柴，一边焦急地等着老鬼去吃饭。现在看，吴志国他是见不到了，那个活鬼的样子谁敢让他出去见人？不敢的。见不了，**试纸**怎么起反应？多么好的一个机会，送上门的机会哪，眼看只有浪费掉，肥原深有遗珠之憾。

但是别急，肥原已经有灵感，他想出一招妙棋——妙不可言！这棋有点声东击西的意味，具体原理是这样：既然老鳖见到老鬼要起反应，那么不起反应呢？自然不是老鬼。现在我们知道，吴志国十有八九是老鬼，假如肥原带这些人去餐厅吃饭——丢给老鳖看，给他机会起反应，若老鳖无动于衷，岂不说明吴志国就是老鬼？这是一个简单的数学问题，可借用排中律来作一个推算：

假设：老鬼为 X

已知：X = 1/ABCD

由：X ≠ ABC

故：X = D

其实笼统地说，可以更简单：非此即彼。反证法。总之，这是说得通的，有强大的逻辑作支持，且无任何不利后果，可以大胆贯之。正是在这种盘算下，肥原才兴致勃勃地来开这个会，**坦诚相告**。有兴致是因为这件事有意义，有益无害，别有洞天。坦诚一半是出于对 ABC 诸人现有的信任，一半是出于实际需要。肥原准备给各位安排一顿轻松的午餐，以便老鳖可以随意便当地**起反应**，为此有必要先铺垫一个说法。从现在的情况看，编造什么说法都没有实话实说的好。这一方面是省事，不必劳心费神去编什么瞎话，另一方面也有**留一手**的意思。虽然有铁证在手，吴志国有极大嫌疑，可毕竟尚未结案，还不是百分之百的。万一剑走偏锋，爆出一个冷门呢？这种可能很小，也许只有百分之零点一。但事情一旦妖怪起来就不好说，没准这个百分之零点一就是百分之百。肥原甚至想到，冷门可能以两种方式出现：

一、X ≠ D，X = 1/ABC。就是说，老鬼不是吴，而是另有其人。

二、X = D + 1/ABC。就是说，老鬼不是一个人，而是一对。

且不管会不会爆冷门，反正现时这般实话实说没错的，有百利而无一害。倘若不爆冷门，即吴就是老鬼（X = D），可以算做是对他们（ABC）的信任，这也是他们应该得到的。爆了吧（X = 1/ABC 或 D + 1/ABC），则不失为一种计谋，可以使 1/ABC 的老鬼麻痹，放松警惕心，斗胆与老鳖联络。正是在这种思想下，肥原才来西楼演这出戏，扮一个大善人，光明磊落，以诚相见，以心交心。他有足够的耐心，保持一种足够的热情和兴致，开开心心地领大家去餐厅美餐一顿。

六

席间，肥原更是谈笑风生，亲善可陈，俨然一位平易近人的好上司。

老鳖自然不必担心，肥原会给他提供各种便利，让他有充足的条件和机会发现并去接近这些人。为此，肥原首先是把餐桌选在大堂里，楼上楼下都看得见，走得近，然后又从楼上请来几位年轻女郎陪酒、唱歌，活泼气氛。这本来就有点喝庆功酒的假意思，叫两个女郎来陪酒没什么不妥的。再说，这楼里有的是女郎，等着你召唤呢。

开始大家有点拘谨，包括王田香和白秘书，毕竟肥原是上面人，皇军，太上皇。可两首歌一唱，几杯酒入肚，一个比一个活灵起来，举杯的人越来越多，节奏越来越快，声势越来越热。唯有李宁玉，因吃不来酒，掺和不到其中来，略为有些落寞无聊。但顾小梦似乎有点要罩着她的意思，不时拉她入伙，划拳不行来简单的，猜硬币，掷骰子，甚至石头剪子布也使唤上了，输了罚酒由她代喝。

于是乎，李宁玉也不那么落寞了。

于是乎，酒越喝越酣，歌越唱越甜，事越来越多，打情、骂俏、喝交杯酒、灌猪头水，把场面喧得煞是热闹，引得楼上楼下的人不时惊异而侧目。有的还形成围观态势——当然是王田香布置的眼线，或在楼上凭栏而观，或在周围驻足不前。其间，肥原和王田香频频离席，一会儿去接电话，一会儿去上厕所，一会儿含口痰去门口吐。总之，你要相信——肥原亲力亲为、言传身教地要你相信，今天你不是老鬼的嫌疑对象，没人看着你，你可以自由活动，打个暗语什么的更是方便，易如反掌。所以，你要是老鬼，老鳖来了，你是一定有机会跟他联络的。

肥原也不担心老鳖不露面。老鳖今天来就是想和老鬼会一会，登门会不成，留下来吃饭也要会，可谓见面心切，有点胆大妄为。现在这么好的机会能放过吗？他留下来就是在等这机会。机会会把他叫来的，引来的。

果然，人刚坐定，肥原便看见老鳖冒出来。是从厨房出来的，在吧台那边转悠一下，要了两支牙签，又回厨房去。可想，这是试探性的。

王田香见此，跟一旁的领班递个眼色，后者心领神会，去厨房给老鳖通风，吩咐服务员，要他们再加一副碗筷，吴部长还要来。这是事先计谋好的，免得老鳖因看不见吴志国而胡想。约莫十分钟后，老鳖又出来一次。这一次严格地说不叫露面，他只是在走廊上探个头即退走。如前一样，领班又按王田香的要求去厨房给老鳖通风，叫服务员马上准备一份套餐，给吴部长送去，他在处理一件急事，没工夫来食堂吃了。这也是事先计划好的，看这样老鳖还会不会再冒出来：若再冒，说明尚有爆冷门的可能（X = 1/ABC），反之，百分之百就是吴志国（X = D）。

结果，直到席终人散也不见老鳖露面。就是说，他一去不返，彻底沉下去，不再冒出来。他在干什么呢？一个眼线事后说，他什么也不干，只是蹲在炉子边，吧嗒吧嗒地抽烟，好像心事重重，很失望。

要说，这顿酒喝得是够热闹的，但时间并不长，超不过一个小时。一则，肥原料定老鳖不会再露面，拖下去没甚意思；二则，顾小梦有点过量了，表现出来是骂人，骂吴志国：

“他妈的，这家伙害老子关了两天禁闭！”

谁说你们在关禁闭？你们是在执行公务！不行，这要坏事的，快叫她闭嘴吧。王田香赶紧差人把她架走，大家也随之散场。顾小梦酒风甚勇，好喝，但并非海量，再说又帮李宁玉代喝了那么多罚酒，醉倒是迟早的。好在只是迷糊小醉，不是酩酊大酣，说走也就走了，没有胡搅蛮缠，坏掉肥原的大计。

这顿酒吃下来，肥原对顾小梦备有好感。在回去的路上，前半段肥原都在想吴志国，越想心里越踏实，有种吃了定心丸的感觉。不容置疑，就是他了。后半段，跟西楼的那拨人在岔路口分手后，肥原莫名其妙地跟王田香说起闲话，“假如老鬼是在他们中间，”肥原手指着刚跟他俩分手的白秘书他们，“通过今天饭桌上的观察，你能得到什么结论？”

王田香很纳闷：“你怎么现在还在怀疑他们？肯定是吴志国了嘛。”

肥原说：“我没有说不是吴志国，我是说假如没有吴志国，根据刚才酒桌上的表现，你能作出什么判断。”

原来，是说着玩的，有点考考你的意思，看你能不能透过现象去抓住本质。

很遗憾，王田香没抓到什么，吞吞吐吐，欲言无语。

“难道你不觉得她很可爱吗？”肥原冷不丁地问。

“谁？”

“顾小梦。”

“可爱？”王田香愣一下，明确表示不同意，“你没看见她喝醉酒，差点把我们的老底都端了。”

肥原指出：敢喝醉酒就是她可爱的证据。

肥原说：“你不是说她爱喝酒嘛，昨晚我请他们喝酒，目的就是想看她敢不敢喝，但被李宁玉搅了场，没看到。爱喝酒又不敢放开喝，事情就不对了，没想到她还真敢喝。这说明她心里没鬼。你也看见了，她喝醉酒是要说胡话的，如果她是老鬼，绝不敢这么放肆喝，她敢就说明她不是。所以，我看盯简先生的人可以撤了。”

就是说，顾小梦是第一个有幸被解除嫌疑的。按说肥原应该放她走人，可想到顾小梦那张快嘴加酒桌上的烂嘴，怕她出去乱说坏了大计，肥原决定暂时再委屈她一下。

王田香嘿嘿笑：“这可能正合她的心愿哦。”

肥原不解其意：“什么意思？”

王田香发现顾小梦对李宁玉特别好，当面和背后都在护着她：“尤其是刚才，喝醉酒后，看李宁玉的目光都含情脉脉，很暧昧的。”

肥原听罢，故作严肃："莫非你想告诉我，她们在搞单性恋？"

王田香说："反正这种深宅大院里出来的人，什么怪毛病都会有。"

肥原嬉笑："你知道什么叫单性恋吗？"

王田香好奇地摇摇头："肥原长知道吗？"

肥原笑道："这么深奥的问题，我怎么可能知道。"

第七章

一

肥原也好，王田香也好，中午这餐饭不光是吃了个酒足饭饱，还吃了颗定心丸。数学公理——排中律——出厂的定心丸，质量是保证的。心思笃定，主意也就有了。于是，回到楼里，肥原即将吴志国带到客厅，亲自审讯。

押出来的吴志国，手捆着，嘴堵着，说明他一直不老实。胖参谋说，他不时恶狼一样号叫，要见张司令。肥原上前，拔掉他嘴里的枕巾："你要见张司令，我现在就是张司令，我代表张司令，你有什么话就说吧。"

哪里一下子开得了口，嘴舌都麻木了，试几次都无济于事。

肥原说："行了，还是先听我们说吧。"遂吩咐王田香把午间的情况向他作一个介绍。介绍甫毕，肥原对吴志国说："听清楚了吧，情况就是这样，老鳖一直盼着见你。头一回出来看你不在掉头走了，听说你还要去，就又来了第二回，没见着你立刻掉头走人。听说你在忙去不了，就再也不出来啦。你说，这说明什么？说明他在围着你转，你还说不认识他，亏你说得出口嘛。不过，现在我想你不会这么说了吧，告诉我，现在你打算怎么说。”

吴志国的舌头总算活过来，虽然还不是那么灵活，但勉勉强强可以发字吐音，说得一字一顿的，像刚学会说话，结结巴巴的：“我……真、是、不、认识、他……”

肥原断然说：“你说这些我可不想听。”掉头对王田香和胖参谋说，“你们愿意听就听吧，我走了。”

这一走不是又要挨打嘛，吴志国抢前一步，挡住肥原去路，怒目圆睁，像准备豁出去。肥原本能地退开一步，喝道：“你想干什么！”王田香一个箭步冲上前，挡在他面前，分明是在保护他，令肥原更是恼怒刚才这一步退。兴许是为扳回面子，他拨开王田香，上前抡了吴志国一记耳光，骂：

“你想找死是不是！”

吴志国闭了眼，既哀又怒地说：“肥原长，想不到……你也是个……草包，把一个对皇军忠心耿耿的人当做……共匪……”

肥原哼一声：“你现在马上招供就是对皇军最好的忠心耿耿！”

吴志国睁开眼，舌头似乎也变灵活一些，振振有词地说：“我是不是……忠心耿耿，你可以……去问这城市，问……钱塘江，这里人……谁不知道……我在剿匪工作中表现卓……著，抓杀了多少蒋匪……共党，我要是老鬼，那些匪徒又是谁抓杀的！”

肥原不以为然："据我所知，你抓杀的多半是蒋匪，少有共匪。"

舌头已经越发灵活，吴志国一口气说道："那是因为共匪人数少，又狡猾，大部分在山区活动，不好抓。"

"不，"肥原笑道，"是因为你是老鬼，你怎么会抓杀自己的同志呢？"

"不！"吴志国叫，"李宁玉才是老鬼！"

"你的意思，老鳖也不是共党？"

"我不认识什么老鳖……"

"可他认识你。"

"不可能！"吴志国大声说，"你喊他来认我。"毕竟是领导，情急之下部长的口气也冒出来，让肥原好一阵大笑。

"我去喊他？"肥原诘笑着，"那不行，我要养着他钓大鱼呢。"

"大鱼就在你身边。"

"是啊，就是你。"

"是李宁玉！"

"李宁玉？"

"就是李宁玉！"

肥原缓缓踱开步子，脸上的笑意在消散，似乎在经受耐心的考验，也许是发作前的沉默。王田香早想给他点颜色看看，这会儿有了机会，上去揪住吴志国头发，日娘骂爹地吼道："妈了个 ×，你要再说李宁玉，老子割了你的狗舌头！难道李宁玉还会写你的字？”

“是！”吴志国坚决又坚定地说，“她在偷练我的字！”

“你放屁！”王田香顺手一拽，差点把吴志国撂倒在地上。

吴志国站稳了，向肥原挪近一步，好言相诉：“肥原长，我说的是真的，李宁玉会写我的字，她在偷偷练我的字。”

这确实有点语出惊人，惹得肥原哈哈大笑，笑罢了又觉得一点不好笑，只觉得荒唐，沉下脸警告他：“你还有什么花招都一齐使出来。荒唐！李宁玉在偷练你的字，证据呢？拿出证据来我这就放你走。”

“证据就是那两个字体太像。”吴志国昂起头，激动地说，“那个你认为**瞎子都摸得出来相像**的两个字就是证据，是她在暗算我的证据！你看——”吴志国早有准备地从身上摸出一页纸，递给肥原，“这也是我写的字，有那么像吗？瞎子都摸得出来的像？”

肥原接过纸条看，发现上面写满**那句话**。这是吴志国利用吃饭而给他松绑的时间写的，也许专事笔迹研究的专家们最终会从蛛丝马迹中识别出，这是出自吴志国之手，但绝不像昨天晚上写的那样一目了然——谁都看得出来——瞎子都摸得出来。

吴志国利用肥原看纸条的时间，极力辩解：“如果我是老鬼，昨天晚上验笔迹时我无论如何都要刻意变一变字体……”

肥原打断他：“开始抄信时你不知道这是验笔迹。”

吴志国说：“我要是老鬼就会知道，哪有这样的事情，莫名其妙地叫我们来抄封信。我不是老鬼也猜到了，这肯定是在要我们的笔迹。”

吴志国再三强调说，如果他是老鬼，像昨天晚上那种情况他一定会刻意改变字体：“哪怕变不好，最后还是要露出马脚被你们识破，但绝不可能像现在这样，一点儿都不变，让谁都看得出来，更不可能有几个字**像图章一样的像**。”

吴志国说，**像图章一样的像**，恰恰证明不是他干的。这是一。二，反过来说，如果他是老鬼，在如此铁证如山的证据面前，即便不肯投降也会承认自己是老鬼，没必要为这个挨毒打。

“承认自己是老鬼和投降是两回事。”吴志国作滔滔雄辩，“我不可能傻到这个地步，一方面像个笨蛋一样，验笔迹时自投罗网，另一面又像个疯子一样为一个老鬼的名分以死抗争，被打成这样也不承认。”他恳求肥原相信，有人在暗算他，此人就是老鬼李宁玉。“谁是老鬼，非李宁玉莫属！”吴志国发誓可以用性命保证，他那天绝没有进李宁玉办公室，李也从没有跟他说过密电内容：这就是他相信李是老鬼的根据。

说到李宁玉为什么要偷练他的字陷害他，他解释说这是因为他抓杀了诸多蒋匪、共贼，成了所有匪贼的眼中钉。李宁玉作为老鬼，一定想除掉他，暗算他，然后利用工作之便偷偷苦练他的字，并用他的字体发送每一份情报。

“虽然现在这只是一种假设，但这种可能完全存在，一定存在！”吴志国越说越来劲，“其实，这是搞特务工作的人经常干的把戏。”他举出一个令肥原感到亲切的事例，说他以前曾听人说过，在欧美包括日本，每一个职业间谍在受训时都被要求掌握两种以上的字体，其中有一种字体是发送情报专用的。

这些都是他在伤痛的刺激和深刻的恐惧中苦思冥想出来的，听上去似乎蛮有道理。当然，也可能是暗算中的暗算，狡猾中的狡猾。肥原听罢，一言不发地走了。上楼了。从神情上看不出，他到底是被吴志国**蛮有道理**的辩解说服了，还是被他暗算中的暗算激怒了。

二

不论是被说服还是被激怒，对王田香来说，事情是走出了他的想象和愿望。他本以为今天必定可以结案，甚至都已经与外面招待所的某团肉约好，晚上要去轻松轻松。现在看事情似乎有可能拐弯、转向，踏上一条新道。这于情于理他都不能接受。他要把事情拉回到老路上，但没有得到肥原的授意，不敢明目张胆。那就来秘密的，私下的，悄悄的。他把吴志国关进房间，然后去门口抽了根烟，清醒了一下，回来即关闭房门，开始单独审问吴志国，有点私设公堂的意思。

起初王田香声音不高，连在客厅里的胖参谋都听不到他们在说什么，后来声音不时窜出来，有的甚至很响，胖参谋可以听得很清楚——

王田香：……你的誓言不值钱！

吴志国：……

王田香：我要证据！

吴志国：李宁玉在偷练我的字就是证据。

王田香：放屁！你的意思是说李宁玉早就知道这份情报要被我们截住，所以专门模仿你的字来陷害你？鬼相信！

吴志国：她就是早在练我的字，想陷害我。

王田香：她为什么不陷害我，不陷害金生火，专门陷害你，你们之间有深仇大恨？

吴志国：因为我在主管剿匪工作。

王田香：你现在只能主管你的死活！

适时，肥原在楼上喊王田香。王田香知道一定是自己的声音弄大了，惊着了肥原，悻悻地上楼去。见了肥原，王田香有点先发制人："肥原长，他说的都是鬼话，我根本不相信。"

肥原嘿嘿冷笑，"所以你不甘心，想快刀斩乱麻。急什么嘛，"肥原请他坐下，"张司令说得好，门旮旯里拉屎总是要天亮的，你怕什么，我们有的是时间。不用急，不要搞连海战术，把休息的时间都压上去，何必呢？不值得。”不是指责，是体贴和关怀。

王田香关心的是你肥原不要被吴志国的鬼话迷惑了：“你觉得他说得有道理吗？肥原长。”他如鲠在喉，脱口而问，想咽都没咽下去。这是他目下最关心的，很想得到安慰。

肥原想着，最后是不置可否地说：“兵来将挡，水来土掩。”说着把他正在看的报纸丢给王田香，“她现在在哪里？”说的是二太太。

“在城里，关着呢。”

“去把她带来。”

王田香稍有迟疑，肥原瞪他一眼：“别跟我说她不认识老鬼，我知道你昨天背着我叫她来认过人。你经常自作聪明，这样不好，要坏事的。”

王田香怔怔地看着报纸上二太太的头像，猜不透主子安的什么心。

肥原像猜出他的心思：“别管我要干什么，快去把她带来。快去快回，我等着的。”

就走了。

三

二太太真的是小，即使经历了结婚、生子、革命等一大堆事后也才二十二岁，花样年华呢。三年前，二太太嫁给钱虎翼做姨太太时并没有多么美丽动人，身板平平的、薄薄的，目光端端正正的，头发被她革命的同学剪得短短的，有点像个假小子。那时她刚从九朋高等中学毕业，她革命的同学动员她一起去南京报考国立金陵女子大学。但她父母不同意，或者说无法同意，因为要的钱太多，把家里房子卖了都不一定够。然后有一天，姓钱的拎着一袋子钱找到她父母，说想做他家的女婿，这是聘礼。父亲看这个钱大概够女儿去南京读书，喊老婆同女儿去商量，看她愿不愿以**这种方式**去读书。女儿接受了聘礼，可书又没去读。这件事父亲至终也不明白到底是女儿自愿的，还是女儿被势利的母亲欺骗或威逼的结果。总之，二太太就这样打发了自己的青春，填了钱虎翼的二房。

女大十八变，以后王田香眼看着二太太的身板凸凹起来，圆满起来，头发越来越秀长，走在大街上回头看她的人越来越多。为此，姓钱的经常跟人吹嘘，他下面的家伙既是一杆枪，又是一支笔，可以把女人画美丽。

放屁!

应该反过来说，是他把二太太美丽动人的青春年华占有了，享用了，挥霍了，糟蹋了。好在糟蹋的时间不是太长，二太太今年也才二十二岁，走在大街上照样牵引男人的目光。由于她现在的身份不光是某航运公司的职员，还是老鳖的下线：一个经常要到老鳖烟摊上来买香烟抽的烟花女子，所以她学会了化妆。是那种会把男人的欲望叫醒的装扮。她的随身小包里总是带着这些化妆品：胭脂、口红、增白霜、粉底、眉笔、香水、雪花膏等，而且化妆技术十分老到，嚓嚓嚓几下，那种味道就活生生出来了。现在，她听王田香说要带她去裘庄，她不知道是去干什么，想必是有人要审问她，于是又噌噌噌几下，把自己弄成一个浪气的烟花女。这是她现在的身份，她必须要做够这个身份才有可能蒙混过关。她已下定决心，不承认自己是共党（老汉）。她对王田香说："王八蛋，你要 × 我是可以的，因为我现在干的就是这个，被你们这些王八蛋 × 。但你说我是什么共党，我看你是被日本佬 × 昏了头。怎么可能呢？我是一只鸡，被钱狗尾（钱虎翼）× 烂的鸡，你如果不嫌弃，想 × 就 × 吧。但我建议你，要 × 我应该带我去你家，而不是裘庄，我讨厌那个鬼地方。"

王田香哈哈笑："我才不要 × 你呢，我现在可以 × 的人多的是，都比你年轻漂亮。"

这话幸亏没让肥原听到，肥原听到一定会骂王田香不识货，粗俗！肥原对二太太的印象是一句诗：**既有金的炽热，又有银的柔软**……这诗出自紫式部的《源氏物语》，是源氏公子对六条妃子的评价。六条妃子不仅容貌出众，且情趣高雅，素有才女之称。女子无才便是德。女人漂亮就是祸。六条妃子有才有容，命运多舛就不足为奇，最后无奈之极只好遁入空门，削发为尼。但源氏公子是个有魔力的男人，其魅力不亚于法力，他一个眼神唤醒了六条妃子沉睡已久的欲念，两人在阳光下邂逅，不久后在一个月光如水的夜晚，如一场突发的火灾一样，在六根清净的法门内如火如荼地行起云雨之事。罢了，源氏公子吟咏道：

伊有金的炽热，
伊有银的柔软；
伊自天堂来，
伊在地狱里……

肥原一见二太太，脑海里就跳出这句诗。他还想到，他和二太太这种相见，无异于源氏公子和六条妃子在森严法门内相见：一个在此岸，一个在彼岸，中间隔着刀山火海，天堑鸿沟。但源氏公子视刀山如沙丘，跨天堑如过桥，不愧是放浪于情色人生的豪杰，令他自叹弗如，也自我欣赏。他知道自己召她来的目的，所以即便脑海里塞满那句诗，心有灵异之气也不会为之所动。

押二太太来的目的只有一个，就是认人，认老鬼。

认谁？

先认了吴志国，后又去认了李宁玉。由此可见，肥原是被吴志国的**道理**说服了！

四

确实，肥原本来对李宁玉昨晚在餐桌上的表现就心存疑虑，只是后来在验笔迹过程中突然被吴志国的**如山铁证**冲昏头脑，一时把李宁玉丢在一边。中午吴志国通过顽强又智性的辩证，把他对李的疑虑又激活了。点醒了。

孰是孰非？他在吴、李两人间摇摆起来。

于是想到打二太太这张牌。他不相信他们不相识，即使二太太不认识老鬼，但老鬼不可能不认识她。肥原认为，只要相识，当面相见，再辅以一定招数，难保不起反应。俗话说，是狗总是要叫的，是鬼总是怕见光的。他把二太太押来当狗用，当鬼试。先试吴志国，设陷、套话、引诱、开导、威逼、毒打……真戏假做，假戏真唱，文武双全，软硬兼施，十八般武艺悉数上场。

反应不明显，便又带她去西楼试李宁玉。

还是老一套，红脸、白脸，正说、反说，拳脚相加、威胁利诱……最后，二太太都快被打死了，双方还是没有一点活的反应，简直把肥原气死！吴、李两人在这件事上几乎打成平手，唯一的输家是肥原，他本以为可以借二太太这张牌在吴、李之间作出抉择，打完后才知道这张牌白打了，什么收获都没有：既没有想象中的抉择，也没有意外的收获。

不过这张牌还没打完，二太太还活着。肥原对二太太有言在先：不要考验他的耐心！可二太太不识相，给她两个机会都浪费了。这种人的命不值得珍惜。他肥原不是源氏公子，会因色起乱，坏了规矩和道德。他肥原是大日本帝国的军人，不会怜香惜玉的。他决定用二太太的性命再来好好打一张牌。

于是，把二太太从西楼带回来，带到东楼，推到吴志国跟前，掏出手枪，问吴志国："是我来毙，还是你？"

"我来。"吴志国接过手枪，对准二太太的脑门连开三枪，把脑花都打出来了。

肥原夸奖道："你表现很好，让我想到贵国的一个成语——大义灭亲。"嘴上这么说，但在心里，不禁起乱。如果说之前肥原对李、吴的怀疑是相等的，那么吴这三枪打破了这个平衡：对李的怀疑超过了对吴。

于是，肥原策划了下一个行动，是专门用来圈套李宁玉的。他叫王田香找来纸笔，要求吴志国写一份血书，内容由他口授，吴志国只要照抄即可。血也是现成的，还在二太太头上无声地流淌，散发着腥膻的热气。吴志国从容地蘸着热乎乎的血，照着肥原的口述，力透纸背地写下一份鲜红的**遗书**：

张司令：我要以死向您证明，我不是共匪，共匪是李宁玉。请相信我！请善待我的家人……

吴志国绝笔

肥原看着未干的血书，对吴志国说："记住，从现在开始你已经死了。"

吴志国哼一声："我死不了的，李宁玉会让我活过来的。"

肥原冷冷一笑："别高兴得太早。告诉你，如果李宁玉不是老鬼，你会死得更惨，我不会善待你家人的。"

吴志国大声说："她肯定是老鬼！"

肥原瞪他一眼："那要我说了才算数！"

但肥原至终也无法这样说，因为李宁玉把他的牌又打回来了。

五

要说肥原这张牌是打得够精心的，非但亲自出面，还动用众人、汽车等做道具，造足了声势。这是一出戏，经过用心编排，有来龙去脉，分起承转合。起的部分由肥原主打主唱，他将李宁玉单独约至户外，带她漫无目的地在后院山坡上散步，绕圈子，拉家常，像是一对多年失散的老友重逢。最后，两人在凉亭里坐下来，似乎要畅谈一番。凉亭依山而立，地势高，地基也高，视野辽阔，由此向外看，院内一切景致尽收眼底。他们刚坐下不久，一辆白色救护车停在东楼前，把二太太的尸体拉走了。与此同时，王田香带一辆绿色吉普车，把西楼里的人：金生火、顾小梦、白秘书，都接上车，走了。至于为什么走，去哪里，王田香一概不说。

这一切，凉亭里的肥原和李宁玉看得清清楚楚，肥原也道得明明白白，只是道的尽是假话，把二太太的尸体说成是吴志国的，把金、顾、白的出走说成是回家。

“为什么回家？”肥原自问自答，“因为事情已经结束，老鬼真相已经大白。”

“谁是老鬼？”肥原又是自问自答，“嗯，先不谈这个吧，我想先替吴部长了个遗愿，死人的事总比活人要紧，你说是不，李科长？”说着笑眯眯地看着李宁玉，要求她再说一遍当初跟吴志国透露密电的过程。

肥原认真地说：“你应该知道，如果你说的跟上次不一样，有出入，我会怎么想。”

李宁玉想了想，一边玩弄着木梳子，一边平声静气地回忆起来，时间、地方、起因、过程、对话、想法、情形，一是一，二是二，一五一十，虽不能说与原话只字不差，但基本上无出入。

"表现很好，要表扬。"李宁玉说罢，肥原拍着手叫好，"不简单，不简单哪。不过，用吴部长的话说，你连谎话都记得这么清，说明你真是狡猾狡猾的。"

"这是事实。"

"是事实吗？"

"是。"李宁玉看着肥原，"肥原长，难道你怀疑我是共匪？"

"不是怀疑，而是肯定。"肥原说，"要不我怎么会把人都放了呢？"

李宁玉犹豫一会儿："肥原长，你为什么……"

肥原打断她："李宁玉，别装了，**为什么**就在我手上。"说着扬一扬吴志国的血书，丢给她，"看看吧，这证据够了吧？"

至此，戏已演完**承**部，进入**转**部，精彩和高潮即将纷呈。

白纸红字，触目惊心！即使木梳子是定海神针也难叫李宁玉心安神定。她霍地站起来……这一站，像是将灵魂摔掉了，眼睛发直，浑身不动，呆若木鸡，让肥原吃惊不小。这样傻站一会儿，李宁玉像猛然想起什么，惊叫道："不好了，肥原长，我们上当了！吴志国……我现在怀疑吴志国就是老鬼……"

"荒唐！"肥原训斥道，"坐下，你搞什么鬼名堂，别演戏了，你才是老鬼。现在你说什么我都不信了。"

"你……肥原长……"李宁玉痛苦地摇着头，千言万语不知从何说起。

“招了吧。”肥原倒是很知道怎么说，因为要说的话中午才跟吴志国说过，“你该记得，中午我跟吴志国说过一句什么老话？识时务者为俊杰，现在招还可以将功赎罪，重新做人。你是个聪明人，借贵国的又一句老话说，亡羊补牢，为时不晚。”他没有威逼，而是诱供。肥原生相女态，性温语软，不适合威逼，而多年翻译官的经历让他在玩转辞令和心计方面学有所长，诱供正是他的强项。

李宁玉盯着肥原，义正词严：“肥原长，这话应该我来说，亡羊补牢，为时不晚！快截住吴志国的尸体，不能送出去！”

“为什么？”

“他在借尸体传情报！”

“什么？你说什么？”肥原瞪大眼睛。

李宁玉走到肥原跟前，咄咄逼人地问：“你检查过他的尸体吗？”

肥原眯着眼：“你是说他把情报藏在了身体里？”

“是！”

“谢谢你的提醒，”肥原笑道，“不过你多虑了。告诉你，我检查过他的身体，从头到脚，从鼻孔到屁眼，每一个洞洞孔孔都检查了。如果是你的话，我还要看看你的私处、你的子宫，那些地方都可能藏东西的，你说是吧？”

李宁玉厌恶地扭开头去：“那等你重新验过他的尸体后再来找我吧，也许他的肚子里就藏有东西。”说着拔腿要走。

“站住！”肥原挡住她去路，潇洒地摊摊手，“验了，没有，什么也没有。嘿嘿，这些都是小儿科的把戏，早有人玩过，现在没人玩了。”说着凑上前，对李宁玉一字一顿地说，“你挺不住了是不？干吗要挺呢？我不理解，事到如今你没有更好的路，只有招供。”

李宁玉突然一屁股坐在石凳上，话未说，泪先流出来：“肥原长，请你相信我，我不是共匪，吴志国说我是老鬼恰恰说明他就是老鬼……”

肥原打断她：“我相信死人，不相信活人。”

李宁玉沉默一会儿，突然大声说：“肥原长，就算吴志国肚子里没有藏东西，我也敢肯定他就是共匪！你把吴志国的畏罪自尽看做舍生取义，难道不怕玷污了你的智力？共党分子在被捕后畏罪自尽的例子举不胜举！”

肥原睨她一眼：“现在是你在玷污我的智力，但我不会被你迷惑的。”

李宁玉走到肥原面前，针锋相对：“请问肥原长，吴志国为什么非要以死来指控我，难道他不能说，不能写？”顿了顿，是因为有长篇大论，“肥原长，我希望你换一种思路来想想问题。你想，如果你有足够的证据证明我是老鬼，你会用这种方式控告我吗？选择死其实对我有利，因为死无对证。你死了等于是证人死了，证据也死了，我可以耍赖，可以咬紧牙关不承认。所以，如果我真是老鬼，我相信吴志国肯定不会死，因为他以死指控我只能对我有利，让我有逃脱的可能。可我不是老鬼，他为什么要说是？只有一种可能，他是老鬼。他料定自己活不了，必死无疑，索性一死了之，然后利用他的死来蒙骗你，如果蒙骗成了，你把我当老鬼抓了，杀了，他的鬼魂岂不可以仰天大笑？”

肥原笑笑：“还有什么高见，继续说。”

李宁玉镇静一下情绪，接着说：“请肥原长再想想，他现在对我的指控只是一个说法，没有任何证据，而他——我想你们昨天晚上抓他一定是掌握了什么证据。这暂且不说吧，就我个人而言，他不死，不自杀，我还想不到他是老鬼。虽然我知道，他说不知道密电内容是在撒谎，但我并没有因此认定他就是老鬼，因为他找我打听密电内容本身是违规的，他要粉饰自己，不承认是可以理解的。昨天白秘书找我谈话时，我也是这么说的。但现在他的死，他的血书，恰恰让我相信他就是老鬼，因为我知道自己不是老鬼，只有老鬼才会把我说成老鬼。”

肥原笑笑，想开口，李宁玉没给机会，抢着说：“我可以这么说，如果他死只是为了证明自己清白，这种证明或许还有可信的一面。但现在他不但要清白，还要拉一个替死鬼，把我整死，这就绝不可信了。因为我刚才说过，我知道我不是老鬼，他的底牌是一张诈牌。这一点只有我知道，你不知道，所以他要诈你。我说我不是老鬼，口说无凭，你信吗？不信。这正是他诈你的条件，因为你现在对我们都怀疑。他在利用你对我们的怀疑，跟你赌博，如果输了无所谓，反正迟早是死。可如果赢了他就是大赢家，赢了你，害死了我，多漂亮。至于他为什么不指控别人，只指控我，这是明摆的，因为是我说了实话才把他弄进这里的。总之，现在我正是从他的死和对我的诬蔑中肯定他就是老鬼。希望肥原长能明察秋毫，不要被一条不值钱的狗命所迷惑。我坚信如果他知道我是老鬼，一定不会死的，他会等着看我笑话，看我怎么被你们抓起来，那才解恨，怎么可能以死明志，让我看他的笑话？他死，只有一个原因，就是知道自己已经露出马脚，活不成了，反正迟早是死，不如先死，这样可以拉一个替死鬼，还可以蒙住你们的眼睛，搅浑水，让我们自相残杀。”

“完了？”肥原听罢，居然拍手夸奖道，“说得好。都说你不爱说话，其实还是很能说的。”看李宁玉想插话，他阻止了，“现在该我说了。如果我告诉你吴志国没死，用你的话说，我是在诈你，你又有何高见？”

李宁玉心里噔噔地响，感觉心丢入了裤裆里，浑身都没了知觉，眼前一片黑。但这个过程很短，像拉了一下电闸，很快电又通上，她听到自己这样说道：“这样的话，我收回我的话。”

肥原惊讶了一声，紧紧逼问：“就是说你又认为他不是老鬼？他不是，你也不是，那又是谁呢？是金生火，还是顾小梦？”

“是谁都要凭证据。”李宁玉思量着说，“我刚才说了，我是根据他的自杀和对我的指控来推断他是老鬼的。如果情况不是这样，我的推断也就不成立。我不认为他不是，也不能说谁是。我说过没有确凿的证据，我不会随便指控谁的。”

肥原思虑一会儿，站起来，望着山下说：“我认为，到现在为止你的表现非常好。我喜欢你，你的智力不俗，你的心理素质很好。但是我更喜欢抓住你，抓住你这种共党会让我有一种成功感，你知道吧？”

肥原说的是真话，这出戏看来只能演到这里，他不想再演下去。如果可能，他甚至想把已经演过的都抹掉，因为兴师动众折腾的这场戏其实并无收获。这一点不论是关在东楼里的吴志国，还是守候在招待所里的王田香都已经有所预感。

王田香把金、顾、白接上车后，其实车子连大门都没开出，只是停在大楼前，以为事情很快会结束。后来久久没有消息，眼看就要吃晚饭了，便把人放下车，去餐厅里等。等了又等，还是不见消息，王田香担心出事，把人交给胖参谋看着，自己则去了后院。刚走进后院，王田香远远看见，肥原和李宁玉一前一后，已经在往山下走，闲闲散散的样子，一看就是没什么结果。由于视野的局限，躲在窗洞后窥视的吴志国要稍后一会儿才能看到，等他看到两人的那个样子——李宁玉居然还在旁若无人地梳弄头发！顿时觉得天旋地转，好像恐惧把他缩小成一根头发丝，正在被李宁玉的梳子一下接一下地耙着、拉着，随时都可能耙下头，丢弃在野地里。

适时，正是落日黄昏时分，金黄色的斜阳在漆亮的红木梳子上跳跃着，滚动着，熠熠生辉，给人感觉好像李宁玉的手上有一种法力和神性。

六

事实证明李宁玉并无神性和法力。吃晚饭时，热菜还没有上来，正餐还没有开吃，李宁玉却被一道开胃菜——半只小小的山辣椒——放倒了。

是胃痛。

胃痛得她像只受惊的虾，身子像张弓，无法挺直。如果说佝腰的样子是可以做假的，额头上黄豆一般的汗珠子是做不了假的。不是假的就是真的。是真的就要给她找医生看。顾小梦坚决要求肥原送她去医院。

顾小梦说："就算她是老鬼，你也不能见死不救。"

肥原颇有闲情地对她笑道："小顾啊，你这是说外行话了，如果她是老鬼我就更要救了。"

是的，肥原是要救的。但要不要去医院，他让李宁玉自己来决定。这里面又是有他的名堂的，他在试探李宁玉。如果李宁玉执意要去医院，肥原会把这看做是李宁玉导演的一出苦肉计：借半只辣椒之名，实际上可能悄悄吞下什么可怕的东西弄伤胃，给自己创造与外界接触的机会。他还推测李宁玉可能会指定去某一家医院，这样的话他将有充足的理由怀疑，那家医院里必定有她的同党。

但李宁玉非但没有要求去医院，还把自己的病看得很无所谓。“没事的，”她对肥原和顾小梦都这样说，“这是老毛病，吃点药就行了。”而且确实像个老毛病患者一样，还知道吃什么药：胡氏胃痛宁和胡字养胃丸。两种药都是本地出产，很普通的，任何一家药店和医院都买得到。就是说，她一点都没有为难肥原和王田香，只是让胖参谋出了一次脚力，去对面孤山路上小跑一趟而已。

胖参谋是骑摩托车去的，很快回来。回来时大家都还在进餐，李宁玉在一旁休息，等药。顾小梦亲自去厨房要来开水，服侍李宁玉把药吃下。药似乎蛮管用，服下后不久李宁玉紧锁的眉头明显开了，额头上的汗也眼看着下去一半。等大家吃完饭时，她已不大感觉到疼痛，走路也没问题。虽不能照常甩手甩脚、昂首阔步地走，但完全可以自己走，不需要人搀扶。肥原想叫胖参谋用摩托车送她回去，她也拒绝了。不是婉言谢绝，而是真正的拒绝，话说得阴阳怪气的。起码肥原听得出，那是阴阳怪气的。

李宁玉说：“我还是和大家一起走吧，免得到时增加一个我是老鬼的嫌疑。”

肥原笑道：“这么说你不去医院也是为了清白？”

李宁玉说：“是的。”

肥原又问：“就是说清白比命重要？”

李宁玉说：“是的。”

肥原笑道：“那就走吧。一起走。”

就一起走了。

第八章

一

夜色如雾一样聚拢，从西湖吹来的风，夹杂着夜晚的冷意和湿润的泥土味。

老鬼望着窗外，心里像夜色一样的黑。他／她并不担心自已的生死，因为他／她早已将生死置之度外。他／她担心的是老K和同志们的安全，从现在的情况看，没有他／她的情报，组织上几乎不可能从其他渠道得到情报。敌人已是惊弓之鸟，决不会再多让一个人知道他们的秘密，而已经知道的人都软禁在此。如果他／她不能把情报送出去，老K和同志们的安全都难以保证。

那么怎样才能把情报送出去？

老鬼寻思着。挖空心思地寻思着。他／她曾经想到过一种可能，就是外边的同志们已经得知二太太被捕，进而发现他／她失踪，进而设法寻找他／她，进而得知他／她在此，进而让老鳖来联系。这是一条长长的链条，任何节口都不能断。这种可能性很小，但不是没有。他／她忧郁地想，只要老鳖来联系他／她，他／她也许可以利用与老鳖素有的默契，暗暗把情报传出去。作为一个资深的地下工作者，他／她深知，所有谍报工作都是在很小的胜机下取得胜利的。今天他／她发现老鳖来裘庄，心里好一阵欣喜，虽然两人最终没有取得联络，但至少老鳖已知道他／她在这里。这很重要！他／她估计老鳖明天一定还会再来。他／她觉得事情正在往他／她理想的方向发展，他／她必须做好与老鳖联络的准备。

事实上，他／她已经暗暗做了准备，只等老鳖被使命的东风吹来。

二

“那你现在认为谁是老鬼？”

“我还无法给你明确的答案。”

“我认为就是吴志国，肥原长，你不要被他迷惑了……”

晚上，张司令给肥原打来电话，在了解了最新情况后，他直言不讳说：吴志国是老鬼。司令在电话里对肥原不厌其烦地翻出吴志国的老账，说他曾经是五四运动的积极分子，读过黄埔军校，参加过北伐战争，并在其间加入国民党。后来国、共两党翻脸，蒋介石开始大肆捕杀共产党，他抗命，私自脱党离队，纠集一伙散兵游勇，建起一支运输船队，在运河上做起船运生意，主要在杭州、嘉兴、湖州一带活动。汪（精卫）主席成立南京（伪）政府后不久，他拉起一支队伍，投靠了钱虎翼。

“不瞒你说肥原长，”司令说，“他主抓剿匪工作以来，抓的杀的几乎都是蒋匪，少有共匪。这很不正常的，却没有引起我的重视。现在看来，他可能从未脱离过共产党，他投靠钱虎翼是假，借刀杀人是真。他在利用我们杀国民党的人，这说明什么？他就是共产党！”司令有点痛心疾首地说，“其实我应该早想到，可惜我也是被他的假忠心蒙骗，我对不起皇军哪。”

事到如今，司令大有点如梦初醒的感觉。

挂了电话，肥原与王田香说起司令的态度，王田香坚决赞成司令的意见，并补充了一个有力证据就是：年初吴志国曾一举端掉活跃在湖州的抗日小虎队。

王田香说：“那是戴笠豢养的忠义救国军的一支别动队，他早不端迟不端，偏偏就在那时候端。那是个什么时候？正好是皖南事变后不久。这不是明摆着的，老蒋对新四军下黑手，他在搞打击报复呢。”

说得有因有果，有鼻子有眼，可信度极高。

但肥原仍是半信半疑，定不下心。他承认从道理上讲他们说的是对的，毕竟吴志国有物证，有狡辩的客观需要。而他狡辩的说法又不免牵强，更何况现在他并没抓住李宁玉什么破绽。有时肥原自己也觉得奇怪，他为什么那么重视吴志国嘴上说的，而轻视他留下的物证。这似乎有点不可思议。但细想之下，他也给自己找了一个答案——他觉得如果真像他们说的，吴志国是个藏了这么多年的老鬼，不应该这么容易露出马脚。虽然他至今不知谁是老鬼，但似乎已经好多次看见过老鬼的影子。从影子留给他的一些判断、一些想象，他总觉得和吴志国有些不符。

肥原对王田香说："从这两天的情况看，你应该感觉得到，老鬼绝不是一般的共党，说不定是个大家伙。但吴志国从进来后一直吵吵闹闹的，笔迹上又是那么轻易败露，不像个大家伙。"

王田香说："假如我们权当他是老鬼，他到现在都不肯招供，还有你看他枪毙二太太那个样子，哪是一般小喽啰的做派。"

肥原说："我正是想，一个这样老辣的大家伙，不应该在笔迹上犯那么低等的错误。你看他后来写的字，笔头还是灵的，不是没有蒙人的水平。"

王田香像早已深思过，脱口而出："可是我想有可能他是故意这样做的，先有意露个马脚，然后又来推翻它，目的就是要诬陷李宁玉。"看肥原的表情好像是被说动了，他很来劲地补充说，"我总觉得他说他不知道密电内容不可信，因为李宁玉说他知道是在我们来这里之前，那时谁都不知发生了什么事，凭什么诬告他。"

其次，王田香认为，不管谁是老鬼，到这儿之后，要隐藏自己最好的办法就是通过诬蔑他人，把水搅浑，而李宁玉在吴志国用**血书**指控她前没有指控谁。再之，从吴一开始向李发难，到现在向她再度发难，是一脉相承的，就咬住李一个人。再再之，通过犯低级错误来开脱自己，这不失为一个良策，很容易蒙骗人。总之，王田香给肥原塑造出一个绝对老到的老鬼吴志国。

“田香，你有大长进了。”肥原听罢，对王田香夸奖道，“你能想到这些说明你动了脑子，想得深，说得好，道理上也说得通，有令人信服的一面。但是还不能完全叫我信服，因为吴志国指证李宁玉的那一套，照样也可以说得通。一、作为老鬼，私下偷练他人的字是完全可能的，很多特务都在这样做，这几乎是他们的基本藏身术之一，和化装术是一回事。二、李宁玉因为是老鬼，任何事都会特别警觉，她刚把密电内容作为情报传出去，张司令突然问她有没有跟别人说过密电内容，她会怎么想？很容易想到可能出事了，然后把她预谋的替罪羊拉进来也就不足为怪。三、既然有替罪羊在身边，她自可以不急不躁，稳坐泰山，因为像这种案子，验笔迹这一关总是要过的，她只要等着看笑话就可以了。你说，这样是不是照样说得通？现在问题就是这样，你我的说法都能自成一体，但不能互相说服，你驳不倒我，我也驳不倒你，你要驳倒我需要进一步的证据，我也一样。”

最后，肥原说：“所以，我们现在先不要随便下结论，要走着瞧，要去找证据。你马上去搜查李宁玉办公室，如果能找到她在偷练吴志国字的证据就好了。”

三

很遗憾。

半个小时后，王田香从李宁玉的办公室给肥原打来电话说，他没有找到相应的证据。

兵不厌诈。没有找到照样可以说找到。挂了电话，肥原直奔西楼，将李宁玉约至楼下会议室，开门见山地说：“王处长正在搜查你的办公室，你知道我要查你什么吗？”

“不知道。”

“你怕吗？”

“不。”

“不，你怕，因为你匆匆来此，来不及把你的罪证销毁。”肥原说，“王处长刚给我打电话来说，他们在你办公室里发现了你的秘密。天大的秘密哦。你猜是什么？”

“不知道。”李宁玉说，“我的秘密都是皇军的秘密。”

“不对吧，”肥原说，“难道偷练吴部长的字也是皇军的秘密？”

“什么？”李宁玉没听清楚。

肥原说："王处长发现你在临摹吴部长的字，请问这是为什么？说实话。"

李宁玉几乎是第一次露出笑容："我想王处长一定是走错办公室了。"

肥原哼一声，朝李宁玉竖起大拇指："佩服！你的表现真的很好。李宁玉，我跟你说句老实话，如果你最终能证明你不是老鬼，皇军将大大地重用你。"话锋一转，大拇指又成了小拇指，"但现在……对不起，我怀疑你证明不了。你知道，我在诈你，不停地诈你，就是想证明我对你的怀疑。"

李宁玉沉默一会儿，没有接肥原的话说，而是莫名地问："肥原长，我想知道，你下午给我看的吴志国的血书是真的吗？"

"你看呢？"

"我希望是真的，"李宁玉说，"这样他已经证明我不是老鬼。肥原长，请你相信我，只要那是真的，吴志国肯定就是老鬼，你不用再怀疑谁，事情可以结束了。"

"如果是假的呢？"

"如果是假的，"李宁玉干脆地说，"有一个情况，我建议肥原长去核实一下。"

李宁玉说，刚才她听金生火说他在向张司令呈交密电时，白秘书在场，并且是由白接下后再转给张司令的。李宁玉特别指出："金处长说白秘书接了电报就先看了。"就是说，事发之前不仅仅是他们**吴金李顾四**知悉密电，还有第五个人，就是白秘书。言外之意，他也应该是怀疑对象。

肥原坦然说："你又怎么知道我没有怀疑他，你那么聪明应该明白，他是被秘密地怀疑。"

李宁玉说："这我从肥原长请他草拟家信一事中已经有所预感，你先请他拟信的目的就是要看他的字，但我认为这样秘密地怀疑效果其实不好。"

李宁玉认为，公开怀疑具有一种威慑力，老鬼知道自己被怀疑，心里一定会紧张。心里紧张，行为不免要变形，易于露出破绽。秘密怀疑在某种情况下也许有用，比如他要采取什么行动，不知背后有人，易于被捉住。

"从现在的情况看，"李宁玉说，"老鬼基本上不可能采取什么行动，任何行动无异于飞蛾扑火，他不敢，也不会。他不行动，秘密监视的价值就小了，甚至只有负面价值，因为他不知自己被怀疑，心里无碍，反而易于隐藏。"

这些都是分析，肥原要她得出结论。

"我的结论是，如果吴志国确凿没死，你诈我不如去诈白秘书。"李宁玉说，"我不知道肥原长有没有像诈我一样去诈过金处长和小顾，吴部长肯定是像我一样被诈了又诈，甚至用刑威逼。我在想，如果老鬼就在我们这四个人中间，他可能早被你诈出来了。你想，现在老鬼的一只脚其实已经在牢房里，另一只也是这几天内要进去的，他再顽固再狡猾再老到也经不起你诈，即使嘴上不招，脸上也要招。人总是人，都是贪生怕死的，到了悬崖边，命悬一线，都要紧张。”

肥原说：“也有人视死如归，我觉得你就是这样的人。”

李宁玉说：“可怜我还有两个不成人的孩子，否则你这么侮辱我，真不如死了。”

肥原说：“我以为，看在你两个孩子的分上，你确实不该这么硬撑着。你想过没有，你硬撑下去的结果会是什么？把我和张司令都惹怒了。我可以告诉你，识相点，早点认了，我们可以就事论事，不牵连你的家人，否则别怪我们不客气！”

李宁玉说：“肥原长，我建议你不妨把这些话对白秘书去说。我认为，如果吴志国确实没有死，你这样去威胁白秘书也许会有意外的收获。”

肥原听罢心里似乎有一只角被李宁玉切了去，但嘴上还是不服：“你不是说没有确凿证据不会随便指控人，怎么出尔反尔了？”

李宁玉说：“我没有指控他，我是在帮你分析，提出建议。”

最后，李宁玉强调说：“我必须申明一点，我说的这些都是在吴部长还活着的前提下。如果他真死了，我还是那句话，肥原长不必再费心，他就是老鬼，毋庸置疑。”

肥原在心里骂：我怎么可能不费心，你们两个王八蛋已经叫我够费心的，现在你又给我搞出个白秘书。可是，即使把她骂成王八蛋，肥原还是觉得李宁玉说得不无道理。让他感到困惑的是，他不知对李宁玉的这个表现该作何看待，是增加对她的怀疑，还是反之？他有点吃不准，看不清。他带着这个困惑离开李宁玉，心里一点成功感都没有。

懊恼透了，简直！

这天晚上，肥原没去前院找小姐，心情不好，小姐草木不如。心情不好，睡意也浅，容易做梦。梦里，肥原几乎把白天经历的事都重新经历一遍：探头探脑的老鳖、酒醉糊涂的顾小梦、震耳欲聋的枪声、二太太的尸体、李宁玉的侃侃而谈、吴志国的血书……乘风而来，随风而去。做梦是思考的孪生兄弟。也正是在梦中受到启发，他知道下一张牌该如何出。

不过这是张老牌：吴志国的血书。第二天早晨，肥原起床第一件事，即把血书交给王田香，对他说："你去通知白秘书，吃了早饭召集大家开会，让他们都看到它，并分头找每个人谈话，看他们是什么反应。"

王田香闹不懂主子想要什么鬼名堂，在他看来，出这张老牌难有作为，因为李宁玉已经知道这是一张诈牌，可能还会有反作用。肥原仔细回忆一番，肯定地说："我自始至终也没有跟她说吴志国是假死，她顶多是怀疑而已。"想了想，又说，"再说，就算她说过也没有关系，我这不是要诈她，而是要看她究竟会怎么判断这事，然后还要看她有没有跟其他人说过这事。"

"说了又怎样？"

"那要看她是怎么说的。"肥原沉吟道，"如果她判断吴志国是真死，然后又把这情况跟那些人去说，就说明她昨天晚上对我指证白秘书纯属瞎胡闹，想搅浑水，这样你就知道她是什么东西了。"

"可如果没说呢？"

"没说就看其他人的反应啊。"肥原理直气壮地说，"你想，如果李宁玉就是老鬼，以前没这血书，那些人对她有怀疑也不一定敢说，都是似是而非的东西，万一说错了呢，不是结下冤仇了，以后怎么共事？现在有这玩意儿，大家都敢放开说，这便于我们搜集她的罪证。如果李宁玉不是老鬼，真正的老鬼看我们怀疑错了，心里一定高兴死了，一定会对她落井下石……"

由此可见，肥原这张老牌新打，其中藏的名堂多着呢，可谓一箭多雕啊。

由此也见，现在肥原怀疑的目光已经分散，他希望这仅仅是黎明前的黑暗。

这是第三天早上，时间已经过去整整一半，老天爷都替这些人着急，下起了沥沥细雨。

四

王田香冒雨来到西楼，全身湿淋淋地走进白秘书的房间。好在雨不大，没有淋湿血书。他把血书交给白秘书，将要求交代一番便走。白秘书问他去哪里，有点邀请他一起与会的意思，他气恼地说：“我哪有时间，出了这种鸟事！”

白秘书想也是，部长舍生取义，这事情闹大了，他作为冤假错案的制造者，一定面临着一系列的麻烦事。白秘书那天是看过笔迹的，从笔迹上看，明明是吴部长，白纸黑字错不了，怎么就错了呢？他想一定是他们（肥原和王田香）把收上去的笔迹弄混了，张冠李戴，把李宁玉混为吴部长。真是不该啊，他替吴部长叫冤。

王田香一走，白秘书即召集大家下楼开会。会从大家传看血书开始，自然开得惊惊乍乍的。金生火的反应是一连串的“哎哟”声，他似乎是被吴部长的刚烈和忠诚打动，眼睛都潮湿了，对李宁玉则是一下子变得怒目相视。李宁玉是砧板上的肉，理应心惊肉跳，却是出奇地平静，那是因为她早见过血书，不足为怪。她不惊不怪的样子，让白秘书非常厌恶，且毫不掩饰。顾小梦的反应很另类，她不关心血书的内容，对李宁玉没表现出什么反感，反而对吴部长的自杀提出了异议。

“难道还会是他杀？”金生火问。

“哼，”顾小梦不屑地说，“不是自杀当然就是他杀。”

“那凶手会是什么人？”金生火又问。

“天知道，”顾小梦指了指窗外，小声道，“我知道。”

“谁？”

“我会告诉你的，但不是现在。”

金生火想追问，白秘书厌烦地对他挥了下手：“老金，你别听她胡说八道。”

开这个会，目的是为了看大家对这事的反应，以求证李宁玉是否跟这些人说过这事。从现在情况看，李宁玉肯定没说。所以，会开得很简单，除了通报情况，只说了一件事，就是对李宁玉的寝室作了调整：把她从顾小梦的房间调出来，调到吴部长原来住的房间，一个人去住。这是血书给她的待遇，也是假戏真做的需要，是做给那些人看的。散会后，根据王田香的授意，白秘书留下李宁玉，并以一长串意味深长的冷笑，开始了他按照王田香授意中要求的盘问。

白秘书说：“李宁玉，我想你现在的心情一定很复杂。吴部长以死证明了他的清白和对皇军的赤胆忠心，同时也言之凿凿地告诉我们，真正的共匪——老鬼——是你。不知你对此有何感想？”

李宁玉沉默一会儿，突然抬头，盯着白秘书说一句：“你去问肥原长吧。”离席而去，把白秘书气得破口大骂。

肥原听着白秘书的骂语和李宁玉远去的脚步声，对王田香说：

“看来她跟张司令的关系真的不错嘛，在她面前，你们白秘书像个小丑。”

随后下来的是金生火。这回，金生火神情磊落，不像前次那么沮丧，坐下来后也是有问必答，态度十分明确：李宁玉就是老鬼！

金生火：想不到啊，想不到，我跟她共事这么多年，居然是个共党分子。

白秘书：你敢肯定她就是老鬼吗？

金生火：吴部长用死来指控她，难道还值得怀疑吗？

白秘书：那你能不能提供你的证据？

金生火：证据嘛……多的是……

一下子罗列出一大堆，却大多是空对虚，疑对悬，在肥原听来颇有落井下石的嫌疑。肥原听罢对王田香笑：“我真不知你们张司令怎么会让这么个傻瓜蛋子掌管全军第一处，他要是老鬼我抓了都不会有成功感的，完全是一个窝囊废！”

王田香说：“他是很窝囊，经常丢人现眼的，被老婆打得在院子里乱跑。”

肥原说：“共党培养这种人做特工，可能也只能永远躲在窑洞里了。”

然后下来的是顾小梦。白秘书与顾小梦的谈话犯了个错误，把谈话方向引导错了——

白秘书：你为什么说吴部长不是自杀的？

顾小梦：难道你没听到他的惨叫声吗？

白秘书：你的意思是……

顾小梦：他是被打死的。

白秘书：不会吧？

顾小梦：那就说明你不了解我们的王大处长和他的手下人，他们下手毒得很，打死你属于正常，不打死你才不正常呢。

王田香听了，气得切齿！

说到李宁玉是不是老鬼的问题，顾小梦又是满嘴怪谈——

顾小梦：我不知道她是不是共匪，但我希望她不是。

白秘书：嘿，为什么？

顾小梦：因为我喜欢她。

白秘书：你喜欢她什么？

顾小梦：这你管得着嘛。

白秘书：那要看你喜欢她什么，如果你喜欢她给共匪传情报，我们当然要管。

顾小梦：你可能管不了吧，因为你自身都难保，还管我，笑话！

白秘书：我这不在管你嘛，叫你下来你就下来了。

顾小梦：我想走不就走了。

白秘书：你敢！

顾小梦：有什么不敢的……

说着起身走人，白秘书上去阻拦，被她一把推开："让开！好狗不挡道。你以为你是谁？你和我一样是老鬼的嫌疑犯。"

白秘书呵呵地笑，满脸不屑。

顾小梦说："你的样子真可笑，好像大人物似的，其实不过是个小丑。"

白秘书说："你说我什么我都无所谓，但我要求你还是说说李宁玉。"

顾小梦说："我现在只想说你，我觉得你比李科长更可能是老鬼！"

"你放屁！"

"你才放屁！"

两人吵得不可开交，差点打起来，好在门口的哨兵及时进来劝阻才了事。被劝开后，顾小梦嚷着要见肥原。见到肥原后，她毫无顾忌，当着白秘书的面说：

“肥原长，我认为白小年可能是老鬼。”

五

顾小梦没有胡说，而是说得头头是道：“肥原长可能不知道，其实白秘书也知道密电内容。金处长说，他给司令送电报时白秘书也在场，而且是他先看了再交给司令的。”

“我知道你要说什么，”肥原打断她，“你想说他也有老鬼的嫌疑是不是？”

“是，”顾小梦坚决地说，“我们凭什么被怀疑的，就因为我们知道电报内容呗，既然他也知道又凭什么不怀疑他，难道他的骨头就比我重？”

肥原安慰她：“好了，这事情不要多说了，他的骨头肯定没你的重。不瞒你说，我们曾经也在怀疑他，你看这是什么？”肥原如实告之，这屋里有窃听器，他一直在对门楼里监听白与各位的谈话，“难道李宁玉没告诉你，我们在秘密地监视他？”

顾小梦茫然地摇摇头，一脸惊骇。

肥原继续说：“现在我谁也不怀疑，吴部长已经以性命作证，李宁玉就是老鬼，现在的问题是要她承认，坦白，交代。你跟李宁玉关系最好，难道就没有发现她什么？好好想想，有些东西不想不知道，一想要吓一跳的。”

顾小梦左思右想，结果左也摇头，右也摇头，最后还信誓旦旦地说：“要么是她太狡猾了，反正我无法相信这个事实——李宁玉是老鬼。依我看，她对皇军是最忠诚的。吴部长以死作证来证明她是共党，反而叫我怀疑这里面可能有诈。”

话又绕到李宁玉说的那个意思上去，肥原因此认为李宁玉一定在私下跟她这样说过。但顾小梦说得很绝对：“我可以用父亲的名誉担保，她什么也没有跟我说过。”

“这就怪了。”肥原沉吟道，“难道是吴部长？你跟我说实话，如果在吴部长和李宁玉之间让你挑一个老鬼，你挑谁？”

顾小梦想了想，冷不丁冒出一句：“就怕吴部长不是自杀的。”

“是什么？”

“是王处长用刑过度，失手把他打死的。”

“哦，”肥原沉吟道，“情况更加复杂了。”

“当然我这是瞎说的。但如果确实如此，我歪打正着，”顾小梦说，“那我倒要怀疑怀疑白秘书。为什么？因为，如果吴部长是被打死的，说明他一定拒不承认，进一步说他可能真的是被冤枉的。谁在冤枉他？他肯定认为是李科长，你可能也是这么认为的。可我认为你们也许都错了，是白秘书，他在那天晚上验笔迹时做了手脚。”

“做什么手脚？”

“把别人的笔迹换成是吴部长的。”

“别人是谁？”

“就是他。”

“谁？”

“就是白秘书。”

“可那天晚上他没有留下笔迹啊。”

“他可以事先准备好，利用工作之便偷梁换柱。”顾小梦清了清嗓子，看着肥原，“你想一想，我记得那天晚上所有笔迹是由他统一收缴上来，然后交给你的，是不是？”

肥原回忆一下，确实如此。可问题是吴部长并没有死——可以死无对证，吴部长还活着，他已经承认那是他的笔迹，不过是怀疑有人在假借他的笔迹传递情报。就是说，顾小梦这个大胆设想并无实际价值。

但顾小梦没有因此放弃对白秘书的指控：“如果说有人在偷练吴部长的字，又练得那么像，这个人肯定不是李科长。”

“为什么？”

“因为她是女的，一个女人要练成男人的字简直太难了。”

最后，顾小梦对肥原颇有点开诚布公地说：“你在对面可能也都听到了，每次白小年找我谈话我都是乱说的，为什么？因为我不信任他，所以不想配合他。说真的，如果说老鬼肯定在这栋楼里，我敢说非白小年莫属！只怕老鬼不在这栋楼里。”

在哪里?

肥原想不到，顾小梦居然把矛头指到张司令身上!

顾小梦一副豁出去的样子：“防人之心不可无，我就直说了，从理论上讲，只要知道密电内容，都有老鬼的嫌疑。张司令凭什么被排除在外，就因为他是司令？比他官大的人都在出卖皇军和汪主席。”

听到这里，肥原像是被烫了，他在心里骂了句娘，起了身，拂手走了。他生气，也许不是对顾小梦，而是对这事情——几番折腾下来，李宁玉还是李宁玉，老鬼还是老谋深算地躲在暗处。顾小梦的提醒让老鬼变得更加变幻莫测，虽然从理智上讲他信任司令，但从逻辑上说顾小梦并没有说错。他生气正是因于此：顾小梦的提醒逻辑上是成立的。这时候，他无法回避地发现自己竟然那么希望李宁玉就是老鬼——不仅仅是怀疑——以致当出现不利于指控她的情况时，他心里是那么不情愿，不开心，无端地生气，像被人出卖、抛弃似的。

说真的，至此肥原对自己在老鬼面前的表现很不满意，他原以为随便可以结束的事，现在非但没有结束，反而倒退了许多。仿佛时间又回到前天下午他刚来这里时，一切都才开始，所有的人都在他的黑名单上，所有的事都等着他去开展，去证实，而他可以打的牌分明是越来越少了。

第九章

一

事情真的是越来越复杂，肥原不禁想：难道是我误入了歧途？俗话说，知人知面不知心，这世道人心叵测……仔细想来，张司令的疑点被一丝丝放大，比如那天晚上验笔迹，他不请自来，而且也是他首先发现吴志国的破绽，昨天晚上司令又来电话表示——**肯定是吴志国**……越想心里越是黑暗。本来，自吴志国连发三枪把二太太打得脑浆四溅后，他摇摆的天平一直倾向于李宁玉，但最让他信任的顾小梦又那么坚决地否认她。连日来明察暗访，真正令他放心下来的只有顾小梦一人。问题就在这里，值得他信任的人不支持他，甚至不惜指控司令来捍卫李宁玉。再想想，张司令喜欢舞文弄墨，临摹功夫恐怕也在他人之上……这么想着，肥原就有点坐立不安起来。

午饭前，肥原带着王田香突击拜访了张司令，先在他办公室闲坐一阵，后来又嚷嚷着要去他府上看夫人，吃家宴。总之，要看看你平时有没有在练字。张司令是个老举人，家里文房四宝一应俱全，墙上挂着名人书画和自己的得意之作：一副对联，上联是**字里藏龙画里卧虎**，下联是**天上行星地上立人**。毕竟是老举人，书法有度，横如刀，竖似剑，遒劲的笔法，有点魏碑体。

字里藏龙？这意思太暧昧！肥原看了心里烦得不行，吃了饭就匆匆返回裘庄。他当然不希望司令心怀鬼胎，但司令给人的感觉有点哪壶不开提哪壶的意思。回来跟吴志国聊，后者多少宽慰了他。吴志国认定：司令是绝对可靠的，老鬼绝对是李宁玉，无需再去怀疑其他任何人。

吴志国甚至发誓说："明天晚上就可以见分晓，如果不是李宁玉，我吴志国愿意搭上一家人的性命。"

吴志国有老婆，三个孩子，还有老母亲，愿意用五条亲人的命作赌，这赌注下得也够大够狠的。李宁玉敢吗？带着这个想法，肥原准备再跟李宁玉过过招。

二

雨过天晴，小草湿漉漉的，绿得发亮。东楼的地基高，肥原出门，抬头一看，看见李宁玉坐在阳台上，跷着二郎腿，好像挺享受的。过来看，才发现她在画画，画夹、画纸、素描笔，都挺像回事，好像事先准备好的。

其实是钱狗尾的遗物。

事后白秘书告诉肥原，钱虎翼的女儿生前在学画画，死后一副画具依然挂在她房间里（就是金生火住的房间）。中午吃饭时金生火说起这事，李宁玉当场要求把东西给她，说她小时候也学过画画，现在无聊想用画画来打发时间。

李宁玉画的是山坡上的两棵无名野树。肥原看她画得有些样子，夸奖道："不错嘛，看来你真学过画画。"

李宁玉不抬头，继续画，一边说："这下你更有理由怀疑我在偷练吴志国的字了。"

肥原一时不明白她说的："为什么？"

李宁玉示范性地在地面上画了株小草，解释道："因为写字和画画都是线条艺术，我能临摹山水，临摹个字就更容易了。"

肥原笑："然后你要告诉我，如果你是老鬼，在盗用吴部长的字传情报，你就不会在我面前暴露你会画画是不是？李宁玉，我觉得你真的越来越爱说话了，跟前两天不一样，这说明什么你能告诉我吗？"

李宁玉停下笔，看着肥原："是你来找我的，如果你嫌我话多，我不说就是了。"说着回房间去，躺在床上，继续画。

肥原跟到房间："我想问你个问题，李宁玉，你家里有几个人？"李宁玉不理他，他又继续说："你是不是老鬼明天晚上就见分晓，如果是，现在承认，我只拿你一个人问罪，否则我要灭你全家，一个不剩，包括两个孩子。”

李宁玉说：“明天你就会知道，我不是老鬼。”

李宁玉有丈夫，两个孩子，一儿一女，儿子七岁，女儿五岁。家里还有个老家带来的用人，跟了好几年了，也是有很深感情的。这都是肥原回到东楼后，王田香跟他说的。王田香还说：“她丈夫是个报社记者，看上去白面书生一个，却脾气暴躁，经常打李宁玉。今年春节，有一天，李宁玉在单位值班，不知为什么她丈夫到她办公室，把她打得头破血流。从那以后，李宁玉就不回去住，住在办公室里，后来在单身宿舍找了间屋住。”

“孩子也不要了？”

“不，她中午回家。”王田香对李宁玉似乎很了解，“她丈夫在北区上班，中午不可能回家，太远了。她中午回去看孩子，每天都一样。”

肥原还想说什么，突然听到话筒里传出白秘书挑战的声音——

李宁玉，你那么牛哄哄的，我以为喊不下来你呢。

肥原没想到，白秘书还会把李宁玉喊下来。

再喊你下来就是要出口气！这回白秘书可不是好惹的，见了人，脸拉得老长，面对李宁玉冷漠的目光也不退却，继续挑衅地说道："你不要以为你走得出这里，事情不说清楚你是出不去的。"

李宁玉惜字如金："我无话可说。"

白秘书咄咄逼人："但你必须说。"

李宁玉：我说什么？

白秘书：招供！如实招供！

李宁玉：是肥原长安排你叫我招供的，还是王处长？

白秘书：是我自己，怎么，不行吗？

李宁玉：当然不行，你没这资格。

白秘书：资格不是你定的！

李宁玉：也不是你定的。你跟我一样，都是老鬼的嫌疑犯。

白秘书：放屁！现在只有一个嫌疑犯，就是你！

李宁玉：那就把我抓了，把他们都放了，包括你。

白秘书：会的！你看好了，会抓你的……

听到这里，肥原哼一声："他的智力玩不过她的。"

王田香早就愤怒在心，听肥原这么一说，爆发出来，对着话筒骂："谁叫你审问她的！"

肥原笑道："我还以为是你。"

王田香说："怎么会呢？肥原长，我觉得李宁玉不像，我还认为是吴志国。"

肥原立起身，一边往外走一边说：“我知道你是怕吴志国翻身，出去了给你穿小鞋。别怕，你是我的人，他敢吗？丢开这个顾虑，你会觉得吴志国还是不大像的。”

肥原认为如果吴志国是老鬼，他死不承认，还想找一个替死鬼，最值得他找的人选首先应是顾小梦。“因为她父亲是汪主席的红人，把她害了价值很高，对外可以搞臭南京政府，对内可以叫她父亲对当局产生不满。”其次是张司令，第三是金生火，他们的位置都比李宁玉重要，李宁玉只是一个小科长，搞掉她意思不大。

肥原看着窗外，像是自语道：“下午我们从城里回来，我又找吴志国聊过，试探性地告诉他有人在指控张司令，他绝对否认。如果他是老鬼不应该这样，他可以顺水推舟，或者含糊其词。”

王田香小声道：“可李宁玉要是老鬼的话，在吴志国以死来指控她的情况下她也该承认了，哪怕是为了救两个孩子。”

“是啊，”肥原转身感叹道，“按说是这样的，所以我始终下不了狠心对她用刑。”

“那就用刑吧，”王田香讨好地说，“有些人就是不识相的。”

“能够用智力取胜乐处更大，”肥原饶有兴致地说，“我们再打一张牌吧。”

三

这张牌打得怪，完全是不按常理的。

吃晚饭前，肥原通知王田香，今天晚饭不去外面招待所吃。肥原说："狗急要跳墙，兔子急了要咬人，只剩最后一天，我们还是小心点好，别让他们出门了。老鳖今天到现在都没来，我估计他晚上可能会来。万一他跟老鬼在餐厅里秘密联络上了，我们就前功尽弃了。"

于是就安排食堂送饭菜上门。

吃罢饭，肥原要求大家在会议室集合，又是开会。人早早到齐，肥原却迟迟不来。终于来了，却不是一个人，还带了个人。谁？吴志国。**死人复活**，让大家目瞪口呆，包括王田香，也不知肥原葫芦里卖的是什么药。

肥原当然会解释，他神乎其神地说："大家不要奇怪，吴部长不是死而复生，他是死而不遂。他想死，割破手腕写下血书，准备赴死就义。但犯了一个常识性的错误，就是割腕自杀是要有条件的，要把割破的手腕放在水里，当然最好是热水。这样血才能不止地流，血尽命止。吴部长割了手腕就睡在床上，看着血汩汩地流出来，闭上眼，以为死定了。其实当他闭上眼，伤口也慢慢自动闭合了。血有自动凝固的功能，这个我们大家也许都有体会，有伤口，开始会流血，慢慢地也就不流了。命不该死，想死也死不了。吴部长，你的命大啊。大难不死，必有后福，能够亲眼看见老鬼束手待毙，也算是你的后福吧。”

肥原洋洋洒洒地说了一大通开场白后，又告诉大家等一会儿还要来一个人。

谁呢？

张司令。

肥原说：“我们的行动快要结束，张司令规定的时间已经剩下不多，老鬼至今不现是我的无能。但这是一局必赢的赌局，我也没什么难过的，难过的该是老鬼，等明天我们把老 K 等人一网打尽，我就不相信你还能藏下去。我把丑话说在前头，那时候我要杀你全家，这就是罚酒，是你不肯自首的代价。我设一个极限时间，今晚十二点，用张司令的话说，之前都是机会，之后莫后悔。”

说张司令，张司令到。张司令踏着夜色而来，脸上似乎也蒙了一层夜色，阴沉沉的，透露出老相和凶恶。他环视大家一圈，最后瞪一眼吴志国，似乎想说点儿什么，被肥原打断。肥原担心司令不知情，说错话，抢先说一通，大意是今天请司令来开一个总结会，把几天来的情况向司令作个汇报。

这是一个事无巨细的汇报。肥原把他几天来了解和隐瞒的情况悉数端上桌面，诸如他如何在对面监听这边的谈话，他听到了什么，看到了什么，想到了什么，遇到了什么，实话实说，和盘托出。于是，吴志国的笔迹，还有他对笔迹的自我辩解；金生火最初对顾小梦的怀疑指控，后来又对李宁玉的落井下石；李宁玉对白秘书的怀疑，和她对吴志国血书的反驳；吴志国对李宁玉的誓死指控；顾小梦对李宁玉的绝对捍卫；组织上对白秘书的秘密怀疑，等等，等等。总之，大家这几天在私下里说的、做的、闹的，都端上桌，明明白白，无所顾忌，毫无保留。

不，还是有所保留，就是：他们对简先生的监视，顾小梦对司令理论上的怀疑，还有他们去秘密侦察司令书房等，肥原避而不谈。这是可以理解的，因为怀疑司令是有危险的，而顾小梦是应该受到保护的，因为她已经博得肥原的信任。

尽管有所保留，会场还是乱了套！顾小梦率先发难，把金生火骂了个狗血淋头。白秘书也不示弱，虽然司令和肥原长不敢骂，却把王田香当替罪羊发落，恶语中伤，威胁的话摔得掷地有声。吴志国早对李宁玉憋足了气，也是一吐为快。李宁玉开始还稳得住，忍气吞声，任其诽谤、谩骂，后来好像又为一句什么话令她失控，旧病复发，操起家伙朝吴志国脸上砸。当然，今天砸的不是酒水，而是那把她一直随身带的梳子。梳子像飞镖一样呼呼有声地朝吴志国飞过去，后者也许身上有伤的缘故，身手不灵，居然没躲掉，下巴被梳子的齿耙扎出血。吴志国纵身一跃，扑上来，要想对李宁玉动手，没想到顾小梦高举板凳，英雄一般拦在中间，慷慨陈词：

“除非司令和肥原长说李科长是老鬼，我不管，否则你一个大男人打女人，凭这一点老子就看不顺眼，就要管！”

精彩纷呈，高潮迭起。

这还不是最高潮。最高潮的戏是由白秘书和王田香联袂演出的，道具是枪——真枪！真弹！两人从唇枪舌剑开始，骂声震天，口沫横飞，到最后居然都拔出铁家伙相胁，枪保险都按下了，只要手指扳动一下，两条人命就可能冲上西天……说来也怪，刚才大家这么闹腾，司令和肥原一直不闻不顾，冷眼旁观。直到这时，眼看要出人命，肥原和司令才同时拍案而起，各打五十大板，平息了一触即发的战火。

其实这哪是开会，这是肥原出的一个毒计，假借给司令汇报之名，挑起大家的矛盾，狗咬狗，互相攻击，丑态百出。肥原认为，把大家逼到绝路上，丑态百出的同时也可能出现漏洞。他现在认定，老鬼绝非小鱼小虾，一吓一诱便可现身。他也怀疑自己可能误入歧途，需要调整思路，拓宽怀疑范围，包括张司令，所以今天晚上专门把他喊来。他睁大眼睛，洗耳恭听，指望在各人的混战中瞅见端倪，发现天外天。

此外，也只有这样，才能把长长的时间熬过去。

四

夜深了。

院子里的灯光相继熄灭，只有西楼会议室，依然灯光明亮。

突然，院子里枪声乍起！

尖厉的枪声中夹杂着零星的惨叫声、战斗声、脚步声……会议室里的人还没反应过来是怎么回事，两个蒙面人如利刃破竹一般，破窗而入，高喊：

“不许动！把手举起来！”

谁也没想到，共军居然敢冒死来营救老鬼。

王田香想去拔枪，忽见又有两个蒙面人破门而入，只好乖乖地举起手。

一双双手相继举起，任凭乌黑的枪口对准，命悬一线。

“老鬼，快跟我们走！”

“快走，老鬼，我们是老虎派来救你的……”

肥原似乎不甘心死了都不知道谁是老鬼，一边举着双手一边偷偷环视周围，看到底谁是老鬼。殊不知，所有人都乖乖地擎着双手，或高或低，或直或弯，无一例外。不过肥原也注意到，这些人中只有李宁玉跟王田香一样，颇有点泰然处之的镇静，其他人无不露出恐惧的神情。白秘书甚至吓得流出口水，着实丢人。

“老鬼，快跟我们走，晚了就不行了！”

“快走，老鬼，敌人援军马上就会赶来的……”

机不可失！

可就是没有人出列，跟他们走。

肥原不经意发现其中一个蒙面人穿的是总队士兵特制的大头皮鞋，知道可能已被老鬼识破，顿时恼羞成怒，手还没完全放下便破口大骂：

“滚！都给我滚出去！！”

很有些破罐子破摔的意味。

原来这是肥原为今天晚上精心策划并组织的一出压轴戏，长时间的开会就是为了把时间熬过去。夜深深，让共军铤而走险，让老鬼自投罗网。可老鬼毕竟是老鬼，资深老辣，历练成精，哪会被这几个小鬼骗过？他们穿的是统一的皮鞋，端的是统一制式的枪，哪像老鬼的同志。老鬼的同志来自五湖四海，使的武器五花八门，口音南腔北调，怎么可能这么整齐划一？

不用说，肥原又白打一张牌。不但白打，是不是还有点丢人现眼哦？

再说张司令，什么时候这么狼狈过，当着自己的部下乖乖地举起颤抖的双手？肥原采取这么大的行动，居然不跟他打招呼，让他出洋相，简直胡闹！他忍不住板着脸，气呼呼地责问肥原：“肥原长，你到底在搞什么名堂？”

肥原本在气恼中，不客气地回敬道：“还用问吗？我要引蛇出洞，诱鬼现身。你不觉得你身边的鬼太狡猾了吗，你要觉得我做得不对，有什么高见不妨说来听听。”

司令看他气势汹汹，忍了气劝他：“依我看，等明天再说吧，等明天这个时候，什么老K老虎老鬼都会现身的。”

肥原走到李宁玉跟前：“我觉得已经现身了，李宁玉，你觉得呢？刚才我看见你静若止水。你为什么这么镇静，能告诉我吗？”

李宁玉看着肥原，静静地说：“因为我觉得这样卑鄙地活着，老是被你无辜地当共党分子怀疑、讹诈，还不如死了。”

肥原呵呵笑道：“既然死都不怕，又为什么怕承认呢？我知道你就是老鬼。”

李宁玉说：“你没什么好笑的，我不是老鬼。现在该笑的是老鬼，你这么有眼无珠。”

“你是的，”肥原说，“我知道，我相信我的感觉，你就是老鬼。”

“既然这样，”李宁玉说，“又何必说这么多，抓我就是。”

“我要找到证据。”肥原说，“当然，没有证据也可以抓你，但我不想，为什么？我想跟你玩玩。看过猫捉老鼠吗？猫捉住老鼠后不喜欢马上吃掉，而是喜欢跟它游戏一番，把它丢了，又抓，抓了又丢，这样的乐趣可能比吃的乐趣更大。我现在就在跟你做游戏，想看你最后怎么钻进我给你设的网，那样你会恨死自己的，而我则其乐无穷，明白吧？”

肥原这么说时，李宁玉只觉得头皮在一片片地发麻，脑袋里有股热气在横冲直撞，要冲出来，要燃烧，要爆炸……刹那间，她自己都不知道是怎么回事，人已经弹飞出去，把肥原扑倒在地上，双手紧紧卡住他脖子，号叫着：

"我不是老鬼！我不是老鬼！你凭感觉说我是老鬼，我要杀了你！你欺人太甚，我要杀了你！……"

完全疯掉了！

顾小梦和白秘书想把她拉开来，可哪里拉得开，她像一座山一样压在肥原身上，手像一对铁箍似的紧紧箍着肥原的脖子，一般的推拉根本不管用。最后还是王田香，迅速操起一张椅子使劲朝李宁玉后背猛砸下去，这才把李宁玉砸翻身，趴在地上。

别看肥原是个小个子，说话女声女气的，其实他早年习过武，有功夫的。刚才由于太突然，被李宁玉抢先制住要害，精气神都聚在脖子上，令他无力还击。待李宁玉手一松，他气一顺，便是霍地一个漂亮的腾空背跃，稳稳地立在地上。

此时，李宁玉躺在地上，还没有完全清醒过来。肥原走过去，用脚踢她，命令她站起来。李宁玉爬起来，刚立直，肥原手臂一抡，一记直拳已落在她脸上。那拳头力道之大，速度之快，以致过来时都裹挟着风声和冲力，把李宁玉当场击倒在地，流出了血。

"起来！"

"爬起来！"

"有种的爬起来……"

李宁玉爬起来，肥原又是一拳。左勾拳。右勾拳。当胸拳。斜劈拳……如此再三，肥原像在表演拳法，把李宁玉打得晕头转向，血流满面，再也无力爬起来。自己爬不起来，肥原要王田香把她架起来再打，到最后李宁玉已被打得浑身散了架，跟团烂泥似的，架都架不住，连张司令都起了恻隐之心，劝肥原算了，肥原才罢手。

此时李宁玉已经口舌无形，话都说不成，却还嘴硬，要肥原再打："打……把我打死……你不打死我……我上军事法庭告你，你凭感觉办案……岂有此理……你逼供……我要告你……他们都是证人……"

肥原冷笑着说："你告我？去哪里告？军事法庭？那是你去的地方吗，你以为你是什么人！我告诉你，你是老鬼也好不是也好，我打死你就像打死一条狗，没人管得了！"

李宁玉听了这话，感觉像比刚才所有拳头都还要击中要害，还要叫她吃痛，目光一下涣散开来，痴痴地自语道："我是一条狗……我是一条狗……"旁若无人，形同槁木。转眼间，河流决堤，木木的喃喃自语变成声泪俱下的号啕大哭，"我是一条狗啊，死了都没有人管的啊……我是一条狗啊，让我去死吧……"说着挣扎着爬起来，一头往墙上撞去，把现场的人都吓呆！

五

李宁玉撞墙没死，她这样子站都站不直，哪还撞得死？

李宁玉发现自己没死，又往肥原扑过去，抱住他的脚，朝他吐一口血水，又撞头又骂："你这个畜生……如果明天证明……我不是老鬼……你不得好死……就去死……"

肥原拔出脚，踢一脚，拂袖而去。

李宁玉又爬到司令跟前哭诉："张司令，我不是老鬼……你要替我作主……张司令，我不是一条狗……"

张司令看不下去，对旁边的白秘书示意一下，扭头跟着肥原走了，走到屋外面还听到李宁玉声嘶力竭地叫：

"张司令，我不是老鬼！不是……"

李宁玉虽没死，但离死也差不多了，额头开花了，鼻梁凹下去了，牙齿挂出来了，血像地下水一样冒出来，要不及时相救，光血水也能把她淹死。

毕竟都是同事，就算她是老鬼也不能见死不救啊，何况从现在情况看，李宁玉比任何时候都不像个老鬼。这时候可能只有老鬼才巴不得李宁玉死，可老鬼为了掩盖自己是老鬼也得要装出相救的样子。于是，几个人手忙脚乱，有的去外面招待所叫医生，有的临时急救，用手捂，用手绢堵，暂时止了血，将她送上楼去。

不久赶来一个卫生员，金生火和白秘书借机就走了，只有顾小梦留下来，配合卫生员给李宁玉作包扎。后来卫生员走了，她也没走，而是打来水，给李宁玉洗了血污，又陪她坐了很久。这些人中她们俩的关系是最和睦的，即使在刚才那场混战恶斗中，两人也没有互相诋毁、撕咬。最后，顾小梦走时，李宁玉硬撑着坐起身，认真地对她道谢，说："只有你把我当朋友看，我死了都不会忘记你的。"

深夜里的山庄，墨黑如漆，静寂如死。李宁玉躺在床上，可以听到窗外树叶随风飘落的声音。她怎么也睡不着，似乎也无心睡，只是静静地躺在床上，两只眼睛一眨不眨地睁得大大的、圆圆的、亮亮的，像是怕闭上了再也睁不开似的，又像要用这最后的目光驱散层层黑暗。

黑暗逐渐又逐渐地淡了。

天光慢慢又慢慢地明了。

新的一天对谁来说都是最后一天，对老鬼是，对其他人也是。由于突然发现自己确实也是老鬼的嫌疑人之一，昨天晚上白秘书的觉睡得很不安稳。噩梦像老鬼一样纠缠着他，使他老处于半梦半醒的状态，周边的声响可以轻易从他梦里梦外穿来梭去：从梦外进，从梦里出；从一只耳朵进，另一只耳朵出。天亮前，他听到楼上突然传来一声巨响，短促，沉闷，好像是一团什么东西摔在地板上。他似醒非醒地想，不好，出事了，并命令自己赶紧醒来。他醒了几分，朦朦胧胧听到李宁玉痛苦的呻吟声，心想可能是肥原又在找她出气，心里又轻松下来，沉入梦里。当早晨树林里的小鸟叽叽喳喳地叫醒他时，他首先醒过来的意识是李宁玉痛苦的呻吟声，并比梦里更肯定她在夜里一定又被肥原打了。

于是，他起床后第一时间去看了李宁玉。

房门虚掩着，门缝里夹着一股不祥的气息，以致他不敢贸然推门。"李宁玉，李宁玉。"他连喊两声李宁玉名字，没有回应，才轻轻推开门，探进头去张望。床上一团乱，不见人影；往里走两步，猛然看见，李宁玉趴在地上，一动不动，像一个被彻底打垮的可怜蛋，恨不得爬走，但又爬不动。他又连着喊李宁玉名字，一边上前，想去扶她上床，却被李宁玉惨烈的死状吓得惊慌失措……

"眼睛、嘴巴、鼻孔、两只耳朵孔里，都是血，乌乌的血，满脸都是……"事后白秘书向肥原报告时，依然有些惊魂不定。

肥原听了，不紧不慢地说："那叫七窍流血，可能是吃了什么毒药吧。"

六

确实，肥原说得对，李宁玉是吃毒药死的。这在她的遗言中有明确交代。

李宁玉留下的遗言共有三份，分别是给张司令、肥原，以及她并不和睦的丈夫。遗言都写在从笔记本上撕下的三页纸上，内容如下：

尊敬的张司令：

一年前，在我接受译电科科长重任时，组织上发给我这颗剧毒药丸，我深知，当我掌握的秘密面临威胁，我应一无犹疑地吞下这颗药丸。今日我吞下这颗药丸，绝非因秘密遭受威胁，而是我个人对皇军和您的忠诚遭到深深质疑。肥原蛮横地怀疑我是共匪，视我辈如蝇狗，我深感伤心，也痛心人世之奸讦，为奴之轻微。知我者莫如您，我与世不争，只求忠心报国。忠您者莫如我，危难之际，甘愿以死相报，昔是如此，今也如此。

宦海险恶，您比我知，人心叵测，天知地知。肥原对我深疑蛮缠，必将铸成大错。我之死或许能令其顿开茅塞，明辨真伪，我死得其所，便义无反顾。只是，事出冤情，我含泪赴死，死有余恨！切望司令明冤。

您忠诚的部下李宁玉

肥原：

我命贱如狗，死了也不足惜！然，狗急要跳墙，何况我非狗非蝇，乃堂堂中校军官，岂容作践！我实系你逼死！死不瞑目！我在阳间告不了你，在阴间照样告你，叫你不得好死！

李宁玉中校

良明吾夫：

原谅我生时移情别恋，死时不辞而别。我执行公务急病而亡，当属因公殉职，死而无憾。只念孩子年幼，于心不忍。我忍病作画一幅，寄望他们能在你培育下，成树成材，福禄一生。我在西天保佑你们。

小宁

肥原是第一个看到遗言的，捷足先登，还贼眉贼眼呢，不但看了属于他的，也看了不属于他的。看了给自己的那份后，他的感受跟遗书中的第一句话一样：一条狗死不足惜，居然还敢威胁他，大胆！嚓，嚓，嚓，一把撕了。后面的两份，没撕，看过后照原样折好，因为要交给遗书主人的。

接下来，肥原和王田香把李宁玉留下的所有遗物通通找出来，集中在一起，它们是一只英式怀表、一本单位内部使用的笔记本、一支白色笔帽的钢笔、一把破梳子（已有三个齿耙断裂）、一只皮夹子（内有半个月工资）、一对发夹、一支唇膏、一串钥匙、一只茶杯、半盒药丸、一根扎头巾、一套内衣内裤、一幅素描画。画已经完成，画的是两棵不知名的树，粗壮，挺拔，并排而立，地面上长满一溜小草，还题有一句话：

牛儿，小玉，妈妈希望你们要做大树，不要做小草。

显然是给孩子们画的。

画很简单，用单线勾勒，没有一处色块。但肥原仍担心画里面藏字，反复看了，正面看，反面看，倒过来看，对着灯光看，用放大镜看。总之，每一样东西，肥原和王田香都进行一一细致的检查，确信无疑后方纳为遗物，包括那幅画。只有那本笔记本，因为已经用了大半本，如果首尾审看一遍起码要一个钟头。肥原懒得看，索性没收。

看了这么多，肥原似乎还没有看够，要王田香检查李宁玉的遗体。

“干吗？”王田香纳闷地问。

“万一她是老鬼呢，她可能会把情报藏在尸体里。”肥原老练地说，“她身上可以藏匿情报的地方多着呢。”

“你还在怀疑她？”王田香气鼓鼓地说。

“干我们这行的只相信事实。”肥原高深地说。看王田香欲言又止，他又说，“即使确凿无疑也是应该查一查的，算是双保险嘛。”

于是两人将尸体的上上下下、里里外外都翻了遍，连头发丛、两个鼻孔、牙齿缝、耳朵眼，包括腋下、肛门、阴处都查检了个遍。至于穿戴在身和可能要穿戴的衣帽、鞋子，更没有放过。总之，所有可能藏纳纸头纸片的角落，所有可能写字留意的地方，都无一例外地检了，查了，看了：你看，他看，左看，右看，上看，下看，扒开来看，翻开来看……没有。什么也没有。身上没有。身外也没有。到处都没有。

没有片言只语!

没有暗号密语!

这在肥原意料中的。他当然记得，那天在凉亭里，他用二太太的尸体冒充吴志国的尸体要送出裘庄时，李宁玉强烈要求搜查尸体，因为她怀疑尸体里藏有情报。这件事足以说明，如果她是老鬼，应该不会干这种傻事——在尸体里藏情报。更何况，说实话，从昨天李宁玉卡住他喉咙的那一刻起，肥原对她是不是老鬼的疑虑已经所剩无几，那种疯狂，那种愤怒，那种绝望，就是她清白的证据。等看到她嘭的一声撞在墙上时，肥原甚至觉得自己都开始怜悯她了。换言之，李宁玉一头撞墙赴死的壮举，让肥原终于相信她是无辜的。至于刚才搜尸，只不过是职业病而已，凡事小心为妙嘛。

对李宁玉的死，肥原既感到意外，又觉得在意料之中，他想起昨天夜里她撞墙的事，觉得她现在的死不过是那一件事的继续。

当时他曾经想过，李宁玉撞墙寻死，目的是要他承认她是无辜的，他冤屈了她。就这点而言，肥原觉得她已经达到目的。可是——在肥原想来，既然她已经达到目的，又何必重蹈覆辙？所以，他又觉得有点意外，也许还有点为她惋惜——没必要，我已经相信你的清白。不过总而言之，肥原觉得，一条狗死了，没什么好惋惜的。

“死了就死了，这是她为自己的疯狂应该付出的代价。”肥原晃晃李宁玉的笔记本，有点安慰王田香的意思。看王田香一时愣着，又说，“你知道她为什么要死？”

“向你证明她是清白的。”王田香没好气地说。

“不，”肥原说，“她是怕我以后收拾她，跟她秋后算账。哼，我当然要算她的账，真是狗胆包天，居然敢对我下毒手，死了也就算了，一了百了。”

王田香指着李宁玉的尸体：“怎么办？”

肥原想当然地说：“通知张司令吧，让他派人来处理，难道还要我们来收尸不成？”看看尸体，满脸血污、伤口，惨不忍睹，他又对王田香吩咐，“找人来给她清洁一下，弄一身新军装给她穿上。”

等张司令赶来时，李宁玉已经穿戴整齐，面容整洁，一套崭新的军服和恰当的复容术甚至让她拥有了一丝骄傲的笑容，暗示她走得从容不惊，死而无憾。尽管如此，张司令看罢遗言还是觉得鼻子发紧，胸腔发胀，亦悲亦气。他冲动地上前握住死者冰冷的手，哀其死，夸其义，悲痛之情，溢于言表，让一旁的肥原好不自在。

“难道你准备把她当英雄接回去？”肥原嘲弄似的问张司令。

“难道我应该把她当共匪？”张司令面露愠色，冷淡地回敬。

“那倒不必，”肥原笑，“只是当英雄不妥吧。”

“那当什么好？请肥原长给个说法。”张司令硬邦邦地说。

肥原脱口而出：“她在给丈夫的遗言中不是说了嘛，急病而亡。”

张司令看着鼻青脸肿的尸体：“这样子像病死的吗。”

肥原懒得啰唆，转过身去，淡淡说：“那你看着办吧，当什么都可以，反正不能当英雄。”肥原心想，让她当了英雄，我岂不成了罪犯？即使承认李宁玉是他害死的，肥原也觉得死的只是一条狗，无丝毫罪恶感。他请司令去楼下会议室坐，司令有点不领情，说：“我还是陪她坐一会儿吧。”就在李宁玉床前坐下来。

肥原看了，并无二话，慢悠悠地踱出房间，走了。

运尸车来时已近午间，待把遗体弄上车，吃午饭的时间也到了。肥原请张司令吃过午饭再走，后者婉言谢绝。

“不必了，”司令说，“老鬼至今逍遥法外，你哪有时间陪我吃饭。另外，下午你还是早点进城吧，晚上的行动等着你去布置的。”

三言两语，匆匆辞别，令肥原很是不悦，在心里骂：“哼，你算什么东西，给我脸色看，荒唐！”心里骂不解气，又对着驰去的车屁股哼哼骂个痛快："看你能的，你个老不死！总有一天老子要收拾你。"

吃罢午饭，肥原和王田香直奔吴志国关押处。想到本来是铁证如山的，自己居然被他一个牵强、抵赖的说法所迷惑，把铁证丢了，弄出这么大的一堆事情来，也把自己弄得精疲力竭。肥原既恨自己也恨吴志国。但归根到底，恨都是要吴志国这杂种来吞咽的。这样吴志国不可避免地要遭新一轮的毒打。想起司令给他的难堪，肥原心里憋气得很，见了吴志国二话不说，抓起鞭子，先发泄地抽了一通，出了气后，才开始审问。

其实，肥原之所以这样，先打后审，并不是要威胁他，就是要出气，解恨。还用威胁吗？只怕他招得快。肥原以为，以前只有物证，现在李宁玉死了，等于又加了人证，人证物证都在，吴志国一定会招供的。等他招供了，他就没有机会出气了，所以才先打再说。

殊不知，吴志国在人证物证铁证面前照样死活不招。用刑，还是不招；用重刑，还是不招；死了，还是不招，简直叫肥原不可思议，亡国奴还有这么硬的骨头。

吴志国是被活活打死的，这似乎正应了顾小梦的话：王田香和他的手下都是毒手，打死人属于正常。

死不承认！吴志国的死让肥原又怀疑起自己来，担心老鬼**犹在人间**，犹在西楼。这简直乱套了，肥原觉得自己快要疯掉了，他半个脑袋想着两具死尸，半个脑袋想着那个未名的老鬼，人也觉得有一半死了，空了，黑了，碎了。他真想挖出身边每个人的心，看看到底谁是老鬼。可他没时间了，来接他进城的车已经停在楼前。他要去城里指挥晚上的抓捕行动，临走前，他命令哨兵把西楼封锁，不准任何人进，一切等他回来再说。

肥原相信，不管怎么样，等晚上抓了人，他就知道谁是老鬼了。

可晚上他没有抓到人：老K、老虎、老鬼……一个都没有。影子都没有。文轩阁客栈坐落于郊外凤凰山，地处偏冷，素以清静、雅丽著称，每到晚上，总有不少文人墨客来此过夜生活，把酒吟诗，狎妓博赌，高谈阔论。它有一种放浪的气味，飞旋的感觉，经常是灯火通宵明亮，歌声随风飘散。而肥原今天看到的只是一座既无声又无光的黑院子，一间间阴森可怖的屋子，像刚从黑地里长出来，一切都还没开始。

其实是结束了。

肥原令手下打亮所有灯火，可见偌大的院内，井然的屋内，清静犹在，雅丽犹在，就是看不到人影……人去楼空……这到底是怎么回事？肥原望着黑暗的山野，感到双膝发软，心里有一种盲目的内疚和恐惧。

第十章

一

这是个后记，主要是有些后事必须交代，比如谁是老鬼？情报有没有传出去？如果传了又是怎么传出去的？等等疑问都悬而未决。

我当然要解决的，相信我。

只是，我先想说一说“前事”，比如我是怎么了解到这个故事的，这个故事是真的吗？

老实说，我以前的小说大多是胡思乱想出来的。卡夫卡靠做梦写小说，博尔赫斯靠读哲学书写小说，写小说的门道看来不止一个。我收集各个年代的地图、旅游册子、地方编年史，然后把胡思乱想种在合适的时间、地理上。我就是这样做小说的，以前。

总以为，这样弄出来的东西不会有人对号入座，不会被历史和后人责难。奇怪的是，这些年我的几部稍有影响的小说都有人对号入座，他们以各种方式与我取得联系，指出我作品的种种不

实或**错别**。尤其是《暗算》，被改编成电视剧后（据说有几亿人看过），来找我论是非的人更多，以致很长一段时间我都只好蛰居乡下。因为找的人太多，已经影响到我正常生活。这些人中有位高权重的将军，也有类似701那些机构里的那些阿炳、黄依依、钱之江式的人物，或是他们的后辈。他们中有的代表个人、家庭，有的代表单位、组织，有的来感谢我，有的来指责我。感谢也好，指责也罢，我总是要腾出时间接待，解疑答问。其实，我要说的都大同小异，所以一度我就像可怜的祥林嫂一样，不时**老调重弹**。

当中有一个人，来意有点暧昧，他既不是来感谢我，也不是来指责我。从某种意义上说，他不是来听我讲的，而是来对我讲的。他来自浙江杭州，姓潘，名向新，是个化学教授，年前刚从某大学退休，赋闲在家。他告诉我，他看过我几乎所有的作品，包括根据我小说改编的影视，他认为我是个讲故事的**高手**。

“但是，”他话锋一转，说，“真正讲故事的高手是生活本身。”

我说：“当然，生活无奇不有。”

他说：“我手上有一个故事，是我父亲的经历，绝对是真实的。”问我有没有兴趣听。

我说：“我对真实的故事不感兴趣，我的小说都是虚构的。我喜欢虚构。”

他说：“你还是听一听吧，也许你会有兴趣的。”

讲的就是我前面写的故事。

可以说，这个故事我是捡来的，有人送上门，我想拒之门外都不行。嘿嘿，我捡了个宝贝呢。

我不得不承认，与我以往虚构的故事相比，潘教授对我讲的这个故事显得更复杂，更离奇而又更完美，令我兴致盎然。事后，我有理由相信，潘教授不是随意而来的，他蓄意而来，带着目的，并以他的方式达到了他要的目的：让我来重塑他父辈传奇的经历和形象。

为了更全面地了解这个故事，接下来的日子，我先后三次去杭州，当面倾听潘教授父亲等五位当事人尘封已久的历史回音，他们都垂垂老矣。感谢上帝，让他们延年至今，并且还保留了半个多世纪前的记忆。往事没有随风飘散。令我称奇的是，尽管采访的时间和地点各个不同，但五位老人向我讲述的内容惊人的相似，相似的程度犹同已出。所以，我对这个故事的真实性有了足够的信任和坦然。

不用说，潘老（潘教授父亲）会告诉我们所有的秘密，他是这个故事的重要见证者之一。故事中，潘老是延安派驻杭州的一名地下工作者，组织代号叫**老天**，主要负责中共杭州地下组织与新四军总部的无线电联络——无线电波是靠天空传播的，叫他老天，大概就是这个意思吧。除此外，他也负责给老鬼传送情报。

那么到底谁是老鬼？

“就是李宁玉！”潘老说，他就是李宁玉在遗书中说的那个**良明吾夫**：李宁玉的丈夫。

“不过，这是假的。”潘老告诉我，“我们其实是兄妹关系、同志关系，工作需要才假扮夫妻的。”

二

前面说过，李宁玉自称有个哥哥是被蒋介石杀害的，其实说的就是潘老。潘老早年是安插在蒋介石身边的共产党，后来身份暴露被判死刑。但他命大，正好碰到执行枪决任务的人是自己同志，搞了个假枪毙，让他死里逃生。从那以后，他一直隐姓埋名，浪迹四方。直到汪伪政权成立后，组织上把他派到李宁玉身边，假扮夫妻，开展抗日地下活动。所谓他脾气暴躁，赶到单位去打李宁玉，李宁玉自称移情别恋，晚上不回家，跟他分居等等，都是为了给人造成他们夫妻不和睦的假象有意做的。这样，两人可以避开许多夫妻间应有的俗事，比如一起逛街啊，散步啊，带孩子出门啊，等等。但毕竟还是夫妻，可以在一个屋檐下生活。

潘老说：“我们要的就是这个，把家当成站点，便于传情报。”

当时李宁玉的情报很多，急件一般由老鳖负责传递。他们随时可以见面，有暗号的，只要李宁玉当着老鳖丢个什么垃圾，老鳖就知道去哪里取情报。如果不是急件，李宁玉会在中午把情报带回家，然后由潘老负责传送。

李宁玉被软禁在裘庄期间，由于敌人掩盖工作做得好，全方位的，严丝密缝的，组织上自始至终都不知道真相。说起这事，潘老的情绪有点激动，不停地摇着头对我说："其实开始我是有些警觉的，为什么？因为很奇怪啊，就出去几天，搞得那么重视，既请我们在楼外楼吃饭，又带我们去裘庄看，好像就怕我不相信似的。再说，恰好在那一天，老汉同志（二太太）又被警察局抓了。这里其实是有漏洞的，但是老虎综合了老鳖的消息，最后没有引起重视。这主要原因是第二天老鳖去裘庄，李宁玉没给他任何暗示。老鳖认为，只要有情况李宁玉一定会设法转告他，以往都这样。他不知道李宁玉已经被牢牢监控，不敢对他有任何表示。"

为什么老鳖第二次从厨房出来探了下头就回去了？潘老告诉我，那是因为他看到李宁玉胸前口袋里插着那支白色笔帽的钢笔。这是他们之间的暗号，只要李宁玉亮出这支钢笔，等于是通知老鳖，不要接近她。

潘老说："其实最大的错误在这儿，对亮出这支钢笔的理解。李宁玉当时的意思肯定是担心老鳖跟她联系被敌人发觉，所以才通知他不要接近她。但是老鳖把它单纯地理解为没情况，无需接近她。所以，老鳖回来汇报说肯定没情况。老虎正是根据这些情况综合分析，认为李宁玉确实在外执行公务，就没管她了。直到她尸体被运回来，我才知道出事了。”

我不解：“遗言中明明说是**急病而亡**，你怎么能看出她出事了？”

潘老说：“首先突然死就显得很蹊跷，不正常。有什么病会突然死的？如果真要是突然死的怎么可能留下遗言？其次，她专门强调称我为**良明吾夫**，这也是不正常的。像我们这种关系，她即使要对我说什么，直呼其名就可以，何必专门强调说**吾夫**？还有，也是最重要的，她特别申明是**因公殉职**，**死而无憾**。这太不正常了。如果仅仅是为肥原工作而死，她怎么可能无憾？孩子还这么小，革命尚未成功，她应该死不瞑目才是！正是这句话提醒了我，让我怀疑她身上可能带出情报来了，因为只有这样她才会死而无憾。”

三

可是，潘老在李宁玉身上和遗物中找遍了也没有任何发现。

怎么可能有发现？肥原已经先他一步，把李宁玉遗体和遗物都翻烂了，至于穿的戴的都是新换的，更不可能有。

“但我坚信会有，我没有放弃，一直在找，在想，在猜。”潘老拧紧眉头，仿佛回到那个现场，“当我找过多遍，确信没有东西后，我怀疑她可能是用了某种秘密的方式。什么方式呢？我想如果在身上，肯定是在肚子里，她吞下去了。但这个她在遗言中没有任何提示，再说这又不是那么好证实的，所以我先没往这里想。不在身上，就在遗物中，如果在遗物中，我觉得唯一可能藏情报的地方就是那幅画，而且她在遗言里也特别提到了这幅画。于是我就细心地研看这幅画，希望从画里面发现什么。但我怎么看，再三地看，反复地看，就是没有任何发现。”

这画当时就挂在潘老的书房里，已用丝布裱过，框在一个褐色的镜框里。从画的风格看，说是素描，其实画得挺写意，树干和树冠都是粗线条完成的，只有个大的轮廓，小草更简单，长长短短，一笔落成，很马虎。画面是如此简单，浅白，即使用放大镜看，我也敢肯定那上面不可能藏有情报。

但潘老说，情报就藏在这幅画里面，让我猜。

开始，我看画纸比较厚，也许可以当中揭开，所以怀疑是在夹层里。继而，我觉得那两个树冠的形状有点像某种路线图，心想秘密会不会在这上面。后来，我又猜李宁玉给孩子附录的那句话里有文章。如是再三，均被潘老否认。最后潘老看我实在没有新的想法，提醒我说：

“你注意那些小草，有什么特点？”

这些小草我早已反复看过，长长的一排，高矮不等，一半在地面下，一半在地面上，疏密有度又无度，看上去画得非常不经心，多数是一笔带过。如果要说有什么特点，就是画得随意，就是不可能在其间藏匿什么东西。

潘老笑道："你的思路不对，你总想在上面直接看到什么，怎么可能呢？李宁玉当时的处境怎么可能直接告诉我们什么？所有带出来的东西都是被再三检查过的，你能看到敌人也能看到，这肯定不可能的。你应该想到，她一定把情报藏在只有我才能发现的地方。那么我和别人不同的是什么？我有什么火眼金睛？我刚跟你说过，我是个报务员，当时杭州地下组织与新四军无线电联络的电台是我掌管的，而李宁玉本人是专职的译电师，对莫尔斯电码非常精通。"

说到这里，潘老停下来，问我对莫尔斯电码了不了解。

我当然了解。我不了解莫尔斯电码，怎么可能写《暗算》？阿炳就是个侦听莫尔斯电码的高手。现在很多人都说我曾在相似的秘密部门工作过，甚至还有种说法，说我因为写《解密》和《暗算》已经被相关部门开除。对此，我总是无话可说，因为我不知该怎么说。不说也罢。我一向认为，我对大家重要的不是我个人的什么，而是文字，是作品。我也无所谓——不在乎——被单位开除或者重用。我无所顾忌，是因为我另有所图，就是：写好作品，让读者喜欢我，让读我作品的人有一个新的生活空间。换句话说，我在乎的是不要被读者抛弃，**开除**。我觉得这不像有些人说的那么容易做到，说容易也许只是轻薄的一面之词，不供参考。

四

好了，言归正传，说说莫尔斯电码。

我觉得莫尔斯真是伟大，发明了这么简单的一门语言。在这门语言里，只有两个声音：滴和答；只有两种笔画：**点**（·）和**划**（–）。点和划，或者滴和答的关系，是一比三。就是说，三声**滴**连在一起就是一声**答**，三个**点**连在一起就是一道**划**。进一步说，就是一个**点**、一声**滴**，把全世界的所有语言都纳入其门下。其传播渠道是天空，是云彩，是大气层。只要你在天空下，都可以使用这门语言。

三十年前，在我还是小学二年级时，有一天我姑姑的婆婆去世了，她儿子在北京工作，急于要通知他赶回来参加葬礼。父亲带我去邮局，管发报的人是我们家亲戚（我要叫表叔），让我有幸第一次看到了发报机和发报的整个过程。我看到表叔端坐在案前，右手中指不停地在一个钢键上按动，同时屋子里充满了滴滴答答的声音。没有五分钟，表叔说他已经把我们说的话跟北京的亲戚发过去了，对方已经收到。我觉得简直不可思议，怀疑是假的，在骗我们。但是晚上，表叔给我家送来一份电报，说我姑姑家的儿子已经坐在赶回家的火车上，让我们无论如何要等他回来再安葬死者。我当时已经认识很多字，我把电报拿过来看，看到的却全是数字，一组接一组，每一组有四个数字。我问表叔他是怎么看懂上面的意思的，表叔说有一本书可以查，因为他经常用这本书，大部分都已经背得出来，所以不用查就可以知道。

其实，那就是明码本。去邮局发报，你会看到工作人员的案头总有这么一本东西，大16开本，厚厚的，像我们常见的一本英汉大字典。在这本东西里，所有的汉字和标点符号都变成了数字，比如中国，变成：0022 0948；美国变成：5019 0948；逗号变成：9976。诸如此类。到了发报员手中，这些数字还要变，变成滴答声，比如1变成滴答，2变成滴滴答。在此，作为一点知识，我不妨罗列如下：

1：滴答

2：滴滴答

3：滴滴滴答答

4：滴滴滴滴答

5：滴滴滴滴滴

6：答滴滴滴滴

7：答答滴滴滴

8：答滴滴

9：答滴

0：答

这是指声音，听来如此。如果变成笔画，则如下：

1：· –

2：· · –

3：· · · – –

4：· · · · –

5：· · · · ·

6：– · · · ·

7：– – · · ·

8：– · ·

9：– ·

0：–

假如我们把答（–）竖起来呢？可以想见，1234567890，以莫尔斯电码的方式写出来，则是：

· | · · | · · · | | · · · · | · · · · · | · · · · | | · · · | · · | · |

这是印刷体，看上去中规中矩，挺呆板，也许还无法让你和小草联系起来。但我们知道——前面说过，滴答的关系是一比三，笼统地说也就是一短一长。而小草天生是长长短短的，用潘老的话说：十个手指都有长短，更何况小草。

潘老指着画中的小草，激动地对我说：“现在你该明白了吧，这不是小草，这其实是一封电报，是莫尔斯电码，长草代表**答**（-），短草代表**滴**（·）。”

我当然明白，无需多言。而且，以我的专业知识，如图中的小草我可以轻松将它转换成莫尔斯电码，详见如下：

6643 1032 9976 0523 1801 0648 3194 5028 5391 2585 9982

作为一个搞地下工作的专业报务员，潘老的业务能力远在我表叔之上。据说以前邮局一般的报务员上岗要求是熟记五百个常用字，而潘老说他年轻时记住的字有两千五百多个。所以，他根本不需要查本子，当即认得出来，这则电报的内容是：

速报，务必取消群英会！

据我所知，三十年前，去邮局发电报，一个字是七分钱，标点符号算一个字。要发这一份电报，邮局收费顶多也就是一元钱多一点吧。但李宁玉为了发送这份电报，付出的却是年轻又宝贵的生命。当然，它的价值也是天大的。

潘老现已记不清具体日子，但由他在数年前口述，何大草教授编写，成都青城出版社一九九五年七月出版的《地下的天空》

一书记载，是一九四一年五月二日夜晚，即原定时间的三天后，周恩来特使老K在杭州武林路108号的一栋民宅里召开了相同的会议。会议开始前，与会全体同志都脱帽向李宁玉默哀一分钟，对她机智勇敢、视死如归的大无畏革命精神致以崇高的敬意！

五

最后来讲一讲肥原等人。

肥原当然不知道以上这一切。可以想象，当肥原站在人去楼空的文轩阁客栈前时，他一定无法相信眼前的事实：抓捕行动告败！换言之，老鬼已经把情报传出来啦！然而，谁是老鬼，情报是用什么方式传送的？肥原敲破脑袋也找不到答案。此时的肥原也没有热情去探究这些，自取其辱啊！他的热情都在松井司令官临行前给他的密信上。这也是一份**密电**，破译的密钥是时间，时间不到只能猜，时间到了即可以看。肥原打开密信，看见上面只有一句话：

错杀小错，遗患大错。

就是说，凡可疑者，格杀勿论。

没有确凿的证据可以指证肥原究竟杀了谁，据哨兵甲留下的回忆资料说，这天夜里肥原撤掉了岗哨和所有执勤人员，安排他们连夜归队，一个不留。在他们离开前，看见张司令匆匆赶来陪肥原吃夜宵。哨兵甲说，他回到部队后发现钱包不见了，怀疑是遗在房间里，所以第二天一大早他赶回裘庄去找钱包，却发现东西两栋楼都已空无一人。那些人是何时走的，去了哪里，无人知晓。后来，除顾小梦和王田香又返回部队外，其余的人：张司令、老金、白秘书、张参谋（胖参谋）及一名负责窃听的战士，均下落不明，好像从人间蒸发了。哨兵甲认为，这些人都是被肥原以**遗患**的名义杀掉的，进而他推测，肥原后来被人暗杀，有可能是这些人的亲友或部下复仇所致。

潘老承认，他对肥原不了解，但说到他遭人暗杀的事，老人家闪烁着浑浊的目光，兴奋地对我说："这年冬天，杭州城里经常传出有关肥原的小道消息，先是说有人出了十万块大洋请捉奸队去暗杀他，又有人说出的是二十万块大洋。有一天，杭州的所有报纸都登了，肥原在西湖里遭人暗杀，尸首丢弃在岳王庙门前，手脚被剁了，眼珠子被挖了，死状十分惨烈，大快人心啊！"

至于是谁杀的，说法纷纭，有的说是延安的地下党，有的说是重庆的捉奸队，有的说是张司令和吴志国的部下，有的说是顾小梦花钱雇的职业杀手。总之乱得很，什么说法都有，不一而足。所以，肥原被杀之事，因为过于生动离奇而变得像一个传说，穿过了世世代代，至今都还在杭州民间流传。

我很遗憾一直没找到顾小梦，听说她还活着，在台湾，后人很有出息，有个儿子是香港有名的大富豪，上世纪九十年代以来经常在内地活动，投了无数的资金办实业、做慈善，因而跟高层也建立了良好的关系。我曾通过朋友帮助与他的秘书联系过，希望去台湾见一下顾老。秘书没有问我为什么就挂了电话，决绝的样子使我看不见希望。据我掌握的资料推算，老人家明年该做八十五岁大寿，在此我遥祝老人家长命百岁，福享天年！

2006-11-7　一稿

2006-12-3　二稿

下部

西风

第一章

一

顾小梦！

顾小梦！

老人家像老鬼一样神奇地冒出来，让我的书稿难以结束——结束又开始。

这是一段不愉快的经历。是今年春节前，正是我的书稿（书名《密码》）紧锣密鼓地编发之际，一日下午，责任编辑阿彪突然给我挂来电话，懊恼地告诉我书出版不成了。我问为什么，他说有人指责我恶意歪曲史实，颠倒是非，玷污当事者的形象。

我想跟他幽默一下，说：“这种事就像戒烟一样，我经历得多了。”

阿彪没有受我的感染而放松下来，反而煞有介事地说：“这一次不一样，对方来头很大，如果我们一意孤行出版，他们将把你和我们出版社都告上法庭。”

我问**他们**是谁，阿彪说是一个姓X的先生。我说我书稿里没有X姓的先生啊。阿彪说就是顾小梦的后人。我的头一下子大了，因为这是我书稿中唯一一个软肋：没有访到顾小梦。我曾想她在台湾也许看不到书，哪知道书未出版，她已经先睹为快。

怎么回事？

原来，我无意中跟阿彪谈起过顾小梦及其后人的情况：有个儿子是名满当下中国的大港商X先生，全国政协委员。他们社长知情后很敏感，过度重视，要求他把我书稿作为重点选题上报相关部门审读。负责审读的同志同样是怕承担后果，谨慎起见把审稿清样曲里拐弯地转递到顾小梦手上，希望她过目给个意见。

她的意见就是：不能出，谁出就跟谁上法庭。

我两眼一抹黑……从采访到写完，这本小书折腾了我三年，悲壮的下场使我想起竞技场上的一句老话：倒下在离终点最近的地方。比李宁玉还惨！李宁玉虽然付出了宝贵的生命，但她是个胜者——生的光荣，死的伟大。我折腾三年，只换来一个词：白费心机。我突然想跟年轻人一样地骂人：我靠！

二

别冲动，冲动是魔鬼。冲动会降低你智商，把事情搞得更乱，不可收拾。我安慰自己，要心平气和，要动之以情，晓之以理，要据理力争，争取去说服老人家。人老了，都会变得慈祥、宽容，只要我低个头，她也许会原谅我。于是，我诚恳地书信一封，托负责审稿的同志给顾小梦老人家转去——我想，他既然可以让书稿与老人家见面，一定也可以把我的信转过去。

一个月。

两个月。

三个月……

在我绝望之际，一天下午（今年两会期间）我突然接到一个陌生人的电话，自称是顾小梦女儿，看过我的书稿，有些想法想跟我聊一聊。说真的，她没有恶意指责我，甚至对书稿前半部分给予**高度肯定**，只是强调后半部分**严重失实**。最后，她表示她母亲想见我一下，希望我抽空去一趟台湾。

也许是怕我不去，她在电话里婉转地告诉我，她是新当选的全国政协委员，现在正在北京开会，上午某某某领导才接见过她。言下之意，我要重视她和她母亲的要求。殊不知，这正是我梦寐以求的。

事情终于有了转机！

于是，我以最快的速度去台湾，拜见了顾老人家。

三

半个多世纪过去了，昔日的美貌已无法在老人脸上捕捉到。人老了（八十五岁），似乎都变成一个相貌：稀疏的银发，整齐的假牙，昏黄的眼珠，收不拢的目光……但老人家开口说话的声腔一下子让我把她和顾小梦联系在了一起。她说话直截了当，有股子得理不饶人的劲头。她对我说的第一句话就是凶巴巴的责问：

“你为什么要颠倒黑白，恶意夸大李宁玉，把我写成汉奸！”声严色厉，怒气冲冲，断然没有一个耄耋老者应有的慈祥。

我想作点儿解释，刚张口便被她挥手斩断。显然她积压了许多话要说，且似乎早在腹中预演过多次，一经开讲，如同在播放录音，铿锵道来，不绝于耳，前言后语，有呼有应，根本不容我插嘴。我惊讶于她超常清楚的口齿和思维，这么高龄的人啦，但说话的声音、底气和遣词造句的用心、讲究，一点也不比我差。

起码要给她减掉三十岁！我想。

她一口气对我这样说道：

“你虽然说写的是小说，可是谁都看得出来，你说的就是这件事，这些人，人名、时间、地点都对得上，里面的顾小梦就是我。是我，但又不是真实的我！你去问问九泉之下的李宁玉，我是不是那样的？事实完全不是你说的那个样，那个情报根本不是李宁玉传出去的，而是我！你知道吗？”

是她？

你相信吗？

我不相信。

我的不信虽没有说出口，但跃然写在脸上。

“你不相信是不？”老人家看出我的疑义，“你认为我想抢功劳是不？我要想抢功劳会来台湾吗？应该留在大陆当英雄才是。我不要功劳，我只要事实，情报就是我传出去的，这是板上钉钉的事实，不允许你颠倒黑白！”

老人家又是朝我一顿连珠炮。

“告诉我，年轻人，你为什么要这么诬蔑我？是谁让你这么说的？是不是姓潘的那个老不死的！”

她指的是潘老，我不敢否认。

看我点头，顾老哼一声，狠狠地说：

“这个老不死的，我猜就是他。他就想把什么好事都往李宁玉脸上贴，有金子都往自己人脸上贴，不要脸！把他一家人都画成个大英雄，其他人都是汉奸、走狗。卑鄙！无耻！姓潘的，我还没死呢，你就敢这么胡说八道，我叫天劈你！你这个老骗子！老滑头！”

老人家的情绪越来越激烈，口沫横飞，话语中不时夹杂着骂人的脏话和发烫的感叹号。好在她女儿在场，及时劝阻，总算把她的愤怒平息下来。平静下来后，老人家把我的书稿找出来，丢在我面前，依然气咻咻地责问我：

“你觉得你写的东西经得起推敲吗？你想过没有，当时那种情况下，肥原可能把李宁玉的尸体送出去吗？他为了抓老鬼可以把我们几个大活人都关起来，凭什么对一具尸体大发慈悲？就算李宁玉通过死作证，让肥原相信她不是老鬼，那种情况下也不可能把尸体送出去。为什么？没时间！晚上就要去抓人，谁有心思来管这事？不就是一具尸体嘛，放一天有什么要紧的。何况你也写到了，肥原还搜查了她尸体，干吗要搜查？就是不相信，起码是不完全相信。既然不相信，为什么要送尸体出去？难道不送出去肥原要吃官司不成？”

“这……”我小心翼翼地说，“通过检查，发现李宁玉身上没藏情报……”

“然后就信任了？”老人家一阵冷笑，“什么检查？就你写的那种检查吗？那种检查能证明李宁玉身上没有藏情报？笑话！她身上可以藏情报的地方多着呢，肚子里，子宫里，肠子里，哪里不能藏？如果要彻底检查必须开肠破肚，这样的话没一天时间根本查不完。既然没有彻底检查就不会有彻底的相信。然后你再想想，你是作家，应该有这种判断力，既然无法彻底信任她，怎么可能把她的尸体送出去？万一她就是老鬼呢？那种情况下，一个重要的会议马上要开，大家都很谨慎的，稍有风吹草动都可能改变计划。如果按你这么写，要那幅画干什么？不需要，只要能把尸体送出去，什么都不需要。我敢说，外面的同志只要一见李宁玉尸体，不管她在遗言中怎么说，病死也好，车祸也好，那个会议绝对会取消。你不想想，一个好好的人，在这种敏感的时候突然死了，你难道会一点警觉都没有？只要有一点警觉，会议就开不成，必须取消！哪怕是搞错了也要取消，这就是地下工作。”

老人的这番话震动了我。

震动是接二连三的。

随后几天，老人家约我去了她乡下的别墅（离台北市区八十公里，有些证据珍藏在此）作全面深入的访谈。毕竟年龄不饶人，每次她只能跟我谈一个半小时，其间她时而躺在杏仁色的贵妃榻上，时而坐在朱砂红的藤条椅上；时而慷慨激昂，时而娓娓道来，带我走进了六十六年前那个我自以为熟悉、了解的故事。

但是，正如老人家所言：我所了解的其实还没有被蒙蔽的多……现在，我决定重新写这个故事，只是不知道会不会又有人来指责我**不尊重历史**。有时候，我真不知道，到底什么样的历史才是真实的。

严格地说，本章只是个开场白，也许说**序言**更贴切。

第二章

一

青藤，紫竹，鸟语；

老人，暮年，世外。

这是我带着诚惶诚恐的不安走进老人家乡下别墅的第一印象。

院落不大，清风雅静，花香鸟语，听不见市声，闻不见俗气，颇有几分世外桃源的意味。一栋三层小楼，红砖黛瓦，青藤攀缘，紫竹环绕，少了几分钢筋水泥的联想。客厅的布置中西式混合，既有路易十四时期式样的沙发、躺椅、油画、纯铜台灯，又有纯中式的神龛、案台、麦秸蒲团、紫檀木太师椅。神龛前，香火袅袅，供奉着大慈大悲的观音菩萨；落地窗前，两棵生机勃勃的绿萝，染绿了明媚的阳光。

尽管见面时老人脸上依然残留着昨日的愠容，但我发现精致的藤桌上已经摆好紫陶茶具，由此我明白老人已准备接受我的采访。我心里暗自窃喜，但决不溢于言表。我深感低调也是一种厚重，只不过这种厚重与老人家显阔的厚重不一样，她是参与者、经历者、拥有者，而我是挖掘者、守望者。我要把我的厚重放在心里，藏在脑中，所以不卑不亢成为我上访权贵英豪、下走百姓人家的一种常态。特别是这次长途奔袭来到台湾岛，执著领着我去解开半个世纪前的秘中秘，这远行本身就意味着拙作鬼使神差地出现了新的精彩和看点。冥冥中，我感谢我的执著，新的秘密正在我的企盼中催促我去破解。

当保姆将沏好的铁观音倒入茶杯后，那缕缕、阵阵轻清的飘香，默契地带着我和老人飘回到那段不堪回首却又惊心动魄的往事中。很明显，老人是经过一番精心的修饰和准备来应对我的采访的。她穿一套淡蓝色婆婆衫，飘逸而有质感，一只鸡血红的手镯和闪烁着炫目光芒的钻石戒指悄然地透出她的高贵和富有，白皙的皮肤密布着无法掩饰的老年斑。尽管萎缩的嘴唇涂抹了淡红色的唇膏，像在努力地守护多年的秘密，但此时此刻，我总觉得我像走进了电影《泰坦尼克号》女主角老年的场景：她们的眼神里都暗含着一种逝去的时光，和一种**世纪老人**特有的闪烁不定的秘密和迷茫。

“老人家，您说情报是您传出去的，我想知道您是怎么传出去的？”我直奔主题。

“你应该问我，我为什么要帮李宁玉传情报。”老人反驳我。

“嗯，为什么呢？”

"因为我不是伪军！"

"你是李宁玉的同志？"

"那要看怎么说，如果对日本佬我们就是同志，没有日本佬我们又是敌人。"

我恍然大悟："您是重庆的人？"

她淡然一笑："哼，算你聪明，猜到了，我是重庆军统安插在汪伪组织里的卧底。"

我马上想到，她豪富的父亲一定也是军统的地下特务。

老人家抬起头，望着挂在墙上的一只相框——相片上是一架上个世纪三十年代末日本出厂的零式战斗机："那就是我父亲送给汪精卫的飞机，也是我们父女俩打入汪伪政权的见面礼，敲门砖。其实，飞机是戴笠送的，不过是借父亲的名而已。"

我问："这是哪一年的事？"

老人用有些微微颤抖的手轻轻抚了抚血红的手镯，然后慢慢地用食指竖在双唇处，眼神飘向远方，像是在捕捉记忆中的那粒沉浮半个多世纪、行将被漫长的时光吞没的尘埃……

二

那是一九三九年夏天。

顾小梦清楚地记得，那天下午，她从青浦警校参加完毕业典礼，兴致勃勃地回到家里，一眼看见她家花园的葡萄架下，父亲跷着二郎腿，手上捏着粗壮的雪茄，坐在红色的藤椅上，与一个中年人在谈事。父亲平时不抽烟，偶尔抽雪茄与其说是抽烟，倒不如说是摆大老板的排场，但从今天他大口吞吐烟雾的样子看，顾小梦没有怀疑地作出判断，父亲同来人的谈话并不愉快。也许是相当不愉快，因为她注意到父亲面色凝重，眉头锁紧，目光如炬，几近愠怒。父亲在家里是很少露出这种神情的，甚至几个月前，得知几百万的货物受战火侵袭沉入海底时也没有这样，看见女儿连招呼都不打一个。在女儿的记忆中，只有两年前，母亲猝然被鬼子飞机炸死的那一天，她不知噩耗，哼着小调从外面回来，父亲明明看见她却没有理睬，而是转身而去，沉重的背影像一道黑色的屏障，把父女俩素有的亲热隔开了。

客人穿一套黑色毛哔叽中山装，戴一顶天津盛锡福的礼帽，横架在鼻梁上的圆形墨镜透出几分神秘和傲慢。从放在茶几上的公文皮夹看，顾小梦大体猜出来人的身份——不是军方的，就是警界的。她倾向是警界的，因为她刚从警校毕业，也许父亲正在与他谈她的未来。如果真是如此，她觉得自己还是暂时不出面的好。因此，她迟疑一下，悄悄退开，绕道回了屋。

宋妈热切地迎上来，看她额头上挂满汗珠，连忙拿来毛巾给她擦拭。她接过毛巾，一边擦着汗一边问宋妈：“那个人是什么人？”

宋妈摇摇头：“不知道……老爷吩咐我不要打扰他们。”

顾小梦象征性地擦了汗，把毛巾还给宋妈：“他来了多久了？”

宋妈看看挂在墙上的自鸣钟：“一个多钟头了。”

正说着，自鸣钟和外面教堂的钟声一齐响起来，咚——咚——咚——像整个城市都准备起锚远行。两年前，母亲去世不久，父亲为了女儿的安全，把家从杭州迁居到上海法租界，对门有一个天主教堂，每次，教堂钟声响起后，总有一群鸽子从他们家屋顶飞过，洒下一路的羽毛和类似哨音的滑翔声。

上海的夏天是闷热的，顾小梦有些昏昏欲睡，她洗了一把脸，想上楼去睡一会儿。但真上床了又睡不着，只好懒洋洋地翻看了几本《看客》电影杂志。不知过了多久，她起床来到窗前，恰巧看见父亲正起身与来人作别。那人一手握着父亲的手，一手抚着父亲的肩，不时轻拍着。从父亲的表情看，有点无奈，又有点像在接受那人的安慰。

最令顾小梦吃惊的是，父亲进屋看见女儿，那平时一向开怀爽朗的笑声没有了。她问来人是谁，父亲也是语焉不详，敷衍了事。怪异还在继续，吃晚饭时，父亲竟然用不停地给女儿夹菜代替父女间素有的交谈，有一种**风萧萧兮易水寒**的意味。母亲撒手人寰，两个哥哥都在国外，顾小梦是父亲身边唯一的亲人，做父亲的对女儿便多了一份溺爱和纵容，因此养成了顾小梦任性娇惯的脾气。在顾小梦眼里，父亲比宋妈还少了一份威严。她对父亲的反常颇为不满，发问又得不到切实的答复，一气之下，丢了饭碗，气鼓鼓地上楼去了。

父亲吃完饭，上楼来看她。她终于爆发出来，对父亲大声嚷嚷："来了一个黑衣丧门星是不是，把我们家搅得像个殡仪馆，难道他是阎王爷不成！"

面对女儿的无礼，父亲非但没有生气，反而气馁地耷拉下头，沉沉地坐在女儿面前，幽幽地说："孩子，爸爸不知道该怎么跟你说。"

女儿振振有词："是什么就说什么！"

父亲拉起女儿的手，连连摇着头，欲言无语。

顾小梦多少看出一些不祥，握紧父亲的手，"爸，到底发生了什么事？"

父亲叹口气，闭着眼说："天塌下来的事。"少顷，又睁开眼，表情严肃地说，"梦儿，天塌下来了爸爸还可以用万贯家产为你再撑起一片天空，可是这回……爸爸……帮不了你了，我们别无选择，只有听他的。"

顾小梦霍地站起来，"你是说下午那个人？"

"嗯。"

"他是什么人？"

"他是小喽啰一个，关键是他代表的人。"

"他代表谁？"

"我们国家，这个破碎的国家——"

三

【录音】

嗯，父亲告诉我那个人姓宋，是国民党军统局第三处副处长，官职不高，上校军衔，但他身上有本证件是见官高一级的。这就是当时的军统。戴笠时代的军统，权力大得可以把太阳遮住，可以让你成龙上天，也可以叫你变虫钻地。据我所知，多年前父亲在南京时与戴笠有过一面之交，那时抗战还没有爆发，但国民党内部钩心斗角，尔虞我诈，纠纷不断，军统的人到处招募同党，安插亲信。我父亲是做军火生意的，跟军方接触比较多，戴笠一心想拉父亲加入军统为他当耳目。父亲觉得这不是个好差使，弄不好要鸡飞蛋打的，就没同意，付出的代价是给了军统一大笔钱。是破财消灾，花钱买个自由身的意思啊。当时军统还没有后来那么膀大腰圆，戴笠本人也没有后来那么飞扬跋扈。他收了钱，和父亲保持了一定的交情，有事打个电话，没事一般不联系。这次宋处长来访前，父亲就已经接到戴笠的一个电话，说是有要事相商，专门派了一个人来面谈。

就是说，宋处长是代表戴笠来的。

我父亲认为，所谓的有事大概就是来跟他要钱要物。抗战爆发后，国库一天比一天空虚，而军统的开支一向很大，很多钱物只好从民间刮取。哪知道，宋处长却给父亲带来一大笔钱，奇怪吧？

事情蹊跷，必有隐情。说白了，戴笠这次不是来找父亲要钱的，而是要我父亲的名和命为军统做事。做什么呢？就是用这一大笔钱去买一架飞机，以父亲的名义送给大汉奸汪精卫，以博得汪贼的信任。当时汪精卫正在武汉积极筹备伪政府，军统需要有人打入到汪精卫身边去，戴笠看中了我父亲，就是这样的。

我父亲是铁匠的儿子，之所以能够成为一代富豪，一是靠乱世，乱世出英雄嘛；二是靠他独到的生意经和在交际场上高超的平衡能力。我一直以为，父亲是做生意的天才，这种天才主要体现在他与官方、政界相处中善于把握分寸和机会。中国的商人要是不跟官方搭伙，生意是做不大的，古往今来一向如此，大陆和台湾都一样。但搭伙过了头，到了像胡雪岩那个程度，以商从政，商政不分，也不会有好下场的，弄不好要两头落空，生意做不成，官也当不成，一败涂地。我父亲始终记住自己是个商人，与官方、政界保持着应有的关系，也保持着应有的距离。若即若离，亲疏有度，分寸把握得很好。八面玲珑，才能八面来风，这就是父亲的生意经。现在，戴笠要他为党国效劳，变成个地雷去埋在汪贼身边，这对父亲来说当然不是件乐意的事。但事关抗日救国的大业，父亲只有答应，没有退路——不可能再像上次一样花钱买一条退路走。我父亲见多识广，看云断雨的能力比谁都强，他从戴笠私自备钱而来这一点中已经看出，这次戴笠不会给他退路走的。既然这样，父亲没有什么犹豫，干脆地答应下来了。

问题不在我父亲身上，而是我——对方提出要我也加入军统，做父亲的搭档，一起打入汪伪集团。当然，从道理上讲，这个要求很正当，既然花了大价钱把父亲弄进去了，我不过是搭父亲的便车而已，不费周折，捡个便宜，毕竟多一个人多一份力嘛。但我父亲坚决不同意！父亲不想把我扯进去，因为他晓得，比谁都晓得，军统这碗饭是不好吃的，风险很大，生和死只有一页纸之隔。我是父亲的独养女，从小在父亲身边长大，两个哥哥都在国外，父亲把我视为掌上明珠，怎么可能让我去冒这种风险？那天下午，父亲一直竭力想说服宋处长让我置身局外，但对方始终不松口，不放手，让我父亲痛苦不堪。

一边是国，一边是家，一边是神通广大的秘密组织，一边只是一个有点钱的商人，结果是可想而知的。但父亲还是不死心，他把事情的来龙去脉跟我讲明后，最后决定：让我一走了之——

令顾老板万万想不到的是，他勇敢的决心首先遭到女儿的反对。

顾小梦听罢父亲的介绍，非但不惊不诧，反而笑容满面地挽起父亲的胳膊，安慰父亲："看你这一筹莫展的样子，我还以为出了什么事，原来是这样。你不认为这是一件好事吗？至少可以为我母亲报仇嘛，不瞒你说，我还准备找人加入军统局呢，你不知道吧？"

"胡说！"父亲严肃地告诫女儿，"你知道什么，那是个深渊，进去了出不来的。"

"问题是很多人想进还进不去呢。"女儿的声音里透出藏不住的兴奋。她告诉父亲，军统局曾多次秘密地去他们学校物色人选，条件很高，被带走的都是班上最优秀的人。正因此，顾小梦才格外憧憬加入军统局，现在机会就在眼前，她岂肯放过。

"不，女儿，这事你必须听爸的。"

"不，我不听，这是我自己的事，你别管……"

就这样，对顾老板来说，下午那种对峙、争执的时光又重现了，不同的是，下午他面对的是铁面无私的宋处长，现在面对的是娇惯成性的女儿。但结果都一样，他费尽口舌，只证明他是无能的，无法改变对方坚定的主意。这似乎也是规律：在诸如爱情、前程等大是大非的问题上，父母和子女一旦意见相左，最后败下阵的往往是父母一方。

这天晚上，身为一代富豪的顾老板感到特别的虚弱无力。他像只困兽一样，在静谧的花园里不停地走啊走，银色的月光下，不时看见他沧桑的脸上挂出泪花。

四

又是一个月光如银的夜晚，宋处长如期而至，他带来了表格、党旗、孙先生头像等。干吗？替顾家父女俩履行加入军统局的手续。首先是填表，一人一表，一式三份。父女俩填完表，按上手印，各自拥有一个秘密代号：父亲是036，女儿是312。然后是宣誓，父女俩举起右手，握紧拳头，对着党旗和孙先生像，由宋处长领读，庄严地宣誓：

“我宣誓，从今天起，我生是党国的人，死是党国的魂。我将永远忠诚于党国，不论遇到何种威胁和诱惑，我都将誓死捍卫党国的利益，至死不渝地服从党国的意志，坚决完成上级交给的每一项指令，置生死于身外……”

这一切履行完毕，宋处长俨然是一位首长，对顾老板吩咐道：“马上对外公布，你女儿将赴美国度假，去看望两个哥哥。”

顾老板马上预感到，女儿要离开他了：“你们要带她走？”

宋处长对顾小梦说：“你需要接受训练。”

不久，顾小梦登上美国威远公司的海轮，远渡重洋，名义上是度假，实际上是去美国接受秘密训练。当时国民政府在华盛顿郊区设有一个秘密训练基地，基地负责人就是中国驻美国大使馆肖勃武官，他也是军统局驻美国站站长。就在基地受训期间，顾小梦从报纸上看到她父亲赠飞机给汪精卫的相关消息，随后多年她和父亲一直作为汪精卫的**忠实走狗**遭国人唾骂。直到抗战结束后，军统方面才出具相关证据和证人，为顾老板及女儿恢复荣誉。

但上世纪五十年代，又有人对顾家父女的身份提出质疑，当时戴笠和宋处长都不在人世，肖勃武官成了最直接又最有力的证人。多年来，顾老一直把肖武官的证词当宝贝一样珍藏着，我有幸看到，全文如下：

我可以作证，顾小梦是党国的特殊战士，曾于一九三九年九月至十月，在由我负责的国防部设在华盛顿的秘密训练基地受训，同窗七人，均为国民政府军事委员会调查统计局（即军统）选送。其间，顾学习勤勉，作风正派，抗日救国之心溢于言表，不容置疑。学成回国后，我曾多次听到包括戴局长在内的军统内部人士讲起顾家父女忠心报国、建功立业的事迹。抗战结束后，组织上对其父女忠勇报国的行为已作定论，如今有人试图改变事实，居心叵测，乃国人之耻。

及：以上证词一式两份，一份由国民政府中央安全委员会存档，一份由顾小梦本人私存。

证词打印在一页十六开大的白纸上，是原件，落款有肖勃本人黑色的签名和红色的私人印章及手印，具有足够的真实性和庄严感。经老人家同意，我对这页证词用数码相机拍下照片。有意思的是，老人家发现我的相机只有四百万像素，清晰度不是太高，特意用她的九百万像素的相机重拍了一幅，给我输在电脑里。现在我电脑里存储的就是用老人家的高清相机拍下的照片，连每一个标点符号都清楚无误。

第一天的采访到此为止，老人家一改以前对我的怠慢，有意要送我上车，在我的婉谢下还执意送我到门口，并与我握手道别。那是我握过的最无力的一只手，几乎没有一丝肉，只有一层皮，我握着它感觉不到体温和重量，轻得像纸糊的，随时都可能飘起来。我不禁想，好在她的记忆不像这只手一样无力。她的记忆没有背叛她，令我有一种盲目的欣慰和感动，不知道该感谢谁。

第三章

一

台北的四月，春意盎然，大街上随处可见穿裙衫和吃冰激凌的人。午间，太阳下，马路是发烫的，戴太阳镜的人比比皆是。而此时，我的家人可能还穿着防寒服。我想，我从家乡来到台北，其实是从冬天来到了夏天。

顾老的女儿告诉我，她母亲不能吹空调，每到夏天都要离开台北，到乡下别墅去生活。一般是四月下旬动身，今年由于我的原因提前了一周。别墅常年有两个花工和一名清洁工看管，此外有一个马来西亚的华人长年服侍老人的日常起居。此人姓陈，五十来岁，中等个子，微胖，我叫她陈嫂。陈嫂会说国语、英语和粤语，祖籍是广东佛山，二十年前开始服侍老人，现在拿的月薪兑换成人民币将近一万元，在大陆属于高薪员工。

第二天我来访时，老人还没有下楼，客厅里只有陈嫂一人，她正在把老人家的一副老花镜小心翼翼地放在茶几上，旁边是我的拙作《密码》的复印件，由一根长条形红木镇纸镇着，显得有点贵重的意味。

陈嫂和我简单寒暄后即上楼去把老人家搀扶下来，同时带下来的还有一只用竹篾编织的小盒子，漆成赭色，透出油亮，显得古色古香。老人家甫一坐定，便吩咐陈嫂打开盒子，让我上前去看。我看到一张泛黄的老照片和一把断齿的破梳子、一支钢笔（白色笔帽）、一支唇膏、两颗药丸、三块银元等一些杂七杂八的东西，甚至还有一绺头发。照片上的人扎着两根辫子，三十多岁，面目清秀，嘴巴抿紧，目光冷冷的，有点怨妇的样子。

老人问我："你知道她是谁吗？"

我当然知道。我一看照片就认出是李宁玉，那些东西想必就是李宁玉的遗物了。令我不解的是，有两样东西：白色笔帽的钢笔和断齿的破梳子，我在潘老家里也看到过，莫非这两样东西有双份？

老人家听了我说的后，又大骂潘老一通，然后言之凿凿地申明："只有我这个才是真的，他不可能有！他有就是假的，骗人的！这个老骗子，他可以把情报说成是李宁玉传出去的，还有什么不能骗人的？一个政治骗子，整天欺世盗名，丢人现眼，让我最瞧不起！"

我看她情绪又冲动起来，连忙安慰她："是啊，要找这两样东西太容易了，每一个城市的旧货市场都可以买到，我相信现在摆在我眼前的才是真的。”为了支开话题，我及时问她，“老人家，您是哪一年认识李宁玉的？是从美国一回来就认识她的吗？”

“没这么早。”老人往沙发上一仰，有点不情愿地回答我。

“我听说您从美国回来后，开始好像在上海警察局工作了一段时间？”我追着问。

“是的……”

老人告诉我，她从美国回来时，她父亲已经是汪精卫的大红人，社会上的**大汉奸**，担任着上海特别维持会副会长一职，汪每到上海都要会见他。这时候她想去哪里工作都可以，但考虑到她是警校毕业生，一下去军队工作容易引起人怀疑，谨慎起见暂时落脚在维持会下属的警察局。其间通过父亲的关系，她被送去南京学习无线电和解码技术。其实她在美国学的就是这些东西，学习不过是走个过场，学完后可以名正言顺地进入军方核心部门工作。当时汪伪政权正在紧锣密鼓地筹建中，各敌占区都在纷纷组建伪军部队，其中总部设在杭州的**华东剿匪总队**是汪贼下大力气组建的一支嫡系部队，下设四个独立大队，分别驻扎在镇江、杭州、常州、上饶，是辅助汪伪政权得以顺利组建和将来要稳定局面的一顶保护伞。

“敌人的香饽饽，也是我们的香饽饽，”老人家淡淡一笑，举重若轻地说，“我们当然要安插人进去。谁进去最合适？上面的人开始打算盘，最后打到了我和父亲头上。”

"因为你们家就在杭州？"

"这是一个幌子吧。"老人说，主要原因是因为没有比她更合适的人，她当时刚学完无线电解码技术，有条件打入敌人的机要部门，"反正不是电讯科就是译电科，这两个部门都是掌握核心机密的部门，有以一当十的功效。"

"最后你进的是译电科？"

"嗯。"

"你就这样认识了李宁玉？"

"何止是认识哦。"

老人感叹一声，拿起梳子翻来覆去地抚摩着，好像要用这把破梳子梳理已经日渐远去和模糊的记忆。看得出，老人家的手指已不再灵巧，不饶人的年龄带来的笨拙，使我担心梳子随时都会掉落在地上。

良久，老人才开口：

"我们就从这把梳子说起吧。我第一天认识李宁玉，它是见证物；我最后一次看到李宁玉，也是它见证了的……"

二

岁月回到一九三九年十二月的一个下午，时任剿匪总队司令的钱虎翼领着顾小梦来到译电科科长李宁玉的办公室。当时李宁玉像是刚刚洗过头，一边埋头看着报纸，一边梳着湿漉漉的头发。顾小梦惊讶于她的头发是那么秀丽，又黑又直，犹如青丝一般散开，垂挂在她脸前，红色的梳子从上而下耙动着，有一种诗情画意，又有一种藏而不露的神秘。从某种意义上说，顾小梦是先认识她的头发和梳子，然后才认识她人的。

人其实一点也不诗情画意，虽然眉清目秀，肤色白净，不乏有一副姣好的容颜，但严肃的神情给人一种难以接近的感觉。

顾小梦来此是汪精卫批了字又打了电话的，钱虎翼介绍顾小梦时，专门突出了这点。顾小梦以为这一定会让眼前的顶头上司卸下上司的表情，上来对她致以热诚的欢迎辞。但李宁玉不为所动，依然一副冷漠的样子，只冷冷地说一句：

"欢迎。"

惜字如金，语调如同她手上那把梳子一样，没有温度，像一台机器发出的。

顾小梦也要塑造自己的形象：一个依仗权势的富家小姐，涉世不深，任性，泼辣，不畏权贵，敢说敢为。所以，面对上司的不恭，她不客气地回敬道：

"可我感觉到你并不欢迎我啊。"

以为这会让李宁玉难堪的。

哪知道李宁玉毫不示弱，掷地有声地告诉她：

“我当然不欢迎你，你的来头太大了，我这庙太小，容不下你……”

【录音】

我们就是这样认识的，像一对冤家啊，见面就干架。你可能会以为，她这么对我一定让我恨死了，不，恰恰相反，我反而对她有了好感，奇怪不？其实也不奇怪，我从小到大身边都尽是一些讨好我的人，像她这样冒犯我的人很少见。物以稀为贵啊，她不按常理出牌，对我反而是一种刺激，让我觉得好玩，有意思。这是我本能的感受，很真实，也许只有像我这样的人才能体会到。我想如果她像其他人一样，把我看成富家小姐，因为有来头，什么事都谦让我，纵容我，后来我们可能也成为不了好朋友。当然我出于个人目的，为了完成重庆下来的任务，也会设法主动去接近她，笼络她，但不可能成为朋友。

其实，我跟你说，冤家是很容易成为朋友的，一种类型的人喜欢与另一种类型的人交朋友，就是这个道理。我和李宁玉完全是两种不同类型的人。我常说，她是南极的冰山，寸草不长，没有色彩，冷得冒气，没人去挨近她；我呢，哈哈，是南京的紫金山，修成公园了，热闹得很，什么人都围着我转。她在办公室一坐就是一天，而且经常几天不说一句话，把沉默当饭吃；我啊，屁股上抹了油的，没事在办公室坐不住，到处乱串，跟人聊天斗嘴，打情骂俏，没个正经。这一方面是我的天性，另一方面也是我麻痹敌人的手段。父亲曾经对我说过，一个人的天性是藏不住的，与其藏，不如放，加上谁都知道我特殊的身份，我完全可以利用自己年龄小和有靠山的条件，装出一副富家子女不谙世事、玩世不恭的样子，做事情不讲规矩，说话敢开黄腔，通过这种方式给人造成一种没心没肺的印象。当时我们处有电讯、译电、内情三个科，军官战士加起来三十多人，我没有一个星期就跟大家混熟了，办法很简单：对女同胞带她们上街花钱，看电影，买衣服，下馆子，上照相馆拍照片；对男的则反过来，让他们带我上街去花钱。有一次，我还把全处的军官都喊到家里大吃一顿，父亲给每个人都送了礼物，私下又给我对每一个人都作了分析。分析到李宁玉时，父亲像个算命先生一样地作出预见，说我们以后会成为好朋友的。我问他为什么，父亲说因为我们要的东西很多都在她手上。父亲的意思其实是说，我要出色地完成上级交给的任务，必须要跟她交成好朋友，这样我才能得到更多的情报。

所以，我平时一直努力接近她，比如买了什么衣服去找她，就款式、颜色合不合体征求她意见，再就是工作上的事经常找她讨教，一份电报我明明知道怎么译，却故意装着不知道，请她指点。总之，我变着法子同她套近乎，拉私交。但效果很不好，她始终是一副冷若冰霜的样子，对我爱理不理的；除了工作上的交往外，一概不跟我有任何其他往来，让我束手无策——

情况在新年伊始的春节后发生了转机。那天顾小梦刚刚步入办公室的楼道，就看见李宁玉和一个男的吵得不可开交，一大堆人簇拥在走道上交头接耳，窃窃私语，只有金处长一个人在劝阻。但劝不住，那男的火气很大，跳上跳下地骂李宁玉是婊子，扬言要打断她的腿，不准她再踏进家门。

骂是这样骂，但谁想到他会真出手打人，而且出手很重，拳脚交加，把李宁玉打得嗷嗷叫，把金处长吓得往一边躲。其他人见势不妙，有的往办公室里缩，有的下楼去喊卫兵，反正没人敢挺身而出。只有顾小梦及时冲上去，死死护住李宁玉，同时对那男的破口大骂，什么粗话脏话都往他身上泼，直把他骂得灰溜溜地走了。

三

我知道，此人就是年轻时的潘老，他借故听说李宁玉在外面有相好的男人，上门来兴师问罪。这其实是李宁玉和年轻的潘老合演的苦肉计，目的就是为了把李宁玉赶出家门，让她晚上不回家，待在单位里，以便可以随时盯着单位上的事。后来，单位领导果然给李宁玉分了一套单身宿舍，吃住在单位上，成了一个活寡妇，只有中午才回家看孩子——其实是带情报回家。

这一切，当时顾小梦自然是不知道的，所以她格外同情李宁玉。当天晚上，李宁玉有家难回，无处可去，她叫父亲的司机开来车，把李宁玉接回家住了一夜。李宁玉出于假戏真做的需要，也接受了这份好意。从那以后，两人的关系陡然走近。后来单位给李宁玉分的房子又跟顾小梦的宿舍在一个楼道里，等于是上班下班都在一起，低头不见抬头见，两人关系就越发亲近了，经常同进同出，同吃同工，跟一对姐妹似的——

【录音】

那时我经常不定期地回家，只要手上有货，打个电话，司机就来接我。只有周末，不管有没有情况我都要回家过过馋瘾，食堂里的伙食太差了。一般周末我回家都爱叫上她，她不是次次答应，但答应得也不少。慢慢地，她跟我父亲也相熟了。父亲觉得她沉默寡言、独善其身的性格很适合做我的搭档，曾建议我把她作为发展对象，设法发展她。那时，我们根本没想到她是延安的人，是共产党。

话说回来，正因为她是延安的人，所以她才那么愿意接近我们，她开始对我冷淡，其实也是想接近我的一种策略：欲擒故纵嘛。她想从我和父亲身上打探汪伪政府高层的秘密呢！你说这地下工作做得累不累？早知道如此，挑明说就是了，何必搞得这么复杂？毕竟对日本鬼子及其走狗汪精卫，国共还是有很多共同利益的。可是不行哪，谁都想做蒙面人，不敢把自己的真实身份有稍微的泄露，露了搞不好要掉脑袋的。

刚才说了，父亲曾建议我去发展她，但不久重庆来人偶然听父亲说起这事后，把我紧急叫回家，坚决不准我去发展她——任何人都不准发展！为什么？就是怕万一发展不成，坏了大计。父亲是重庆花重金养的一条大鱼，怎么能去冒这种险？这好比让一个将军去敌人营地抓“舌头”，得失太悬殊，太愚蠢。别说去发展新人，就是当时我们身边很多军统同志，有些是绝对的老同志了，组织上也严禁我们跟他们接触。那时江浙一带，我们有很多自己人，但知道我和父亲身份的没有几个。为什么戴笠死后有那么多人对我和父亲的身份提出质疑，原因就在这里，他们不知道，没听说过。他们以为我父亲用收买汪精卫的老办法把戴笠也收买了，戴笠死了，就想正本清源，荒唐！其实，他们中很多人的命都是我和父亲救的。

话说回来，如果当时组织上同意我去发展李宁玉，说不定我早就能知道她是共产党的人啦——

老人家说到这里，我忍不住问她：“您到什么时候才知道她是共产党的？”

“进了裘庄后。”老人家干脆地说。

“难道这么长时间你一点都没有觉察吗？”

“你觉得呢？”老人家反问我。

我无言以对。

老人家又问我：“难道你真觉得我会那么差劲，连一份内部电报都破译不了？”

说的是那份**南京来电**。

老人家告诉我，虽然这份密电临时加了密，但这种小把戏根本难不倒她。“要知道，我是从美国受过专业训练回来的，后来又去南京学习过，像这种小儿科的东西都识不透，我岂不是白学了？我会那么笨吗？我要这么笨的话能活到今天吗？”老人没好气地甩给我一连串责问，目的只有一个：批我！老人告诉我，她其实早已破译那份密电，根本不像我小说里写的那样，破译不了才去找李宁玉求助。

我不禁要问：“既然你已经破译了，为什么还要去请教李宁玉？”

老人冷笑道：“你不是问我，这么长时间对李宁玉是不是共产党有没有觉察吗？我其实已经回答了你的问题。你想，要没有觉察，我会去请教她吗？”

也许是长期从事地下工作的原因，老人说话总爱绕来绕去，话说一半，半遮半掩，搞得我很累，像在做某种智力游戏。游戏结束了，我知道，老人家当时对李宁玉的身份已经有所怀疑，正因为有怀疑，当她译出电报后，发现事关老K及共产党在杭城地下组织的生死存亡，所以才装着破译不了去请教李宁玉。

“我哪是在请教，我是在碰运气，如果李宁玉确实是共产党，我算是做了件好事。”老人这样解释道，舒了口气，又进一步解释道，“不过，我也是想通过这件事来求证李宁玉到底是不是共产党。老实说，当时我对她的怀疑没有任何证据，甚至连有感觉都谈不上，只是凭我父亲说的一句话。”

四

顾老板说什么了？

顾小梦仿佛历历在目。

那是一九四〇年的中秋节，顾小梦和李宁玉在历时大半年的亲密交往后，关系已经火热，堪称姐妹。有一件事可以说明两人关系之亲之深，就是简先生。简先生曾是个进步青年，热爱文艺，但他本性有点贪慕虚荣，爱出风头。为了满足虚荣心，他可以把进步青年的一面丢掉，替鬼子伪军唱赞歌，演伪戏。不用说，他拜倒在顾家的屋檐下，对顾小梦逐蝶追凤，同样是为了贪慕虚荣。他哪里知道顾小梦是革命者，道不同，不相谋。但顾老板却慧眼瞅见了与他**相谋**的价值，他是名演员，年轻一代汉奸的代表，与他攀亲结缘不正说明顾家人跟他是一路货色？多么好的掩护！于是，顾小梦开始跟简先生演爱情戏，电话，情书，约会……一切按爱情的套路，按部就班，步步为营。这戏演好了对保护她的身份大有帮助，但对保护她的贞洁是有风险的，尤其是进入约会阶段，花前月下，万一他动手动脚怎么办？不行，必须要请人作陪。

请谁？

李宁玉。

回回都是李宁玉。

这么私密的事情都让她掺和，可见两人关系非同寻常。这么好的关系，逢年过节，总不能把她一个人丢在营区吧？当然不。这年中秋节，也是李宁玉一生中最后一个中秋节，是在顾老板家里过的。

每逢佳节倍思亲，毕竟夫妻不和、有家难回是假的，皓月之下，李宁玉思亲心切，便借故提前走了。顾小梦本来就决定晚上在家陪父亲团圆，没有随行，只送她到门口。送完人回来，顾老板当着皓月冷不丁地问女儿：

“你觉得你的李姐有没有可能是共产党？”

语出惊人！顾小梦很诧异，问父亲为什么会有这种想法。

顾老板说：“现在新四军主力都在江南，我估计共产党肯定也会在你们部队里安插他们的内线。”

这可以理解，但为什么就是李宁玉呢？

顾老板说："我也没说肯定是她，只是随便想想而已。不过按常理分析，共党要安人进去一定会安在核心部门，那无非就是几个处，你们军机处，或者王田香的特务处，或者作战处。现在我们当然不知道到底是在哪个处，假如可以肯定是在你们处，我觉得李宁玉的可能性最大，因为你处里的人我都见过，那些人吃不了这碗饭的。"

原来，顾老板的结论是分析出来的，没有真凭实据。但这分析不乏一定道理，顾小梦自己也觉得，他们处里其他人都清汤寡水的，一眼能看见底。唯有李宁玉，她们虽然如此相熟，她还是看不透她，加上父亲这么一说，她有点被点醒了似的。就这样，正是在这个中秋之夜，顾小梦对李宁玉埋下了**怀疑之心**，并于日后开始暗中试探她。遗憾的是，正如老人家说的：直到最后，进裘庄前一天，她的试探还是没有结论，还处在试探的过程中。

这天下午，老人家对我说的最后一句话是一声仰天的感叹："她藏得真深啊！"

第四章

一

春雨霏霏，淅淅沥沥，把空气中的热量洗劫一空，乡间的空气更是清新如初。由于下雨路滑，同样的司机，同样的车子，同样的距离和路线，却比前两次多开了二十分钟。我有点迟到了，心里多有惶然，怕老人家发脾气。同时，有种欣然又抑制不住地沉浮在我心头，驱之不散，斥之不退……一路上，我都在想，老人家解构我小说的序幕昨日已经拉开，今天一定会向纵深推进。会是什么样呢？对悬疑的好奇，让我对今天的收获充满期待和兴奋，好像我即将会见的不是一个从过去走来的耄耋老人，而是从未来飞来的天外来客。

良好的天气给了老人一副好精神，已有的铺垫促使我们快速进入正题——裘庄。毕竟是当事人，加之从小在类似裘庄的花园里长大，老人家对六十年前的裘庄的介绍，显然比潘老及其他知情者更具体，更生动。她可以准确无误地罗列出裘庄的建筑风格、用料、布局，园内的花木景致，以及墙头檐下的各种泥塑石像，天井回廊上的各式小装饰、小摆设。凡此种种，有名有姓，有形有状，可感可知，如临其境。录音机就在身边，需要的话我可以摁下播放键，做个抄工。但我细细听辨一下，感到它可能不过是一块赘肉，决定按下不表。后面有些事长话短讲，也是剔除赘肉的需要。

老人家说，尽管她对司令深夜把大家召集到裘庄一事深感蹊跷，但作了种种猜测终是云里雾里，无果而终。她承认，在**破译**张司令那首踌躇满志的打油诗之前，她根本想不到事情是这样。所以，之前是没什么可说的，之后嘛，她马上想到李宁玉就是共党——

【录音】

嘿嘿，虽然当时我并不知道具体出了什么事，但是面对这几个人——**吴金李顾四，你们谁是匪**？我怀疑就是她。后来（当天下午），当张司令在会上明确事情跟南京来的密电有关，我就更加肯定是她，那是我给她下的套子。我有点得意，心想终于把她试探出来了。但更多的是沮丧，因为我预感这次她不可能蒙混过关。

说真的，预先把吴志国扯进来，这是李宁玉的杰作。我当时确实也无法断定吴志国有没有进她办公室。我没看见，没注意到。但是，根据她说的，吴志国找她是为了打听密电内容是否跟人事任免有关这一点看，我觉得她是在撒谎。为什么？因为谁都知道她嘴巴严，脾气怪，不好打交道，吴志国真要打听不应该去找她，而是找我，这是其一。其二，即使吴进了她的办公室，找她问了，以我对她的了解，她也不会说的。当时电文还在由我抄录，还没有报上去呢，她怎么可能说？要说等我报上去后再说还差不多。总之，我当时几乎百分之百地认定，她在撒谎，因此我也肯定她就是老鬼。

然后你想，知道她是老鬼后我会是什么心情？跟你说，不论是于公还是于私，我都不希望她被揪出来。我想帮帮她，虽然这种可能性看上去已经很小，可我还是想试试看，权当是死马当活马医吧。那么我能做什么？说实话，让我平白无故地指控吴志国或者金生火，我不敢。因为万一指控不成，咬不住他们，最后还是李宁玉被咬出来，我要吃不了兜着走的，弄不好还会引火烧身，连我父亲的老底也被击穿。这是玩火，风险太大，我玩不起，不敢。我能干什么？就那样，你书稿里已经写了，耍大小姐脾气，不接受审问，跟白秘书胡搅蛮缠，有问不答，答了也是胡乱说，反正就是不正经。然后你也知道，那天中午我故意不去吃饭，跟卫兵套近乎，让姓简的来找我。我做这些的目的就是想搅浑水，让肥原来怀疑我。我不怕被怀疑，因为我知道自己不是老鬼，真的假不了，假的真不了。我只想以此来给李宁玉赢得一点机会，让她乘机逃走——

既然目的是要让李宁玉乘机逃走，顾小梦自然要跟李宁玉合谋、商量。

可万万想不到的是，顾小梦的一番好心居然被李宁玉当做了驴肝肺……

二

这是午后的事情，李宁玉吃完午饭回来，看到顾小梦直挺挺地躺在床上，问她怎么没去吃饭。

顾小梦坐起身，狠狠地看着她："我正要问你呢，怎么还吃得下饭！"

李宁玉安慰她："你太脆弱了，小梦，这种事……咱们身正不怕影斜，你怕什么怕。"

顾小梦冷笑："我是身正不怕影斜。"

李宁玉也一笑："所以，你不用怕。"

顾小梦盯着她："可你呢？"

李宁玉反问道："我怎么了？"

顾小梦诚恳相告："李姐，你别骗我了，我知道。"

李宁玉怒目圆睁："你知道什么，难道你怀疑我？荒唐！亏你跟我这么长时间，我还把你当姐妹相看，我简直瞎了眼了！"说罢拂袖而去，走到门口，又回头对顾小梦说，"你睁大眼睛看着吧，终归要水落石出的，我看你到时会怎么想！"——

【录音】

怎么想？我当时完全糊涂了，从她气愤的样子来看，我好像真冤枉她了。但你知道我没有冤枉她，她是在演戏，演得真像啊！真的，我搞地下工作这么多年，从来没见过像她这样沉得住气的人。后来她告诉我，她当时之所以这样不领我情是有原因的：一、她料定肥原必定要验笔迹，而一验笔迹她就有了替死鬼，她不怕；二、她已经注意到，四周到处是便衣和暗哨，想逃是逃不走的，只有负隅抵赖，顽抗到底。还有，她当时为什么不跟我多说，故意装着生气地走掉，是因为她已经发现屋里有窃听设备。你看，她多有心计，多了不起，啥事都看在眼里，算在心里。

再说，到了晚上，一验笔迹，肥原果然上当了，把吴志国带走了。那时候我真以为我冤枉她了。所以，后来我也不搅浑水了，你在稿子里说肥原是第一个排除我的，差不多吧。后来我发现是吴志国后，根本不想帮他。我才不会为他去做什么呢。你知道，就在当时不久前，吴志国在湖州杀了我们几十个兄弟，假如他是老鬼，说明他根本就没有把我们国民党看做抗日反汪的一家人，而是在利用手中权力，借刀杀人。皖南事变后，国共关系已基本上破裂，这种事不是没有出现过。

啊，那段历史太复杂了，别说你们这些年轻人，就连我们这些当事者，有些事也难以理解啊——

我怕老人家又扯开话题，趁她感叹之际及时问她："顾老，那后来你是怎么发现李宁玉是老鬼的？"

"我说了，真的假不了，假的真不了。"老人似乎还真不想这么快切入要害，淡然地说。

"是啊，可您是怎么去伪存真的？"我没有放弃。

"纯属偶然。"老人苦笑道，"也许是老天的安排吧，命中注定我要帮她。"

"是哪一天呢？"我拧住不放。

"就是那一天，"老人家看我一眼，干脆说，"她闹胃病的那一天。"

三

即使经过了半个多世纪，老人家对这一天发生的事情依然清晰地记得。点点滴滴都可以数出来，犹如回忆一夜初始的云雨之事。

事情发生在从餐厅回去的路上，李宁玉因为刚犯过胃病，疼痛未消，走得慢。顾小梦最初还搀扶着李宁玉的胳膊，后来，快走到大门进来的路口时，李宁玉笑着推开她的手说："没事的，我自己可以走的。"说着，随手丢掉了拿在手里的两只胡字养胃丸的塑料壳子，其中有一颗滚到了路边。

顾小梦笑道："看来这胃药还真行，好像吃了就见效了。"

李宁玉答道："是，我一胃疼就吃这药，挺管用的。"

两人就这样聊着，跟在肥原他们后面。其实大家为了顾及她们都走得不快，但她俩还是落在最后。落后也不多，就是两三米，三四米。

老人家告诉我，胡字养胃丸是一种中药，圆圆的一粒，药粉里兑有橄榄油，所以药丸是半湿的，而且必须保湿，干了就失效了。以前主要是靠用油纸包着保湿，效果并不好，时间一长就干了。后来日本人引进塑料技术，给它设计了一个塑料壳，药丸放在塑料壳里，塑料壳外面又封了蜡，保湿效果大大提高，放上一年两年都没问题，吃的时候只要把蜡剥掉，然后掰开塑料壳就行，而塑料壳照样可以对接成一个完整的壳。

"你看，就是它。"老人家从竹盒里拿出一只药壳子，对我晃了晃说，"那时我经常看到有人吃了药还把塑料壳留着，觉得好好的一个壳子丢了可惜。其实留着也没什么用，顶多是送给小孩子玩。所以，我当时看她随手把塑料壳子丢了也没怎么在意。”

其实，李宁玉并不是随手丢的，而是挑了一个人来人往必须要走过的大路口，而且丢在最显眼的地方。有一颗当时滚到路边，她还装着无心的样子去踢了一脚，把它踢到路中间。她必须这样做——把它们置于显眼的地方，让明天可能再次来联络她的老鳖可以轻易看得到。

正如潘老说的，老鳖和李宁玉之间是有联络的暗号和密语的，比如这天中午，在餐厅里，老鳖第一次出来明显是放风，是有意显摆给李宁玉看的。准确地说，是在通知她：我在这儿，你如有情报尽快做好传送的准备，我回头还要出来的。可再次出来时，他为何只探一个头就回去了？因为他看到李宁玉左边胸前口袋里插着一支白色笔帽的钢笔。这支钢笔就是暗号，告诉他：有人盯着，不要来跟我联络。所以，老鳖一见它就掉了头，一去不返。

胡宇养胃丸的塑料壳子也是暗号——

【录音】

后来李宁玉告诉我，她的情报平时主要靠三种方式传送出去。第一种也是最安全的一种是，中午她趁回家看孩子之机把情报带回家，由潘老头交给老虎。这种方式安全是安全，但时效性差，因为潘老头在报社上班，回家晚，一般夜里九十点钟才能到家，所以只适合传递时间要求不高的情报。如果遇到时间要求高的，比如急件或特急件，一般由老鳖负责接收并传送。所谓急件是指当天晚上必须交到老虎手上的，这类情报的传递方式是，李宁玉把情报藏在垃圾中，丢在我们楼下的垃圾桶里，垃圾袋上有标示，老鳖可以一眼认出哪个是李宁玉丢的垃圾。老鳖收垃圾的时间是吃晚饭前后，晚上六七点钟，然后到琴台公园门口交给钱虎翼的二太太，就是老汉，最后由她转给老虎。王田香手下那天晚上截获的就是这类情报：急件，老汉正是在接到情报后，在给老虎送去的途中被敌人抓捕的。

再说，遇到特急件又是一种方式。特急件必须要在短时间内送给老虎，但老鳖收垃圾的时间是固定的，两个人又不能直接接触，一旦有特急情报李宁玉怎么通知老鳖？就是靠胡字养胃丸的塑料壳！

李宁玉确实是有胃病的，胡字养胃丸是一种专门养胃的中药，没有副作用，又是本地产的，价廉物美，李宁玉平时经常吃，有的是药壳子。你看，这东西的大小跟一颗桂圆差不多，颜色又是黑色的，丢弃在路上，有心的人一定看得到，对无心的人来说就是个垃圾，谁都不会去理会它。即使理会也没关系，因为里面什么也没有——有的话也是一团烂泥或小石子什么的，那是为了给它增加一点重量，免得被风刮走。总之，里面并无情报，它仅仅是个提醒，告诉老鳖：有货，速去取货——

货在哪里？

药壳子里。

但这个药壳子不是指路口的药壳子，而是垃圾桶边上的药壳子。路口的药壳子只是发出通知，没货的，货在垃圾桶边上的药壳子里。

四

此时，我端详着已经被六十多年时光老化的药壳子，禁不住惊叹李宁玉传递情报方式的奇特和机巧。药壳子的开口处有卡槽，开合方便，打开是两个半球，合上，严丝合缝，防雨防水，是很适合**装货**的，而且老鳖要拿取也很方便。因为是特急件，必须马上取货，把情报丢在垃圾桶里显然不合适。因为垃圾不可能随时去收，但可以随时去倒。

每天，老鳖上班总是先要去特定的路口看看，中途也会不时地去看。可以想象，一旦在路口看到药壳子，他必须马上收拾一些垃圾去倒，然后顺手把李宁玉放在垃圾桶边上的药壳子——装了货的——取走。这就是特急件，老鳖取得后会立即去找老汉，甚至直接给组织上打电话，以最快的速度通知老虎，特事特办。

不用说，顾小梦在路口看到李宁玉丢的那两只药壳子，事实上是李宁玉专门给老鳖丢的暗号——通知——通知老鳖有货——去垃圾桶取货。当时顾小梦不可能在意这些，包括后来，她们走出一段路后，李宁玉假装鞋带松了，特意走到一只垃圾桶边，把脚放在垃圾桶上系鞋带，她也没觉得有什么不对头。

“有什么不对？”老人家自问自答，“因为她人不舒服嘛，找个垃圾桶放一下脚，免得弯腰，很正常的，我根本没想到这还有什么秘密。”

所以，李宁玉停下来系鞋带，顾小梦就没在意，继续往前走。后来她回头看她，也不是因为对她有什么疑心，要偷看什么，完全是随意地看一眼。

但就是这随意的一眼，刚好让她瞥见了李宁玉的秘密。

“我刚好看到一只药壳子从她的手心里漏出，跌落，最后滚落在垃圾桶边上。”老人家对我兴致勃勃地说，“她做得很巧妙的，不是专门丢抛的，而是一边系着鞋带一边丢的，好像是不小心漏出来的。”

可以想象，李宁玉的手里早捏着这只药壳子，趁系鞋带时松开手，药壳子就顺着垃圾桶滚落于一边。

老人家说：“我看见的恰好是这一瞬间，一秒钟。”

就是这一秒钟，一瞬间，李宁玉失去了顾小梦的信任。

“因为太奇怪了，”老人家的脸上露出不屑的神情，“就这么几只烂药壳子，干吗不一把丢了，还分两次丢。而且，这一次明显是不想让我看见。”

你不想让她看见，她就非要去看看不可。回到楼里，顾小梦借故说把房间钥匙丢在餐厅里，回头又去了一趟餐厅，途中把三只药壳子都捡了。她没有马上打开看，先回去，开了房间，让李宁玉进去，自己则去了卫生间。此时天已微黑，厕所里暗得不行，她打开电灯，用指甲一一抠开药壳子察看。

第一只是空的。

第二只也是空的。

第三只——垃圾桶边上的那只——让她惊呆了！里面有一张纸条，这样写道：

> 急！！！
>
> 老K行踪被敌破悉，我也被怀疑，软禁在此。形势严峻！务必取消群英会。老鬼。

就这样，李宁玉的秘密像个婴儿一样，赤条条地摆在顾小梦面前。

然而，更想不到的事还在后头，虽然灯光昏暗，顾小梦还是发现了李宁玉更大的秘密！此时顾小梦已完全明白吴志国是怎么回事——是李宁玉在栽赃他，她模仿吴的笔迹写了那纸条。但现在吴志国被关起来，甚至是死了（肥原骗李宁玉吴已自杀，并以死指控她是老鬼），若再用吴的笔迹显然不对头，顾小梦想这下李宁玉应该只能用自己的笔迹了吧。但纸条上的字怎么看都不像李宁玉本人的。

是谁的呢?

“是我的！天哪，我简直不敢相信自己的眼睛，她居然把我当枪使！”时间没有销蚀老人家的惊愕和愤怒，她呼天喊地地叫道，仿佛又回到了当年。

顾小梦像遭雷击一样，半天没有回过神来。她完全被击垮了，身不由己，稀里糊涂地瘫坐在地上，久久没有动弹，直到李宁玉觉得不对头来厕所找她，她才恢复神志。清醒后的她，神志里只有一个字：恨!

“难道她也在练你的字？”我问。

“这个我要客观地说，应该没有。”老人家说，“她是临时模仿的，所以我都没能一下子认出来。但是她熟悉我的字，又学过画画，临时模仿至少也有六七成的像。”

我说：“如果这纸条到了肥原手上……”

老人家抢断我的话：“那我麻烦了，肥原肯定会怀疑我。如果真要是完全像我的字，反倒好了，正是这种既像又不像的东西是最容易被怀疑的。为什么？这就说明你做贼心虚啊，你想甩掉你的字又甩不掉，拖着尾巴，欲盖弥彰啊。当时我简直恨死她了，这么害我！这么狼心狗肺！一下子，什么姐妹啊，交情啊，一笔勾销！我准备去告她！”

李宁玉可能看出有些不对头，把顾小梦拦在门口，问她怎么了。

顾小梦臭骂她，让她滚开。

“别碰我！”顾小梦推开李宁玉，“你的手太脏了！你的心太黑了！只配去死！”

李宁玉由此大致猜到什么，死死抱住顾小梦，不让她走。她知道，房间里有窃听器，去了那里，顾小梦一哭一闹，对门楼里就会发现真相。她把厕所门关死，反锁，还打开水龙头，让水流声哗哗响，一边责问顾小梦发生了什么事。

顾小梦想夺门出去，李宁玉死活不让，两人你推我搡，扭成一团，肉搏在一起。顾小梦想嚷，李宁玉死死捂住她嘴。愤怒消耗了顾小梦的体力，她无法从李宁玉手里挣扎出来，短暂的窒息让她软倒在地上，刚才捏在手里的药壳子和纸条一下松开，散落在李宁玉眼前……

五

白纸黑字，铁证如山。

李宁玉知道，这个时候抵赖已经没有意义。抵赖是不明智的选择，只会激怒顾小梦。她选择了承认和示弱。光承认没用，关键要解释，要求饶。李宁玉说她之所以这样做，是因为她知道顾小梦肯定不是老鬼，肥原肯定不会怀疑她；即使肥原怀疑她，她父亲也有本事把她救出去。云云。

什么逻辑嘛！

但这时其实不在乎说什么，而是只要说，不停地说，无话找话地说，狡辩也好，撒谎也罢，都是示弱，是求情，是求饶。当然最有效的示弱肯定是哭，哭又不能大声哭，只能悄悄哭。李宁玉死死抱着顾小梦，对着她的耳朵一边泣一边诉：

“看在咱们姐妹一场的分上，原谅我一次吧……你不原谅我，我只有死路一条，你忍心让我死吗？……我死了两个孩子都成孤儿了，他们都很喜欢你，整天在我面前嚷着要见顾阿姨顾阿姨……小梦，李姐我对不起你，我是没办法……可怜我两个孩子，你就原谅我一次吧……”

就这样，她哭着，说着，泪流满面，声泪俱下，恳求顾小梦原谅。

泪水软化了顾小梦激烈的情绪，但离原谅似乎还有十万八千里。于是，李宁玉又使出一招：欺骗——

【录音】

她以为我和姓简的是真心相爱，骗我说简先生是她的同志。

开始我根本不相信，但她说得有理有据，从他的家庭说到他的经历，从我们的相识过程说到他一些鲜为人知的东西，一是一，二是二，一件一件的事情摆出来，让我感觉他们好像真的十分熟悉，比我还熟悉。

她说的大多数是我从未听说过的，但也有几件事我知道确有其事，比如她说简先生曾秘密去过重庆，这我知道是真的。还有，他平时也确实在看一些进步书刊，像《语丝》《小说月报》这种刊物，他经常悄悄地在买，在看。

我不知道她是从哪里了解到这些情况的，我想无非是两个渠道：一个是姓简的作为当时杭州城里的大明星、文艺界的大汉奸，报纸上经常有他的消息，社会上也有关于他的各种传闻，李宁玉可能是从报上看的，或者是道听途说的；再一个可能是我自己无意中跟她说的，我说过忘了，可她还记着。她还说，姓简的之所以来跟我谈朋友，目的就是想发展我做他们的同志。

其实我后来知道，那个姓简的根本不是她的同志，她之所以敢这么凭空捏造事实，是因为我当时无法找姓简的去对证，乱说的，目的就是想稳住我。

嘿嘿，她哪里知道，她说这些对我毫无作用，我根本不爱那个小白脸，更不可能做他们的同志——哪怕姓简的真是她的同志。

更荒唐的是，她居然当场动员我做她的同志，让我帮她把情报传出去。她对我从大道理说到小道理，从岳飞说到秦桧，从当伪军的可耻说到做汉奸的无耻，说得一身正气，好像只有做她的同志才是正路一条。

我当时听了非常反感，很不客气地骂她，嘲笑她。我都不知道自己到底对她说了些什么，反正肯定是为了表明自己并不像她说的那么无耻，讲了一些过激的话，让她一下怀疑到我的真实身份——

李宁玉迎来了转机，她确实从顾小梦无序的谩骂和嘲笑中怀疑她是重庆的人，于是又使出一招：威胁！

李宁玉说："好了，你什么都别说了，我知道了，什么都知道了。现在我认为你更应该帮助我，国共本是一家，你不帮我反而去告我，天地不容！"

顾小梦发现不对，想退回去："你知道什么？谁跟你一家！"

李宁玉步步逼近，咄咄逼人："你一向敢作敢当，这么光荣的事情有什么不敢当的。你不要逼我，你要敢告我我也就告你，我跟你同归于尽！"

顾小梦嘴硬："你去告啊，现在就去！"

李宁玉冷笑："你同意，恐怕你父亲也不同意吧？你我都是小鱼，抓了杀了肥原也不会高兴的，可把汪贼身边的大鱼抓了，他一定会很高兴的。"

事已至此，顾小梦哪是李宁玉的对手，几个回合下来顾小梦已心浮气躁，方寸全失。她不知道自己刚才说了什么，以至于父亲的身份都被她知道了。

其实，她并没有说什么，顶多是翘了下尾巴而已，只是李宁玉太敏感，悟性好，见风知雨，揪住她的尾巴，连蒙带吓，连哄带骗，不依不饶，把她逼得节节败退，无路可退。最后，顾小梦不得不缴械投降，与李宁玉临时达成一个谅解协议：既不告她，也不帮她。

这样，李宁玉反而更加确信自己的猜测是正确的。

说到这里，老人家感慨颇多："啊，这个李宁玉啊，简直是狐狸投胎的，贼精！她太狡猾了，太有城府了！一般人在那种危急的情形下，一定会慌乱得不知所措，可她只摸到一点皮毛就对我发起反攻，并且一下子捏住我的短处，让我左右为难，上下都不是，告和不告都不是。所以，我说她天生是搞地下工作的，心理素质极好，天生有一种处乱不惊、临危不惧的本领。"

我看见故事的核心已像花蕾一样绽放出绚丽，老人的谈兴也正浓，顾不得时间已到，催她继续往下说。但陈嫂不容，她以职业的眼光注意到老人的眼角冒出的眼眵，告诉我这是她疲倦的信号，劝我该走了。我稍有犹豫，她变得像一个学人一样谆谆诱导我："一个孩子的疲倦可能休息一会儿就恢复了，你疲倦了可能睡一觉也就恢复了，但她疲倦了至少要几天才能恢复得过来。"

言下之意，我不要因小失大。

这天傍晚，我带着巨大的想象空间返回城里，无限的遐思让我一夜未眠。

我主要在想两个问题：

一、这种情况下（李、顾反目成仇），是什么原因促使顾小梦最后决定帮助李宁玉的？

二、顾小梦是怎么帮助她把情报传出去的？

对第二个问题，我尚有感觉，心想最现成的办法就是把三只药壳子如数归回原处，等第二天老鳖来取走。相比之下，第一个问题我觉得要复杂混乱得多，因为两人当时已交恶，以顾小梦的性情看，要她快速改变主意难度极大。现在我们知道，她与李宁玉达成**不告协议**，是迫于无奈，并不是因为觉悟。

那么是什么最后改变了她？

这个问题让我一夜无眠，失眠的难以忍受的痛苦灼伤了我的眼。

第五章

一

失眠是被黑夜煎熬。

第二天，老人家看我眼圈发黑，问我是怎么回事。我如实告之：一夜未眠。老人家爽朗地笑道："你有什么好失眠的，该失眠的是李宁玉啊。"由此直接进入话题。

可以想象，李宁玉已经连续几天都没睡好觉了。怎么睡得好呢？作为老鬼，她比谁都提前预知到事情的不妙——刚开始就觉察到。那天晚上，张司令在电话里问她有没有把下午南京来的密电告诉过谁，她立刻想到出事了——她送出去的情报被拦截了！就在几个小时前，她把这个情报丢在垃圾桶里，事隔几小时后张司令突然没头没脑地问她这个，她当然会这样想。这不需要什么特殊才能，一般人都想得到，所以她才**先知先觉**地把吴志国拉上，用老人家的话说：这是她的杰作！

吴志国是注定要有这么一天的。顾小梦后来知道，李宁玉早就开始在练别人的字，主要练的是吴志国，其次是白秘书。她从小画过素描，临摹能力特别强。其中，吴志国的字她是下苦功夫练的，早已练得炉火纯青，一笔一画，一招一式，像模像样，如同他出。平时她都是用吴志国的字体传情报，目的就是要给这个**剿匪英雄**栽赃，要叫他稀里糊涂地当上共党，不得好死。

这是蓄谋已久的，只是此次时机不好，是在她无备的情况下。她曾设想过，最好的情况是趁她外出之机搞一个假情报把吴志国套进去，这样对组织上不会造成伤害，她自己也可以免除怀疑。但现在的情况很糟糕，首先这情报是真的，而且很重要，事关老K和同志们的生命安全；其次，她自己也不免要被卷进来。

本来她以为有吴志国做抵押，敌人最终是怀疑不到她头上的。就是说，卷进来她并不怕，因为她知道——早知道——吴志国会替她受过、挡箭的。她怕的是人被软禁在此，情报无法传送出去。所以，那天上午她发现老鳖来此地找她，真正令她喜出望外。她以为，这下她有望把情报传出去了，却没想到这天下午发生了这么多事——

【录音】

首先，她没想到肥原会盯上她。据她后来跟我说，当时她并不知道吴志国是真死还是假死，只是通过分析觉得真死的可能性比较大，因为她无法想象如果吴志国没死，他凭什么说服肥原，让肥原盯上她。就是说，李宁玉在这件事上做出了错误判断，这也是肥原后来咬住她不放的原因。

其次，她更没想到我会从半路上杀出来给她添乱。我冷不丁地冒出来确实让她意外，措手不及啊。虽然由于我多嘴饶舌被她识破身份，一时稳住了我（答应不告她），但她毕竟伤了我的感情，难免怕我搞阴谋诡计，在背后出卖她。我们相处这么久，她非常了解我是个什么人，任性，好强，受不得委屈，一气之下什么事都干得出来的。所以，你可以想象，她当时一定很想彻底稳住我，让我彻底保持沉默。

说实话，以我当时的处境和心情，告发她的念头我是没有了，因为我怕她反咬我。但要让我原谅她也是不可能的，帮助她就更不可能。我希望她去自首，这样对她对我都好。可是她对我说，在把情报传出去之前她决不会去自首，她甚至还跟我谈条件，说什么如果我帮她把情报传出去，她就去自首，你说荒唐不？我让她别做梦。她说，不能把情报传出去，她活着也没有意思，不如死了。我说那你就去死吧，上吊、吃毒药、吞刀子，随你他妈的便。总之，我很决绝的，多一句话都不想跟她多说。我觉得，不告她已经是我能做的极限了，绝不可能再帮她。

但我实在不是她的对手啊，她治理我一套一套的，最后我还是屈从了——

二

这是一个奇特的夜晚，平日里不开口的李宁玉竟口若悬河，令顾小梦大开眼界。

老人家告诉我，这天夜里她从厕所回到房间，手脸都没洗就上床了。李宁玉也是，回来就上床睡了。前半夜，两人形同陌路，各自躺在床上一声不吭，屋子里只有两个身体在床上翻来覆去的声音。失眠的声音。后半夜，她迷迷糊糊地睡过去了，朦朦胧胧中听到李宁玉从床上起来，在房间里摸摸索索了好一会儿，不知道在忙些什么。

其实她是在处理窃听器。

作为老鬼——枪口下的猎物，李宁玉早警觉到敌人在她们房间里装有窃听器——每一个房间都有。下午肥原对她承认白秘书是在被**秘密地怀疑**，等于告诉她会议室里也有窃听器。此刻，她其实有无数的话想跟顾小梦说，可想到猫在黑暗里的窃听器，她一直忍着。到了后半夜，大家都以为她们睡着了，她拔掉窃听器导线也不至于被怀疑。这就是李宁玉，不管在什么时候总是有一个清醒的头脑，做的事总是严丝合缝，沉得住气，绝不冒失。

处理过窃听器后，李宁玉叫醒顾小梦，开始对她**口若悬河**：

从家史到身世，从出门就学到参加革命，从公开追随国民党到秘密参加共产党，从浪漫的爱情到革命的婚姻，从做母亲到当寡妇，到假扮夫妻……从小到大，从前到后，滔滔不绝。

简单地说，李宁玉出生在湖南的一个开明乡绅家里，十六岁那年她随哥哥（就是潘老）一起到广东就学。哥哥读的是黄埔军校，她读的是女子医校。读书期间，家乡闹革命，打土豪，分田地，父亲作为当地第一大土豪被红军镇压，就地枪决。因之，毕业后哥妹俩立志为父报仇，先后加入国民革命军，奔赴江西、湖南前线，加入到围剿红军的战斗中。令人想不到的是，几年后哥哥秘密参加了共产党，哥哥的入党介绍人后来又成了她的丈夫。哥哥九死一生（在执行枪决的刑场上被同志相救），大难不死，而丈夫却在一九三七年淞沪抗战期间，在家中看报时被一颗流弹击中，死了都不知道找谁算账。当时她身上正怀着第三个孩子，看着丈夫在汩汩的血流中撒手人寰，她腹中的孩子也变成一团血，跟着父亲去了西天……

说到这里，李宁玉再也忍不住悲伤，呜呜地抽泣起来，汹涌的泪水无声地滴落在顾小梦身上。泪水模糊了顾小梦心中的怨恨，但她依然凭借着黑暗的掩护，强力压住恻隐之情，不闻不顾，不为所动。

房间里沉闷得令人窒息。

良久，李宁玉努力控制住悲痛，抹掉眼泪，继续说：“小梦，说实话，我对你说这些，不是要你同情我，我只是想让你了解我。我的命现在就捏在你手里，只要你对肥原一张嘴，我哪怕是狸猫投胎的，有九条命也要去见马克思。我们姐妹一场，我不想不明不白地去死，我想让你了解我。”

顾小梦说：“废话少说，我已经说过，不告你。”这是她今晚说的第一句话。

李宁玉伸手想去握她的手：“谢谢你，小梦，你能原谅我，说明我们的友情还在。”

顾小梦打掉她的手：“少来这一套！我跟你没有友情，只有交易！”

说到交易，李宁玉表示她愿意为顾小梦做一切，只希望得到她的帮助，把情报传出去。李宁玉说：“即使我们之间没有个人友情，至少还有革命友情，你总不希望看到我们的同志被肥原抓杀吧？”

顾小梦哼一声，冷笑道：“我都差一点成第二个吴志国了，你还有脸跟我谈什么革命友情？你的革命友情是什么，是要革我的命！”

李宁玉幽幽地说：“这之前我不知道你是我的同志……”

顾小梦狠狠地说：“谁是你的同志？你别做梦！”

总之，不论李宁玉说什么，顾小梦都把它顶回去。无奈之下，李宁玉决定撕破脸皮，她说：“如果我不能把情报传出去，你不告我也没任何意义，难道我活着就是为了看同志们被肥原抓杀？那不如死了。”

顾小梦说：“那是你的事，你的死活跟我有什么关系？见鬼！”

李宁玉说：“既然你这么无情也别怪我不义，要见鬼大家都见鬼去！”

什么意思？

李宁玉亮出底牌，顾小梦必须帮助她把情报传出去，否则她就要把顾氏父女俩的秘密抖给肥原。就是说，李宁玉要推翻**厕所协议**（不告她也不帮她），她加大了筹码，干起得寸进尺的营生来了！

顾小梦气得浑身发颤：“你太无耻了！”

李宁玉反而十分平静：“不是我无耻，而是你太无情，举手之劳都不愿意帮我，要让我眼睁睁地看着同志们被肥原抓杀。这是生不如死啊，这样你还不如告我，让我光光彩彩地去死。”

强盗逻辑！

顾小梦一时无语。

李宁玉要说的话早在前半夜就打好腹稿，这会儿跟背诵似的流利：“其实你不告我已经是在帮我，既然你愿意帮我就应该帮到底，帮我把情报传出去。帮忙帮一半，我无法领情的。刚才我说了，你仅仅不告我，我的下场将更惨，我干吗要领你的情？我恨你！举手之劳的忙都不愿意帮我，既然这样，我们就来个鱼死网破。”说着李宁玉站到凳子上，准备插上窃听器的导线。

顾小梦不解其意，问：“你要干吗？”

李宁玉冷言冷语地说：“你说干吗？这是窃听器，刚才我把线拔了，现在我觉得没必要了，反正我们都是死路一条，也没什么好怕的，就让他们听去吧。”

刀架到脖子上！

顾小梦一把拉下李宁玉，呜呜地哭了起来——

【录音】

啊，是的，我投降了。我没办法哪，只好让步了。我有把柄在她手上，虽然不是什么真凭实据，但我怕她抖搂出来。这种事情是经不起说的，一说什么事都会生出来，别人用三只眼看你，想你，分析你，试探你，哪怕以前的可以掩盖过去，以后呢，我们怎么开展工作？说到底，除非我不是军统的人，我才不怕她乱说。可关键我是啊，能不怕吗？怕，当然怕。所以，面对她这么蛮横的要求我也只好忍气吞声，让她牵着鼻子走。

事后我发现李宁玉要我做的确实只是举手之劳：她只要我把药壳子放回原处。她说明天有同志（老鳖）会来这儿联络她，只要我把药壳子放回去，情报就能传出去。我想这事情多简单嘛，她完全可以自己去做，何必跟我这么撕破脸皮耍无耻？她的解释是：肥原已经盯上她，她去做这事不安全。

嘿，这个解释显然经不起推敲。我后来发现，她搞这些名堂，跟我撕破脸皮，得寸进尺，目的就是想进一步试探我，甚至套牢我。其实，当时她还吃不准我和父亲到底是不是军统的人，她只是根据我说的有些话分析出来的，有这种怀疑、猜测。

怎么来证实？进一步证实？就是这样，故意对我出尔反尔，逼我，威胁我，激怒我。你想，如果我和父亲不是重庆的人，她对我提这种无理的要求，我会理睬她吗？我扇她耳光还差不多。现在好了，我一软下来，她心里什么都明白了。然后，她又有意找一件很容易的事引诱我去做，只要我去做了，我就成了她的同谋，她就把我套住了。

啊，这个李宁玉啊，是天使，也是魔鬼，她一切都是精心策划好的，治理我真是一套一套的，我根本玩不过她——

姜还是老的辣，那时的顾小梦太嫩了！

而此时的李宁玉久经沙场，历练成精，以致老狐狸肥原都奈何不了她，更不要说初出茅庐的顾小梦。搞地下工作，胆识和经验都是靠时间和经历堆出来的，所谓天赋，不过是见多识广而已。

三

第二天，是李宁玉最黑色的一天。

首先，顾小梦本已答应她，趁去餐厅吃早饭之机把三只药壳子放回原处。可能就因为顾小梦答应了，李宁玉心里放松了，加上几天都没睡好觉，天亮前她睡着了。顾小梦一夜未睡，早困得不行，看她睡着了也一头睡过去。直到白秘书上楼来敲门，叫她们去吃早饭，两人才醒。匆匆起床，匆匆下楼，出门时顾小梦忘记把三只药壳子带在身上。这简直气死人哪！知情后，李宁玉不免怀疑顾小梦在耍她，同时也恨自己在关键时候出错，没及时提醒她。天知道，人生路上总是有这种阴差阳错的事！

吃完早饭，回来的路上，李宁玉要求顾小梦回去后尽快编个事出来一趟，把药壳子放出去。顾小梦也答应了。但回到楼里，王田香直接把大家赶到会议室开会，连上楼的机会都没有，怎么可能溜出去？

如前所述，这个会是从大家传看吴志国的血书开始的，开得惊惊乍乍的。金生火是第一个见风使舵的，他完全被吴志国鲜红的血书震惊，眼睛湿了，哎哟哎哟地抹起了眼泪，痛心又痛恨的样子让白秘书很开心。就是说，白秘书也由此认定李宁玉是老鬼。顾小梦更不用说，她比谁都清楚李宁玉就是老鬼，只是由于被迫而不敢指控她，但现在吴志国用血书指控她，她一下成了旁观者，事不关己，高高挂起，平添了一份优哉乐哉。在场的可能只有王田香，心还向着李宁玉，因为只有他知道这是肥原的一张诈牌。他希望李宁玉能识破真相，把牌打回去，重新给吴志国套上老鬼的枷锁，以免去他的后患。他专心注视着李宁玉的反应，并隐隐期待她做出有力的反击。

李宁玉一贯地沉默着，思索着，力求镇静，不露破绽。但她觉得压力很大，似乎随时都可能崩溃。这么多天来，她第一次觉得自己要崩溃了。她没有想到，肥原会把吴志国血书抛出来，向大家公开对她的怀疑。她不知道这到底是肥原的又一张诈牌，是自己做错了什么，还是顾小梦出卖了她？她突然有种四面受敌的感觉，一时不知怎样突围。她绝望地沉默着，看似很平静，无所用心，其实心里乱得很，七上八下，头皮发麻，如一把利斧悬在头顶，随时可能掉下来，令她心惊肉跳。情急之下，她本能地拿出梳子梳头，一下激怒了白秘书。

白秘书一声厉喝："李宁玉，你说话啊，死人都开口说话了，你难道还无话可说？"

李宁玉如一下被唤醒似的，迅速思考着，该作何反应为好。最后她觉得不能恋战，应该一走了之，于是抬起头，涨红着脸对白秘书大声吼叫："你去问肥原长吧。"言毕愤然离席而去。走到门口，又回头对王田香说，"吴志国用血书说，老金用眼泪说，说的都是一件事，我李宁玉是老鬼，你抓人吧。"

“抓谁？”王田香明知故问，他对李宁玉的表现尚属满意。

“抓我啊。”

“你承认了？”

“我不承认有什么用，死人活人都认为我是老鬼，我还有什么好说的，只有下地狱里去说了。”说罢转身走去。

王田香叫住她，还起身朝她走过去，好像要把她拉回来，临时又止了步，立在她面前，似笑非笑地说：“还是在这里说吧，你去地狱里说，我们怎么知道你说什么呢？”

李宁玉说：“我要说的话昨天都已经跟肥原长说过，现在我什么都不想说了，没有什么好说的。如果一定要说，我倒想问问顾参谋，因为只有她没有表态。”

顾小梦问：“你想问什么？”

李宁玉说：“你是不是也认为我就是老鬼？”

反守为攻，好一个李宁玉！

顾小梦暗生佩服却又厌恶。佩服是因为她的演技太高，在这样被动的情形下照样面不改色，装腔作势，把主动权握在手中。厌恶是因为她不知道该怎么说，是隐情不报，还是如实道来？虽然她心里知道，自己是万万不能得罪她的，可反抗的力量时刻在她心中云涌风起，她真担心自己会因一时兴起，一吐为快。说还是不说？她恨不得遁地而去，躲过这左右不是的难堪。

怎么躲得过呢？李宁玉咄咄逼人地看着她，有点孤注一掷。

顾小梦举目接着李宁玉的目光，不客气地说：“如果我也说你是老鬼呢？”

李宁玉话里藏话：“我想凭你对我的了解，你不会这么说的。”

顾小梦在心里骂：凭我对你的了解，我就该这么说！可是……她狠狠地瞪李宁玉一眼，威胁道：“我要说了呢？”

李宁玉不假思索地说：“那说明这里就是地狱，所有人说的都不是人话，是鬼话。”

顾小梦突然神经质地哈哈大笑，一边哼哼地说：“是，你们说的都是鬼话，这里就是恶鬼打堆的地狱，地狱！”笑罢了，话头一转，对王田香说，“不瞒你说，王处长，我不相信李科长是老鬼。也可以说，我不相信吴志国有这么崇高，甘愿用生命来为皇军效忠。”

李宁玉听了，心里最大一块石头顿时落了地。

其实，李宁玉最怕的是顾小梦出卖她，只要顾小梦不变心——承诺不二，那么哪怕她立刻被关押起来，情报还是有希望传出去。

四

没有完全关押，但也差不多，不能出楼，吃饭由卫兵负责送，寝室也作了调整：李宁玉被安排到吴志国原来住的房间。大房间，单独一人住。这是吴志国的血书给她的待遇，是肥原假戏真做的需要，做给金生火和顾小梦看的。意思是告诉他们血书是真的，你们要相信李宁玉的尾巴已经藏不住，你们有什么就说什么，不用怕——

【录音】

那时我们都不知道吴志国是假死，所以我也觉得她已经完蛋了。一个人用生命来指控你，你还有什么好说的？说真的，开始我有点幸灾乐祸，心想我不告你照样有人在告你。但后来当她专门责问我后，我忽然觉得不对头，我感觉她好像是在怀疑我出卖了她。如果她真这么想，那对我显然是不利的，万一她一冲动把我也卖了怎么办？所以我一下子意识到，她的处境越危险，对我反而越是不好。我当时为什么那么坚决地说她不是老鬼，就是出于这个原因，想对她表个态，这事跟我没关。

但我也知道，这还不能完全消除她对我的怀疑，因为这样她照样可以怀疑我是跟肥原他们合计好的，背后当恶人，当面做好人，演戏呢。怎么样才能让她完全消除对我的怀疑？我知道，唯一的办法就是尽快帮她把药壳子放回原处，用实际行动来证明，来表态，来让她相信我。

就这样，会议一结束我就迫不及待想溜出去。但溜出去的理由我一时找不到，当时窃听器的导线已经接通，我们不能随便交流。李宁玉突然一把抱住我，一边对我大声哭诉，痛骂吴志国陷害她，一边悄悄告诉我一个办法。她叫我骗白秘书，我和她本来是合用一支牙膏的，现在我们分开住，我必须要去外面招待所里买一支牙膏。后来，我就是以这个幌子溜出去，顺便把三只药壳子放回了原处，当时还不到十点钟——

顾小梦出门去买牙膏时，李宁玉已经搬到吴志国的大房间里，她一直躲在窗后目送顾小梦走远，心里盘旋着一种陌生的兴奋和期待。她很清楚，当务之急必须要把药壳子丢出去，顾小梦在这种情况下依然信守诺言，甘愿冒险帮她，让她感动，感动得两只脚都发软了。她想，这个女子平时看起来很泼辣，很任性冲动，但在这件事上却显得很谨慎，很听话，显然是因为击中了她软肋！她觉得不可思议，自己跟她相处这么久居然没发现她是重庆的人，更不可思议的是，她藏得这么深却又在一瞬间露出了马脚。她突然感激自己当时能够那么沉着、冷静，正是这种沉着冷静让她有幸从顾小梦的片言只语中有所领悟，进而通过试探得到证实。真是天大的发现啊！这是个小小的胜利，她对自己说，却可能预示着最终的胜利。

顾小梦消失在一片竹林里。李宁玉知道，再往前不远，她将看到那只垃圾桶，并巧妙地走过去，丢下第一只药壳子（有货的那只），然后继续往前走，去大路口……她一边这样想着，一边梦游似的离开窗户，漠然地坐在床上。坐了一会儿，她觉得累极了，身子不由自主地躺下来，倒在床上。这张床啊，是那么宽大，那么奢华，躺在上面，她感到自己的躯壳仿佛一下子变小了，轻了，薄了。锦绣的被头里，明显残余着一个烟鬼的气味。整个房间都是烟味。她知道，这肯定是吴志国留下的。有一会儿，她想如果吴志国真是死了，说明他的命还没这烟味长。想到这一年多来，自己苦练他的字终于有所回报，她心里掠过一丝得意。窗外，是倾斜的天空，一只鸟儿梦幻一般从她眼前一掠而过。

鸟儿把李宁玉的思绪带出庄园，去了城里，去了老鳖身边。一年多来，她总是可以在固定的地点和时间见到老鳖，风雨无阻，冬夏无别。她曾想，老鳖像营区里的一个景点，只要去看，总能看到。但他们从来没有说过话，每每见面总是相视无语，眉目传情，垃圾传情。有一次她下班迟了，去丢垃圾时，老鳖已经在她的楼下收垃圾，她把垃圾直接交给老鳖，交接过程中两人的手无意识地碰了一下，她顿时有种触电的感觉，浑身受惊似的亮闪了一下。此刻，这种感觉再度向她袭来，刹那间，她感觉自己已变成一束白光，腾空而去，消失在裘庄上空……

没过多久，顾小梦从外面回来，带着一种邀功领赏的劲儿，在走廊上用夸张的手势告诉她，三只药壳子已如数放回原地。顿时，李宁玉简直感到一种丧魂落魄的快乐。乐得骨头都轻了，飘起来了。她想，只要老鳖步入裘庄，以他的敏感必定会注意到路口的那两只招摇撞骗的黑色药壳子，继而顺藤摸瓜……偌大的院子里总共也只有几只垃圾桶，他不可能找不到那只特定的垃圾桶。这么想着，她身体不由自主地蜷缩起来，跪在床上，双手合一，双目微微闭上：她在向苍天祈求老鳖快快来裘庄。

由于过度的希望，她不可避免地产生了唯恐失望的担心。有一会儿，她觉得担心是很有道理的，因为昨天由于条件受限，她没有明确通知老鳖今天必须来。不过，经过再三分析、推敲，她觉得老鳖今天应该还是会来。她默默地告诉自己，群英会召开在即，组织上一定急于想得到她的消息，这时候老鳖自然应该随时与她保持联络，不会一天都不来看她的。她甚至想，老鳖昨天离去前一定留好了今天再来的伏笔——也许是遗下什么东西，也许是跟招待所某个伙计约好今天来替他打扫卫生。

不用说，只要老鳖来了，哪怕只是一小会儿，就够了。

五

如果老鳖来了，就不会有后来的事。

然而，老鳖没来。真的没来。时间的指针从上午走到午后，又走到傍晚，李宁玉满心的期盼逐渐逐渐地变成了担心，担心又逐渐逐渐地变成了事实。她简直难以想象，这种特殊时候老鳖居然会一整天都不来看她——

【录音】

嘿，她哪里知道，老鳖和潘老头都被肥原灌了迷魂汤，他们以为李宁玉在里面就是在执行公干呢。我后来跟老鳖见过一面，那时他已经被王田香抓起来，关押在牢房里，我悄悄去看他，曾经也想救他的。但当时他的腿已经被打断，就是让他跑都跑不了，最后他受不了折磨，自杀了。那次见面他跟我说了不少情况，他以为我是他们的同志呢。为什么？因为情报最后是通过我交给老鳖传出去的。这是后话，后面再说吧。

话说回来，老鳖那天告诉我，如果那天天气要是好的话，他可能也会去一下裘庄的。但那天上午正好下雨，天公不作美，他觉得冒雨去显得太唐突，怕引起不必要的麻烦，就没有去。当时群英会即将召开，大家都很谨慎，不敢随便行动。午后，雨停了，营区里脏得很，到处是吹落的树叶，他又不便走了。当然，如果知道李宁玉有情报要给他，再怎么着他都会设法去，关键是不知道啊。没人知道！包括我父亲，他也不知道我当时被软禁了。说来，这就是天意，一场雨毁了一切。嘿，干我们这个工作，有时候就是这样，靠天吃饭，谋事在人，成事在天哪——

李宁玉望眼欲穿，她的耐心和期待在雨过天晴的清澈阳光下一丝丝蒸发，到了下午四点多钟时，几近化为乌有。她知道五点半后，老鳖就要开始挨家挨户去收垃圾，这时候他还不露面，说明他今天是不会来了，而会议明天晚上就要召开，属于她的时间已经不多。她盘算了一下，最迟明天下午之前必须要把情报传出去。可是没有老鳖——他不来——至今不来……怎么样才能把情报传出去？

李宁玉为此深深苦恼着，煎熬着，思索着。她不停地反复地问自己：我怎么样才能让同志们听到我的声音？茫然中，她眼前不时浮现出同志们的面容，时而是老鳖，时而是老汉（二太太），时而是哥哥（潘老）。有一会儿，她甚至还看见了老虎。其实严格说她并没有见过老虎，虽说见过一面，但只是远远的一个侧面，而且是在昏暗中，人还在走动，可以说什么也看不清，确定不了。哥哥见过他，说他身板像姑娘一样单薄，腰杆细细的，手指头长长的，像个外科医生。从这些描述中，她很难想象这个人会血淋淋地杀人。但哥哥不容置疑地告诉她，到现在为止，杭州城里开展的锄奸杀鬼行动，他杀的最多，至少有三位数。她为这个数字鼓励着，并为自己属于他的组织而感到自豪。但现在，眼下，如果她不能把情报传出去，这个人，还有比这个人更重要的人——老K——都可能被鬼子杀掉！

这使她感到恐惧……

恐惧像四十度热烧一样从胸膛生发，传遍周身，令李宁玉感到四肢无力，心跳如鼓，头脑一片空白。这是她从事地下工作以来从未有过的感觉，恐惧和无助像绳索一样死死地捆住了她，把她变成一个废人，不能和同志们发生任何联系，只能无耻地躺在床上。有一种奇怪的念头促使她从床上起来，在房间里徘徊——也许只是为了表明除了躺在床上，她还能下床走动。

房间像床铺一样，也是那么的奢华，那么的宽大，宽大得她都没信心走到尽头。她太虚弱了，连日来攒下的疲倦报复性地向她袭来，她双膝一软，咚的一声跪倒在地板上。像跪在了巨大的屈辱面前，眼泪不禁夺眶而出。

她哭了，抱着自己两个冰冷的膝盖，像个被遗弃的孩子一样地哭了——

【录音】

她哭的那个狠劲哪，就像是被人强暴了，吵得楼上楼下的人都坐不住了。我想她开始可能是真哭，后来就是假哭了。她要通过轰轰烈烈的哭把大家引过去。大家过去了，我也就过去了，这就是她的算盘：要见我。一定要见我！因为要叫我替她做事呢。

最先进去的是白秘书，然后是王田香，他们是去管事的，主要是训斥她。然后是金生火，看热闹的。我是最后一个进去的。说真的，我害怕进去，我有种预感，她要找我说事。

果然，她一见我进去就朝我扑上来，把我抱住，跟上午一样对我痛哭流涕，一边喊冤叫屈，大骂吴志国。骂着骂着，她把肥原、金生火、白秘书、王田香等人都通通骂了个遍。他们听她骂肥原，骂自己，都掉头走了。这正中了她的计，她骂他们的目的就是要他们滚蛋。只有他们走了，她才能跟我说事。

什么事？她要我给她找画画的纸和笔。她一边继续哭着、骂着，一边悄悄地把她的想法告诉了我。我说这哪里去找啊。她说招待所里肯定有，要我去吃晚饭时一定要给她找到。我说试试看吧。她说必须要找到，实在不行的话，哪怕找一张大一点的白纸和一支铅笔也行。我问她要这些东西干吗，她说她要通过画一幅画来传情报。

你想不到吧，这种情况下，门不能出，电话不能打，到处是盯梢的，她还不死心，还在想把情报传出去。我觉得通过画来传情报简直不可能，这办法太寻常一般了。我让她别做梦，不可能的。她说她已经想好办法，只要我帮她找到画画的纸和笔，她一定可以把情报传出去。我倒想看看她到底有什么天大的本事，所以我答应帮她去找——

巧的是，顾小梦回到房间，东翻翻，西翻翻，居然从柜子里找到一大张洋白纸，垫在备用的毯子下面。其实也不是什么真正的白纸，而是一张电影海报，但背面全白，一点污迹都没有。顾小梦拿过去给李宁玉看，李宁玉觉得行。至于铅笔，不要了，因为那张海报纸质非常好，纸面光滑，用铅笔画，着色效果不一定好，李宁玉临时决定改用钢笔画。她后来就是用钢笔画那幅画的。

听到这里，我奇怪了，这不是说我在潘老家里看到的那幅画是假的？我当即从电脑里调出那幅画的照片，问老人家："难道这不是李宁玉画的？"

"当然不是！"老人家毫不犹豫，"你遇着大骗子了，姓潘的那老东西完全是大骗子！你在文章里写到，李宁玉画画的纸和笔是钱虎翼的女儿留在那儿的，可能吗？你也不想想，钱虎翼一家遭劫后，这楼里里外外都重新装修了，怎么可能还留下画纸和笔，早给人拿跑了。我在里面待过还不知道，他知道个屁！"

"那……"我盯着电脑看着，问了句废话，"这是谁画的？"

"鬼知道是谁画的，肯定是那老东西找人画的吧，反正我是从来没有见过这东西。"她认真地看着照片，一边对我指指点点，"你看，太假了，把这些小草的长短、间距画得中规中矩，一点隐蔽性都没有，简直可笑！我见过李宁玉画的，比它真实得多了，可惜那幅画没留下来，肥原把它带走了。"

但肥原无法带走老人的记忆，她对着照片（赝品）向我一五一十地指出它与真品之间的种种大同和小异，小到有些很细微的区别她都说得头头是道，仿佛那幅画镂刻在她心里。其间，陈嫂不停地向我递眼色、打手势，提醒我时间已到。

第六章

一

时间又来了。

老人家似乎在为访谈即将结束而高兴，一见我就对我笑笑说：“已经不多了，今天一定可以结束。”

确实不多了。时间已经到最后一个夜晚，不论是肥原还是李宁玉都在作最后一搏。相搏的事件和大致情节，老人家表示与我写的差不多，唯有两个细节不对：一是那天晚上吴志国没有到场；二是假扮的共军不但袭击了西楼，也袭击了东楼，还放火烧掉了一个车库。就是说，袭击的声势和规模比我写的大。

老人家批评我：“你让吴志国去开会是很荒唐的，因为肥原之前申明他已经死啦，怎么可能让他复活？”

我谨慎地表达了异议：“因为肥原当时还没有完全排除吴志国肯定不是老鬼，他应该也接受假共军的试探。”

老人家笑着反问我：“难道他现在没有受到试探吗？我说了，

东西两栋楼是同时遭遇**袭击**的。”

我想想也是，如果两栋楼同时遭**袭击**，吴志国即使不到会，照样是受到试探的。我不得不承认，老人家说的确实更合乎情理。不过，老人家认为这些都是次要的，重要的是后来——李宁玉和肥原直接发生冲突的那场戏，我没有写好，没有抓住**李宁玉的魂**。老人家郑重指出：那天晚上李宁玉之所以那么决绝（要卡死肥原），是因为当时她已经做好死的准备。

老人家说：“别人可能看不出来，我一看那架势就知道她想干什么，她在找死，她要以死来证明她不是老鬼，然后就像你写的，指望敌人把她的尸体和遗物都送出去，包括那幅画。当时我还没看到画，但我相信情报肯定藏在那画里面。我担心的是，如果到时敌人发现那幅画的秘密怎么办？那她不是白死了？”

我问：“您是什么时候看到那幅画的？”

老人家说：“肥原打了她，我们把她弄上楼去以后……”

二

此时的李宁玉已经不成人样，额头上的窟窿、因骨折而下陷的鼻梁、脱落的门牙、肿胀的双唇、不止的血流……赶来的卫生员正在给她做包扎，顾小梦闻到了一股血腥味和酒精混合在一起的怪味，有点恶心。她下意识地走开去，走到窗前，一眼看见放在写字台上的那幅画。她好奇又紧张地凑上前去看，发现那画竟是那么简单，看上去似乎根本不可能在上面藏情报。当时她以为情报可能藏在画背面（在海报那面），她想翻过来看，又怕引起卫生员的警觉，只好作罢。后来卫生员一走，她迫不及待地把画翻过来看，远看，近看，顺着看，倒着看，横着看，竖着看，反复看……始终没有看出什么名堂。她看得太投入了，把画翻得哗哗直响，最后把昏睡的李宁玉都惊醒了。李宁玉发现她在看那幅画，示意她把画拿过来，然后悄悄告诉她情报在哪里——

【录音】

我得知原来那一地小草就是一封电报后，简直惊呆了！

啊，你不得不承认，这个主意太绝了，太妙了，前无古人，后无来者，简直是天才的杰作啊！这就是李宁玉，我说过，她是我见过的最最了不起的地下工作者，没有谁可以跟她比！我不知她是怎么想出来的，但我相信，我敢发誓，肥原绝不可能发现其中的奥秘，任何人都发现不了。

问题是这并不能保证敌人因此就绝对相信李宁玉是无辜的，然后就同意把她的尸体和遗物一起送回家。因为——我一开始就跟你说过，身上可以藏情报的地方多着呢，敌人不把她开膛破肚翻个遍，怎么敢肯定她身上没藏情报？再说，只剩下最后一天时间，哪怕敌人明知她身上没藏情报，也不一定会马上处理她的后事。耽误一两天有什么关系？没关系的。

我小声对她说明这个意思后，她故意对我大声嚷嚷，说要去上厕所。我知道她是怕窃听器，便架着她去了厕所。其实，那时敌人已经不窃听了，那是最后一个晚上，肥原已经恼羞成怒，什么都摊开了，不跟我们玩了，只把我们关在屋子里，让我们坐以待毙——

到了厕所，李宁玉把她的整个思路对顾小梦和盘托出。这时，顾小梦才发现自己的顾虑是多余的。

其实李宁玉很清楚，不管怎么样，敌人都不可能把她的尸体和画送出去。她对顾小梦说："如果我指望这样传情报出去，何必对你说明画中的秘密？"

老人家说："确实，李宁玉一开始就不是这样想的，她的想法鬼都猜不到。"

她告诉顾小梦，今天晚上她将服药自杀，自杀前她会给肥原和张司令分别写好遗书，表明她自杀是迫于肥原对她蛮横的怀疑，为了洗清罪名，她甘愿以死作证等等，给人造成一种印象，她绝不是共党老鬼。

"你认为肥原会相信吗？"李宁玉问。

"难。"顾小梦答。

"对，他肯定不会因此彻底消除对我的怀疑。他会搜我身，检查我所有遗物，尤其是那幅画，他一定会认为有名堂，反复地研究。”

“但他一定破译不了的。”

“你认为谁能破译？”

“没有人。”

“只有你。”

“我？”

“是，我不是已经跟你说了？”

“你放心，我不会跟他说的。”

“不，你要跟他说！”

“为什么？”

“只有这样，你把我出卖给他，把我这个真正的老鬼揪出来，他就会完完全全信任你，然后你一定要争取出去……”

窗外，一只猫头鹰先验地叫着，巨大的黑暗也无法滤掉有人将亡的阴影。窗内，李宁玉竭力又尽量小声地讲述着她死后应该发生的一切。顾小梦悉心听着，想着，不时觉得毛骨悚然，仿佛是在同一个幽灵会晤。

三

第二天，一切都是按照李宁玉生前设计的发生着，进行着。

清晨六点多钟，白秘书率先发现七窍流血的李宁玉像一团垃圾一样蜷在地板上，继而是金生火和顾小梦，他们相继来到李宁玉房间……半个小时后，肥原和王田香也匆匆赶到现场，看到白秘书、金生火和顾小梦都在——顾小梦正一边抽泣着，一边在整理李宁玉留下的遗物。

肥原当即赶走在场所有人，和王田香展开初步调查工作。几十分钟后，肥原和王田香走出房间准备去吃早饭，顾小梦闻声赶出来，把肥原拦住在楼梯上，一反刚才悲伤的神情，像个奸细一样向他汇报说，她刚才在收拾李宁玉遗物时发现有一幅画，她觉得有点蹊跷，想再看一看。当时肥原已研看过此画，正苦于不得要领，见顾小梦有心加盟助他，慷慨应允。

吃罢早饭，肥原主动来找顾小梦问情况，后者照计行事，从容不迫。

“肥原长，我已经有重大发现，比天还大的发现哪。”顾小梦欲擒故纵，大卖关子。

“哦，是什么？说来听听。”

“我已经知道谁是老鬼啦。”顾小梦见肥原张口欲言，先声夺人，“哎，你先别问我，我要你答应我一个条件才告诉你。”言无轻重，撒娇作媚，正是她的拿手好戏。

“说吧，什么条件？”

“我告诉你，你要奖赏我。”

“当然喽，你要什么奖赏？”

“放我走，让我离开这儿。”

“没问题。”

口头答应你一百个走都可以。

但顾小梦不满足于口头答应，她伸出可爱的小指头，要跟肥原长拉钩上吊，一诺千金。怕什么，拉吧，一个小指头能吊得死我一个大日本帝国皇军吗？就拉了，一边来回拉钩，一边誓言声声，一件谍海魅影的事被顾小梦演得像两个孩子家的游戏。

拉罢钩，顾小梦对着李宁玉画上的一地小草娓娓道来，一个天大的秘密在她妩媚的唇齿间峰回路转，水落石出，石破天惊。转眼之间，一地小草着了魔似的变成了一组组阿拉伯数字：

6643 1032 9976 0523 1801 0648 3194 5028 5391 2585 9982

是国际中文明码电报，对顾小梦来说，破译它如家常便饭，可以当场朗诵出来。于是数字又变，变成一句话：

速报，务必取消群英会！

为证明自己没有糊弄肥原长，顾小梦提议请金处长来重新译一道。金生火当了多年处长，业务生疏了，不能像顾小梦一样可以一目了然，当场朗读出来。但译出来没问题，只是有些磕磕绊绊，慢了些。他译出来的内容和顾小梦只字不变。

哦，肥原惊叹了！

哦哦，天才哪！李宁玉是天才哪，居然想出这么一招！

哦哦哦，小梦啊，幸亏你有一双火眼金睛，要不我可能到死了都不知道谁是老鬼。谁想得到呢，这家伙藏得这么深！

哦哦哦，小顾啊，你真了不起啊，李宁玉这一招绝对是天才的一笔，居然被你一眼识破！

哦哦哦，小顾啊，小梦啊，你是击败天才的天才，天才中的天才，我为有你这样的部下感到骄傲啊！

哦哦哦……肥原热烈又紧紧地握住顾小梦的小手，欣喜，激动，感激，溢于言表，一丝不漏。他恨不得亲自动手给顾小梦收拾行李，兑现他的拉钩承诺，放她走。

四

别急，顾小梦不想走呢。

要求归要求，得到的东西要不要是另一回事。

老人家要我猜，她为什么不想走。我哪里猜得到，猜了几次都不对，最后还是老人家告诉我的。她说，李宁玉事先交代过她，除非肥原因此解散所有在押人员，否则她不能独自出去。因为如果只有她独自一人出去，晚上敌人抓不到老K，肥原有可能会回头再去怀疑她。所以，顾小梦对肥原说：

“既然现在已经揪出老鬼，我们都可以走了。我跟大家一起走吧。”

“不，你先走。”肥原不同意，“你想过没有小顾，万一老鬼不是一个人呢？”这只老狐狸想得复杂呢，他拉住顾小梦的手，一边轻轻抚着，一边浅浅笑着，“也许我想多了，但是小心才能驶得万年船啊，小顾，你太年轻，不知道这世界有多凶险。你在一刻钟前能想到你们李科长是老鬼吗？想不到吧。所以嘛，你先走，这是你应该得到的奖赏，我们拉过钩的。”

顾小梦说：“肥原长的盛情和侠义我领了，但我不会这么走的。我才没有这么傻呢，为了提前十几个小时走，去冒一个有可能永远说不清道不明的乌龟险。”

肥原问：“什么意思？”

顾小梦侃侃而谈：“肥原长，你想过没有，我现在走了，可万一共党临时改变群英会开会的时间和地点，我将成什么人？说不清，道不明，跳进黄河也洗不清！”

肥原说：“有我呢，怕什么，我可以替你洗清。”

顾小梦说：“可你过两天就走了，你能管我一时，管不了我一世。算了，肥原长，我还是再陪你十几个小时吧，再熬十几个小时能换来一世清白，值得的。”

听到这里，我简直蒙了：“这么说你没走？那你是怎么把情报传出去的？”

老人家呵呵笑，很开心：“谁说我不走啦？我当然要走，只是要换一种方式走。我跟肥原说不走的同时，提出要给我父亲打一个电话，他自然同意。我和父亲通话是有些约定和暗语的，电话一接通，我假装父亲在催我回去，故意惊叫起来，哎哟那怎么办，我这边有事呢，回不去。父亲立即响应我，要求我必须马上回去一趟。我一再拒绝，他一再要求，形成僵局。”

顾小梦打这个电话时肥原就在身边，不等她放下电话，肥原已经大致听懂意思，好心好意地对她比画手势，让她答应父亲，马上回去。这属于临时有事，没办法的。什么事呢？父亲在找南京一个官员的电话，电话在电话本上，本子在办公室里。所以，顾小梦必须要回一趟单位。

肥原说：“去吧，马上走。”

顾小梦说：“我去去就回，最多一个小时。”

肥原笑道：“你就别回了，折腾什么，听我的，快走吧。”

肥原迅速给她派好车。

不行，光派车不行，还要派人随行。

这是干吗？

当然是为了**说得清道得白**。

顾小梦点名要王田香陪，因为只有他陪同，最能说得清、道得白。

肥原说不必多此一举，但顾小梦一意孤行，执意不改。

顾小梦把嘴唇噘得老高，嗲声嗲气地说：“肥原长，你刚才不是说了，这世界很凶险，小心才能驶得万年船，我可不想在阴沟里翻船。反正我一定要回来的，而且必须让王处长陪我去，否则我就不去了。”

去吧，去吧。

日上三竿，九点多钟，王田香亲自驾车，带着顾小梦，离开了裘庄。

你要相信，这一次顾小梦绝对不会忘记带上三只药壳子——当然不是原先的那三只，这三只药壳子是李宁玉昨天夜里交给她的。

你也要相信，李宁玉也绝对不会不交代提醒顾小梦，怎么把药壳子传给老鳖。

有两种方法：一是她回营区后，若路上没有看到老鳖，她应该先在某个大路口丢下两只空药壳子（没货的，是给老鳖出通知的），然后把装纸条的第三只药壳子丢在她们办公楼下的垃圾桶边；二是如果在营区内遇到老鳖，条件许可的情况下，可以把第三只药壳子当面丢给老鳖。

第二种方法显然简单又保险，又增加时效，只是需要一定的运气。

那天顾小梦运气好极了，车子一开进营区，便远远看见老鳖坐在礼堂前的台阶上在悠闲地抽着烟，顾小梦要去办公楼，车子必然要在那儿拐弯。机遇这么好，要丢的东西不过是一颗比桂圆还小又轻、落地无声的烂药壳子：垃圾。所以，你尽管放心，顾小梦一定会神不知鬼不觉地把它丢给老鳖的。而老鳖呢，哪怕四面八方都有暗哨监视，他一定也会神不知鬼不觉地把它捡走——谁能想到，这只普通的药壳子里藏着天大的秘密？

我觉得是没人能想得到的。

第七章

一

访谈的最后一天是个特殊的日子，正好是老人家以前供职的单位的解密日。她女儿告诉我，她母亲这些人在离开单位时，所有文字性的东西，包括他们平时记的日记都必须上交，由单位统一保管，直到有一天这些文字设定的保密时限过了，方可归还本人。从上个世纪七十年代以来，每年都有这样一个日子：解密日。每到这一天，她都要替母亲去单位看看，有没有她母亲的解密件。这天上午她照例去了，并且帮母亲领回来一点东西。

东西由一块蓝色丝绒布包着，看上去有点分量。因为已经解密，老人家当着我的面打开来看，是一只相框和几封书信什么的。相框上的人男性，六十多岁，戴一副金边眼镜，看上去像个有身份的人。

老人家一看相框，自语道："看来他已经走了。"

女儿对她点点头。

老人说："他比我还小十一岁呢。"

女儿说："他是生病走的。"

老人摇摇头："反正是走了。这下好了，所有人都走了，只剩下我一个人了。"说着颤巍巍地起身，要上楼去。

女儿似乎料到她上楼后不会再下来，关心地问我采访完了没有。我说没完，还有几个小问题。老人家听见了，回转身，对我摆摆手，道：

"已经完了，我说的已经够多的啦，我都后悔跟你说了这么多。结束了，一切都结束了，故事结束了，你的采访也该结束了，不要再来打扰我了。走吧，我女儿会安排你回去的。"

她刻意地不跟我道**再见**，只对我说**一路走好**。我想，这种不必要的严谨应该算是她的职业病吧。

二

我的职业注定我有些游手好闲，喜欢游山玩水。我在浙江沿海长大，出生于上个世纪六十年代，小时候，只要夜空中出现什么异常的灯火，我们都会把它想象成是台湾飞机在空降特务。所以中国那么多省市，台湾是我知道的第一个外省，比北京、上海都还先知道。那时我总把台湾想得很近，感觉就在山岭的那一边，长大了一定可以去看看。但对我们这代人来说，其实是离世界很近，离台湾很远，你可以轻松去美国、阿根廷、冰岛、澳大利亚……却不一定去得了台湾，虽然它是我国的一个省。这么难来的地方，来了当然要好好游玩一下。我订了一个五日游计划：台北、高雄、新竹、桃园、阿里山、绿岛……

然而，每到一个地方，最美的景色都驱散不了老太太的音容，才玩两天下来，我笔记本上已经记下五大问题和一些小问题。五大问题分别是：

一、老鳖是怎么将情报成功送交组织的？当时他已被敌人全天候监视，而且整个事情的发端就因为那天晚上他传情报给老汉时被敌人截获，那么此次传递又凭何保证不被敌人截获？

二、老人家几次说到，她发现李宁玉在用她的笔迹传情报后非常恨她，后来决定不告她并帮她把三只药壳子放回原地，是因为她怕李宁玉反咬她。可最后李宁玉死了，其实已经不可能反咬她，她又为何还要帮她？

三、事后肥原把软禁在裘庄的人，包括张司令和部分工作人员都带走了，去了哪里？那些人后来均下落不明，是怎么回事？是生是死？

四、肥原到底是被什么人杀的？

五、老人家对潘老的情绪为什么那么大？是不是以前有什么过节？

这些问题像毒瘾一样纠缠着我，让我无心观光，一心想去见老人家。几经联系均遭拒绝依然不死心，心存侥幸和野心。到第四天，绝望之余，我索性搭乘出租车私自闯去，可谓毒瘾发作，情理顿失，无法无天。

老人家正在花园里纳凉午休，看到我不期而至，过度的惊诧反而使她没有足够的心智对我采取有效的打击——驱逐。她显得像一个普通老人一样，摇头叹息，喃喃自语地责怪，看上去更像是在求助。

我没有道歉，因为我知道道歉只会唤醒她的心智，对我不利。我略施小技，先声夺人。

“我不请自来，是因为我觉得您有些说法经不起推敲。”

“怎么可能？”这一招果然灵，老人家出招就是辩解，“我说的都是事实。”

我要的就是她辩解——良好的开端预示我将不虚此行。

果然，老人家对我提的问题很重视，几乎大大小小都作了认真回答。只有最后一个问题，就是她对潘老的情绪问题，她显得颇不耐烦，只丢给我一句话：

“你别提他，提起他我就心烦！”

我感觉两人以前一定有过什么过节，但我无法想象，有什么事会让一个耄耋老人依然如此不能释怀？我人到中年，已经越来越相信一个哲学家的话：**时间会销蚀世间所有人为的颜色，包括**

最深刻、最经典的爱恨情仇。也许我借哲学家的话可以扰乱她的阵脚，引发她一吐为快。然而我实在不忍心，从某种意义上说，我已经很满足了，从另一种意义上说，有些东西捅破了也许还没有封存的好。

三

当然，有些东西是必须捅破的，比如问题一和二。

对问题一，老人这样说："你对地下工作太不了解，在那种情况下，李宁玉明知老汉（二太太）被捕的情况下，她一定会怀疑老鳖已被盯梢。这是任何人都会警惕的，何况李宁玉，她的脑袋装着别人十倍的警惕。所以，她也一定会在药壳子里提醒老鳖，要小心背后有人，老鳖自然也会加倍小心。"

老人告诉我，虽然她不是当事者，但后来她曾去牢房见过老鳖，多少了解一些情况。

老人说："那天晚上肥原没有抓到老 K 等人，断定他身边还有**神龙不见首**的老鬼同党，主要是怀疑张司令。于是，他回来即把老鳖抓捕归案，连夜审问，想从他嘴里知道到底谁是老鬼的同伙。"

但老鳖宁死不说——其实也无话可说，因为他并不知道是谁丢给他药壳子的，所以肥原应该至死也不知底细。后来肥原回了南京，老鳖被一直关押在牢房里。有一天顾小梦偷偷去看他，那时老鳖的有生之日已经不多。正是那次见面，她从老鳖那里了解到一些情况，包括他是如何把情报传出去的。

“老鳖告诉我，遇到突然丢给他的药壳子，他必须马上看，了解情报内容，然后根据情报的紧急程度作出相应处理，最紧急的处理方式是去邮局直接给组织上打电话。”老人家解释道，“这当然有点冒险，因为这样，万一让敌人掌握他组织上的这部电话，整个组织都可能被捣毁。但有时候该冒的险还是要冒，没办法的，干我们这个工作本身就是冒险，脑袋别在裤腰带上的。老鳖说他后来就是通过打电话通报组织的，因为太急了，其他方法都不行，只有铤而走险。他这一冒险反而好了，因为敌人不可能贴身跟着他，总是有一定距离，即使看到他在打电话，也不知道他在说什么。情报就这样传出去，李宁玉算是没有白死。”

紧接着我抛出问题二。老人一听，神情一下变了，变得激动，伤感，感慨万千。后来说着说着竟然忍不住呜咽起来，令我非常愧疚。一个耄耋老人的呜咽啊，天若有情天亦愧……擦了一把热毛巾，喝过一口温水后，老人才平静下来，对我再度回忆起那天晚上发生在厕所里的事情。

老人说，那天晚上李宁玉是跪在地上把三只药壳子交给她的，而且一跪不起。

“她要求我对她发誓，一定要帮她把东西传给老鳖，否则就是不肯起身。”老人家连连摇着头，仿佛又亲历现场，看到李宁玉跪在她面前，“我拉她起来一次，她又跪下一次，反复了好多次。我本来确实不想对她发誓的，凭什么嘛，你求我办事还要我发誓，哪有这道理的？可她就是那么决绝，跪了又跪，最后膝盖都跪破了，血淋淋的。我实在看不下去，只好答应她，对她发了誓。你说她为什么非要这样，这么绝？这么求我？因为她知道，这种情况下，明天她死了，对我已不构成威胁，我完全可能食言，不帮她。我不帮她（把情报传出去），她就白死了。只有通过感化我，博得我同情，才能得到我的帮助。说句老实话，我后来确实犹豫过帮不帮她，毕竟这也是有风险的。但每当犹豫时我总是想起她对我长跪不起的样子，脸上泪流满面、裤脚上血淋淋的样子。可怜哪！可叹哪！人心都是肉长的，有些事情就是这样，是在一念之间促成的，我最后能够战胜对她的恨和恐惧，同情心是起了一定作用的。”

是同情，不是觉悟，没有刻意拔高自己。

老人家接着说：“除了同情，还有一种职业上的敬重。你想，那种情况下，里面没有人出得去，外面没有人接应，身边一堆人盯着你，你怎么把情报传出去？我觉得完全不可能，任何办法都行不通。可她硬是想出一个办法，劈天劈地的一个办法啊！这不但需要勇气，更需要智慧，让我佩服得五体投地。不是有一种说法嘛，成人之美，我最后帮她也有一种成人之美的心理，觉得她做的这件事实在太高明，有惊世骇俗的迷人之美，我被打动了，迷住了，我要成全她。百步之行，她已经走了九十九步，如果我帮她走完最后一步，这世上就多了一个传奇。我们常说同行相轻，其实当你真正出色到极限时，最欣赏、最敬重你的恰恰是同行。我就是这样的，被李宁玉迷住了，我要成全她。”

听到这里，我突然有种想拥抱老人的冲动。

确实，她是这么坦承，这么大度，这么客观，我没有任何理由不信服。相比之下，潘老和其他几位受访者，我在采访中多多少少可以感觉到他们内心的缝隙：有些是担忧，有些是虚荣，有些是功利，有些是自私。这些我都能理解，毕竟人总是趋利的，维护自己的利益，这是人的本能和天性。只是在顾老罕见的赤诚的照耀下，他们显得平凡而已。

对问题三，老人告诉我，事后肥原确实把她和那些人都带走了，因为他到最后也不知谁是老鬼的同伙，只好把人都带走，弄去上海审问。到上海后她和那些人分开了，她也不知道他们去了哪里。后来只有王田香和她被送回部队，另外那些人的下落谁都不知道。

“估计都不会有好下场。”老人家说，“即使不是死，也是生不如死。”

只剩下最后一个问题：是什么人杀了肥原？对此，老人家一点也不谦虚，海着嗓门说："是我，是我把他送去见了阎王爷！"并把杀人的时间、地点、人员、方式、有关情节、细节，道得清清楚楚，明明白白，足见绝非虚构。

总的说，她是花了四根金条从黑社会雇了两个职业杀手把肥原干掉的，按照要求，杀手把肥原碎成三段，抛尸街头。我问她为什么要私自花重金去杀他，而且如此残暴，对死尸都不留情。老人家久久盯着我，末了，闪烁其词地告诫我："有些人一辈子都在试图努力忘掉一些事情，你去追问它是不道德的！"

有诸多细节让我明显感觉到，老人家接受我采访的心情是复杂的，一方面她希望我了解这段历史的真实情况，另一方面她又并不希望人们去关注它。换句话说，她的最大愿望是希望这段历史被永远封存，不要面世，现在说它是不得已为之——因为有人想篡改它，包括我。与其让人歪说戏言，不如自己站出来打开封口，给历史一个真相。我想这大概就是老人家的真实心态。她曾不止一次地告诫我：这段历史的解释权非她莫属，希望我不要听信谗言，要相信她说的。临别之际，她又对我这样强调说：

"年轻人，我已经是要死的人啦，八十六岁啦，半个身子已经埋在土里啦。难道我大老远把你喊来是为了对你撒谎，要个什么虚名？嘿，我要名干什么？我已经过了争名夺利的年纪啦。我要的是一个事实。你们大陆不是最讲**实事求是**嘛，大报小报都在讲这个，我就是要这个，实事求是，提示真相。如果我今天不把你喊来，不对你说这些，哪天我死了，事实被你篡改了，你就是在欺骗世人。”

我相信她说的，只是有点纳闷。在我看来，这段历史对老人家并无任何瑕疵，甚至是那么光彩夺目，她为何要力求不言？此刻，说真的，我已经从王田香的后人那里了解到个中隐情，但我决定不公开。我要替老人家保守秘密，无怨无悔。我可以想象，老人家之所以对这段往事讳莫如深，一定是想带走她的秘密，让那个**不便示人的秘密**烂在腹中，永不受人侵扰。现在她说的已经够多的了，就让我们为她沉默一次吧。不要因此有什么遗憾，事实上这个世界沉默的事远远比公开的多。

2007-6-5　一稿

2007-7-1　定稿

外部

风静

静风一词是气象专业术语，通俗地说，就是无风的意思。

其实风总是有的，有空气流动就有风，只是当这种流动小到一定程度：＜0.2米/秒，我们感觉不到而已。人的知觉很有限，很多东西我们看不见，听不到，感受不到，但它们就潜伏在我们身边，甚至比那些有目共睹的东西还要影响我们的身心。

我把本部称为外部，不是玩花哨，而是想表明：有关李宁玉的故事已经结束，本部说的都跟该故事无关。跟什么有关？不好说。我觉得，除了跟那故事无关外，似乎跟什么都有关，杂七杂八的，像一出生活，什么事都有，就是没有连贯的故事。

有人说故事是小说的阳面，那么这就是阴面了。

出于迷信，本部的每一个字我都选择在夜晚和阴雨天落成，我想选择同样的时间阅读，也许会有些意外的收获。据说有一本书，一六九一年出版的《哈扎尔辞典》，读者在子夜后阅读会招来杀身之祸。我保证，我的书在任何时候阅读都不会招来任何祸水。

第一章

一

东风引发了西风，一场横跨海峡两岸的舌战势在必然。

从台北回来后，我一直在回避潘教授，他不知从哪儿探听到我去台湾拜访了顾老人家，短时间内先后给我来了一封邮件、两个电话和多条短信，问我行踪，表示很想见我。我以在乡下赶写稿子（事实也是如此，我在写下部《西风》），无暇见他来搪塞。我似乎是受了顾老的影响，对他有情绪。

其实不是的，我的想法很简单和实际，可以说是出于一种自我保护心理。有些东西是可以想象的，我们见面绕不开要说起顾老讲的故事，他听了一定会组织人力予以反击。潘老是首当其冲的中锋大将，靳老（即**老虎**）和老 K 的长子陈金明可以当个左右边锋，王田香女儿王敏和哨兵甲可以打个后卫，还有部分党史研究人员做个声援的啦啦队也是真资格的。一年前，正是他们的记忆和研究成果帮助我完成了上部《东风》，现在有人要对他们的记忆和研究成果进行毁灭性的剿杀，他们怎么可能袖手旁观?

一定会集体反击的!

如果反击无力倒也罢，反之则将严重影响我写《西风》的热情。写东西就像谈恋爱，稀里糊涂时感觉最好，等你把对方身体和心灵深处的几个凹凸面都摸透，谈的恐怕就不是恋爱，而是人生了。人生的感觉无非就是咬牙：一种令人厌恶的感觉。我不想带着一种厌恶的心情，咬着牙来完成《西风》，最好的办法就是躲开潘教授的追踪，避而不见。我早想好了，先写出来再说，完了给他们看，听他们说。他们怎么说都可以，我将照搬不误，公之于众。总之，我不会偏听偏信，我将努力做一个聪明的传声筒，争取挑起双方打一场时髦的口水仗，让他们把想说和不想说的真话、假话都一股脑儿端出来，接受世人的评判。我不相信鱼龙混杂的说法，我相信鱼就是鱼，龙就是龙，鱼龙混杂才能把鱼龙分开。

二

乡下是让人慢下来的地方。正如胖女人不是现代的美人一样，慵懒、缓慢也不是当今的时尚。这个时代崇尚速度和更快的速度，坐船去纽约或许会成为你是神经病或穷鬼的证据，男人和女人见面就上床也不是什么新闻，不必大惊小怪。相反，我至今还在用一部十年前买的手机，这成了一件比什么都叫人新奇的事情和问题，为此我受够了各种善心或恶意的夸奖和嘲笑。善心和恶意，夸奖和嘲笑，都是因为我失去了速度。速度，挑战更快的速度。速度，满足于更快的速度。速度，一群聪明人送出的礼物，一头风做的怪物，一条上去了就下不来的贼船。毫无疑问，今天你想拥有一部手机要比没有更容易，你想拥有一部新手机也比保留一部老手机更容易。这就是一个追求速度的时代的魅力，也是问题，速度裹挟着我们往前冲，我们慢不下来，慢下来就是逆流而行，需要我们付出双倍的气力和努力。

其实，我选择到乡下来写作也是为了速度，在这里，我成了一个自由的囚徒，无亲无故，无是无非，日出而作，日落而息，精力和精神都消耗在漫漫的回忆和等待中。等待也是对速度的向往。换言之，主观和客观都为我的写作加快了速度，所以我有理由在给潘教授的邮件中自豪地写道：我相信我会以最快的速度完成稿子，希望你阅后尽快给我回音……我是说**尽快**：一个带着速度的词，所有的撇捺都是翅翼，驾驭着它从我们眼前一掠而过，洒下一路呼啸声。

三

潘教授的回音姗姗来迟，而且严格地说，不是回应，而是报丧：潘老寿终，希望我去参加追悼会。我突然有点害怕，担心是我的稿子——顾老讲的故事——把他气死的。话说回来，如果确凿如此，我更应该去追悼。

我没有选择，惴惴不安地前往。

果然，潘教授告诉我，他父亲正是在看我稿子的过程中突发心脏病，撒手人寰。他以一贯的口吻，文质彬彬又带着思辨的色彩，这样对我说：

“毋庸置疑，你的书稿是直接导致我父亲去世的诱因，但不见得一定是被气死的，从理论上说也可能因愧疚而死。我觉得，如果你写的那些是真的，我父亲在如此高龄的情况下依然谎话连篇，真是……怎么说呢？令人羞愧啊。我父亲在医院里躺了七天，其间多次想开口说话，终是一语未破，所以我们难以确定他到底是因何而死。这也符合他的身份，带着秘密离开我们。”

我感到无地自容，像害死了一个婴儿，不知该如何谢罪。

潘教授倒好，非但不责怪我，反而主动宽慰我，用的仍然是考究的书面语言：“对一个已经九十几岁高龄的老人，死亡是他每天都要面临的课题，甚至一个突发的喷嚏都可能让他走。你起的作用无非就是一个喷嚏罢了，所以大可不必有什么心理负担。我是父亲唯一的子女，父亲走了，我可以代表父亲向你承诺，我们潘家人决不会追究你什么。如果需要，我可以为你立下字据。”

之豁达，之通情，之友好，令我感激涕零。

我私以为他对我的宽容和厚爱，一定将成为他要求我打压顾老、捧举潘老的砝码。就是说，他对我好是有私心的，他心里有个小算盘，付出一点，索取更多。与其让他来索取，不如主动奉上。这样想着，我便讨好地向他表示：顾老说的有什么不对的地方，他可以尽管指出来，我会充分尊重他的意见，如果需要的话，我可以毁掉稿子。

错！

没这回事。

根本没有。

潘教授明确告诉我，父亲走了，他什么都不想说了。“不说不是无话可说，而是无需说。”潘教授从容不迫地对我说，“我相信父亲的功过组织上自有定论，个人说什么都是白说，没意义的。”

正因此，潘教授对组织上替其父亲拟订的悼词尤为看重，多次提出修改意见，认真到了咬文嚼字、锱铢必较的地步。认真不等于如愿，从他不同意我对外公开悼词这一点看，我有理由怀疑他对组织上最后定夺的悼词是不满意的。

四

追悼会开得是足够隆重的，潘老生前供职的特别单位701专门成立了治丧委员会，报纸上刊登了讣告，来吊唁的人不但多，而且有三位高级领导，把规模和规格一下子扩大了，拔高了。

追悼会持续三天。第一天来参加吊唁的全是死者亲人、乡亲，会上哭声一片；第二天来的都是潘老生前的战友、同事和701现任领导及各部门代表，他们人人庄重肃穆，会上几近鸦雀无声；第三天主要是当地政府部门的领导，加上部分前两天该来而没来的，还有个别未经邀请自己闯来的。当然，靳老本人（老虎）、老K的长子陈金明、王田香女儿王敏和哨兵甲等及家人都来了。来人都赠送了花圈，最后花圈多得连四辆卡车都拉不完。

整个吊唁活动结束后的当晚，潘教授到宾馆来见我，给我带来了两样东西：一个是我的稿子，一个是一盘光碟。稿子是我从网上发给他的，其实没必要还我，他特意还我，我理解这是带着一种情绪的，也许有点眼不见为净的意味吧。

我收下稿子，问他："难道你真的不想对它发表意见吗？"

他摇头，再次表达了那个意思：父亲走了，他什么都不想说了。

我其实是希望他说的，沉默有点认错的感觉，好像真理就掌握在顾老手上。在我再三劝说和鼓动下，他突然冷不丁地问我："你注意到没有，第二天，父亲的单位701来了那么多人，有谁哭的？没有一个人哭，也没有谁流下一滴眼泪。为什么？因为这是一群不相信眼泪的人。”

我不解其意，问他：“你想告诉我什么？”

他说：“你稿子上不是写着，顾老最后决定帮我姑姑（李宁玉）把情报传出去，是因为我姑姑的眼泪感动了她，你觉得这可信吗？要知道，这是一群特殊的人，他们不相信眼泪。说实话，作为父亲的儿子，我说过我什么也不想说。但站在一个读者的角度，一个了解这群人特性的读者，我觉得这……值得推敲，你把一个关键的情节落在一个可疑的支点上，这也许不合适吧。”

我想，反击开始了。

可转眼又结束了。除了建议我把那个关键情节改掉外，他再无异议，多一个字都不肯说。看事看样，听话听音。我明显感到他有话可说，可就是不肯开口。他的沉默让我感到好奇。

我问他：“你为什么要保持沉默？”

他摇摇头，沉默地走了，坚持不置一词。

四个小时后，我突然收到他一条短信，发信的时间（凌晨三点）和发送的内容，无不说明他正在接受失眠的拷打。我想象，一定是失眠摧毁了他的意志，让我有幸看到这么一条短信：

我为什么沉默？因为她（顾老）是我的母亲。他们像某些浓缩的原子，因外力而激烈地分裂……就让他们去说吧，你能对父母的争执说什么？除了沉默，别无选择。

触目惊心！令我心里雪亮得再无睡意。

两个小时后，我在失眠的兴奋中又迎来了他一条短信：

请不要再找人去打探我父母的事情，我希望一切到此为止，明天我安排人送你走。

五

我不走。

我觉得一切才开始。

我借故还有其他事，换了家宾馆住，私下去找靳老等人。显然，教授已经捷足先登，私下跟他们串通好，不要理我。我去找他们时，没有一个人乐意见我，勉强见了都跟我打官腔，对我一个腔调：

“行啦，别问了，我该说的都说了……这情况我不了解，你去问潘教授吧，这是他们家的事情……”

好像当年面对敌人审问似的，守口如瓶。

最后还是王田香的长子、王敏的哥哥王汉民为我揭开了谜底。四年前他被中风夺走半边身体的知觉，长期住在医院，与外面接触很少，可能潘教授没想到我会找到他，没去跟他串通。也可能是长期待在医院里，太孤独，王先生对我格外热情，有问必答。他告诉我，因为**那个原因**（对不起，我要尊重顾老永远为她保守这个秘密），顾小梦一直没有结婚，直到抗战结束后才与**变节**的潘老结了婚。

其实，潘老**变节**是假，骗取顾老信任，打入国民党内部去卧底才是真。婚后，凭着顾小梦父亲的关系，潘老和顾老双双去了南京，顾小梦在国民党保密局任职，潘老在南京警备区政务处当组织科长。第二年，顾小梦生下第一个孩子，就是潘教授。南京解放前一个月，顾小梦又怀上第二个孩子，潘老考虑到一家人的安全，向组织上申请并获批准，他可以带家眷离开南京，去解放区。潘老把顾老骗上路，一走居然走到北平。当时南京已经解放，国民党气数已尽，开始往台湾逃。潘老以为事已至此，顾老不可能怎么样，便对她摊牌，道明自己的真实身份，动员她加入共产党，开始新生活。想不到顾老坚决不从，毅然把身上的孩子做掉，抛夫别子，孤身一人出逃，辗转几千里，去了台湾。

我听着，只觉得深深地遗憾。

我是说，这些东西让一个外人来告诉我太遗憾了，该由潘教授来说……可这是不可能的。每个人都有自己的局限和恐惧。我深刻地感觉到，潘教授已经非常懊悔认识我，他说他向我打开的是一只潘多拉的匣子……

第二章

一

此刻我在裘庄，现在是政府某部门的招待所，主要接待会议和团体游客，设施陈旧，厕所和洗澡间是公用的，开水要自己拎着热水瓶去开水房打。客房有三人间和两人间。我包了一个两人间，一个晚上一百元人民币。这是我第五次来裘庄，以前都是来看的，住还是第一次。

借西湖的光，裘庄躲过了战乱和各个时代的拆建，至今还基本保留当初的老样子，明清风格的建筑、参天老树、石板旧路、翠绿清香的毛竹、挺拔的水杉树……不同的是高大的围墙被新式的半开放的铁栅栏代而替之。绕栏走一圈，你不得不佩服庄园得天独厚的地理位置，它西邻岳王庙，东接西泠桥，背靠青山，面朝碧湖。给人感觉既在幽幽山中，又在氤氲湖上，既占尽了湖山的清丽，又远离城市的喧嚣。可以想见，当初能住上如此豪宅的人，一定是人杰。

其实不然。

据说，裘庄的老主子早先不过是一个占山行恶的土匪。上个世纪初叶，江浙战争爆发，杭州城里因战而乱，老家伙趁机下山，劫了财，买了地，筑起了这**千金之窝**。筑得起千金屋，何愁买不起官？区区小菜一碟。于是，摇身一变，戴了官帽。名分上是官，吃着官俸，私底下又与青帮黑会勾结，杀人越货，强取豪夺。土匪就是土匪，哪改得了多占黑吃的德行。就这样，明暗双雕，白黑通吃，一时间成了杭州城里响当当的豪富恶霸，过着穷奢极欲又穷凶极恶的生活。穷奢极欲是没什么的，老家伙有的是钱财，做官后白吃黑吞的不说，光下山前劫的横财就够他穷奢极欲八辈子的。但穷凶极恶就不一样，穷凶极恶的人没准哪天说完蛋就完蛋了。

果真如此。一九三三年初冬的一天夜里，老家伙携夫人、幼子、女仆，一行四人，从上海看梅兰芳的戏回来，途中被一伙黑衣人如数杀死在包厢里，震惊一时，杭沪两地的各家报纸都作了头条报道。但侦案工作，两地的警局却互相推诿，致使凶手最终逍遥法外。老家伙生前一定犯下过不少无头案，这算是给他的回报吧。

说是老家伙，其实也不老，毙命时才五十岁，子女均涉世不深。子女有六，除去罹难的幼子，另有三儿两女。长女当大，已经出嫁，事发前刚随夫远渡日本定居，想回来料理后事也是爱莫能助。长子二十有三，人长得挺挺拔拔，颇有男子汉风度，只是道上的时间和功夫都欠缺，人头不熟，地皮不热，出了这么大的事真正有些招架不住。老二是个傻蛋，二十岁还不会数鸡蛋，更是指靠不了。庄上因此乱了一阵子，家丁中出了两个逆贼，卷走家里所有值钱的字画细软。好在老管家还算忠诚，扶助长子当了家，平缓了局面。但令新庄主头痛的是，父亲居然没有在钱庄存下一分钱。

身为土匪，老家伙眼里的钱是金银财宝、玉石细软，不是钞票。他常跟人说，乱世的钞票不叫钱，叫纸，一把火烧了，灰飞烟灭，屁都不是。这是一个土匪的见识，不乏明智。所以，老家伙生前总是尽可能地把钱兑换成金银财宝。他身边的人，亲人也好，家丁也罢，都曾多次见过他拿回来的金条银锭。但这些东西最终存放在何处无人晓得，晓得的人又暴死了，来不及留下遗训。

怎么办？

只有找！

当然，找到就好了。哪怕是傻子老二也知道，只要找到父亲的藏宝之地，他们照样是杭州城里的豪富。换句话说，裘家新一代要想重拾昔日风光，去闹腾什么都没有把财宝找到的好。老大正是在这种思路下，一头扎进了寻宝的汪洋里。日里寻。夜里寻。自己寻。请人寻。一寻就是几年，却是一无所获。

我从一大堆资料和民间传说中轻易地得出结论：老大实实不

是个福将。他肚皮里有的是墨水和见识，但没有运道和福气。他是个悲剧型人物，寻宝把他一生都耽误了。直到日本鬼子占领杭州，强行霸占了裘庄，他也没有寻出个名堂。竹篮打水一场空，财宝还是在秘密里，在远方，在想象中，在愿望的背后，在玻璃的另一边，在望眼欲穿的空气里……

二

日本佬是一九三七年十二月份占领杭州的。之前，守防的军队已撤得一干二净，整个城属于拱手相让。淞沪战争把蒋介石打伤心了，损兵折将，元气大伤，他再也不想作正面抵抗。于是，采取一切手段撤退。撤退。为了成功撤退，当局甚至不惜炸掉刚刚启用不久的钱塘江大桥。

轰!

轰!!

轰!!!

这是日本佬进驻杭州时唯一听得到的爆炸声。

鬼子进城前，诸事不明朗，出于谨慎和害怕，有钱掌势的人都准时跑掉了。后来，这些人又见风使舵地回来了。即使主人不回来，起码有用人回来，替主人看守家业，以免人去楼空被鬼子霸占。裘庄就是这样的，兄弟几个回来后发现，庄园已被鬼子霸占！

其实，当时西湖周边有的是豪宅大院，若论名分和豪气，刘庄、郭庄、汪庄、杨公馆、曲院、柳园都在裘庄之上。即便毗邻的俞楼，派头虽不及它阔绰，但人家是晚清大学士俞樾晚年休歇的**辟行窝**，跟苏州曲园齐名，文史含量深，无形资产高。这些个豪门大院，仗着西湖的圣光灵气，都有幸躲过了日机的轰炸。现在，那么多庄园都好好的，鬼子为什么不去占它们，而独独占了裘庄？

似乎不可思议。

其实问题就出在裘庄有宝贝，经久不显的财宝。财宝经久不显，参与寻宝的内部人士越来越多，慢慢的消息就不胫而走。一传十,十传百，到后来有点社交的人似乎都知道。这么多人知道了，鬼子哪会不知道？有鬼子就有汉奸，汉奸想方设法要讨好鬼子呢。既是讨好，不免添油加醋，添得云里雾里的，搞得鬼子以为裘庄是个金矿，立马将它封关。

说白了，鬼子强占裘庄，就是要寻宝。

欺人太甚！老大豁出去了，去找鬼子临时设的政府（维持会）告状。结果非但告不赢，还被人揭了短，惹了一身龌龊。鬼子身边多的是汉奸，把裘家的老底翻了个遍，然后言之凿凿地摔出两大强占理由：一，裘老庄主出身土匪，靠打家劫舍筑了此院，理当没收。这是取之于民，还之于民的道理。二，新庄主不务正道，在庄上从事非法经营，败坏民风，贻害无穷，理应取缔。

说的均系实情，不可驳斥。尤其是第二点，当时的杭州人都知道，大街小巷都在说：裘庄在**卖肉**。就是开窑子的意思。窑子的名声是很大，但说句公道话，这个罪名不应由裘家来承担。裘家真正接手窑子不过数月而已，而窑子却已经开办多年了。

事情是这样的，庄上有个茶肆酒楼，在前院。当初老家伙开办它，醉翁之意不在酒，在于给他的非法事宜行方便。他借此为据，呼朋唤友，拉帮结派，暗杀异己，谋财害命。茶肆酒楼不过是幌子，实质为贼船黑屋。但毕竟招摇那么多年，名声在外，又在湖边路旁，若用心经营也是能挣钱进财的。只是，由于两个逆贼家丁作乱，卷走不少东西，要开业需重新添置物业。庄上寻宝不成，哪有闲钱开销？加之新庄主沉溺于寻宝，也无心重整，便一直闲着。有人想租用，新庄主先是不从，那时他还梦想找到宝藏。当然，只要找到宝藏，裘家人怎么会稀罕这点小钱，多丢人哦！后来宝藏久不显露，庄上的财政日渐虚空，甚至要变卖家当才能打发拮据，新庄主要不起面子，便应了人，将它出租了。

租主姓苏，是个烂人，自小无爹死娘，靠着在楼外楼饭店烧火的老外公养大。十来岁，还穿着开裆裤时，就开始在西湖各大景点串场跑堂，坑蒙拐骗出了名，旁人都叫他苏三皮。就是泼皮的意思。苏三皮做不来正经生意，转眼把茶馆开成一座活色生香的窑子，三教九流纷至沓来，闹得杭州城里无人不知。比附近墓地里的苏小小还引人瞩目！那时光，杭州人称这楼里的人都不叫人，叫什么？女人叫野鸡，男人叫色狼。一群牛鬼蛇神，灯红酒绿，禽兽不如，把裘庄搅翻了天，臭名昭著。臭名越是昭著，来的人越是多。烂仔苏三皮眼看着一天天发达起来，蓄起了八字小胡，穿起了洋派西服，人模人样，叫人想不起他过去的熊样。

更叫人想不到的是，几年下来，苏三皮居然起心想买整个庄园——兴许也想寻宝呢，可想他赚了多少钱。这反而点醒了裘家人：何不自己开？便想收回租赁。

哪里收得回？现如今，苏三皮有钱长势，怎么会受你几个落魄小子的差遣？做梦！不租也得租，有种的来赶我走！

老大是有种的，但**审时度势**后，作出的决定是不敢。老二就别说了，废物一个，屁都不顶用。小三子也是不能指望的，一个女鬼投胎的假小子，皮肤嫩得可以戳出水来，胆子小得连只鸡都不敢杀，叫他去跟苏三皮斗，无异于老二——废物一个。

这就是老大的**势**，两个兄弟，一个傻的，一个假的。就**时**而言，家里经济上频频告急，都要靠典卖家当才能维持体面，哪里还有阔钱去拉帮结势。正是在这种危机四伏的时势下，老大学会了忍耐和受辱，即便在一个无赖泼皮面前，他如炬的目光也难以射出愤怒的火焰。

哪知道，小三子却咬了牙，涨红着一张白脸，对老大说：

“哥，我们要赶他走！”

三

小三子在裘家是个异数。变种的。发霉的。

据称，小三子上面本有个二姐，三岁时犯病死了。都说他跟这个死鬼二姐特别像，自小体弱多病，性情古怪，不亲热家人，整天爱跟家丁淘在一起，亲热得很。二姐的死病就是从一个犯痨病的家丁身上得的。小三子步她后尘，甚至变本加厉，以致连亲妈的奶水都不吃。吃不得，吃一口，吐一口，跟毒药似的。为此，差一点死掉——被亲妈的奶毒死！幸亏是差一点，要不就成天下怪谈了。不得已，只好请一个奶妈，专职奶他。这下又怪了，他吃了奶妈的奶，居然又断不了。怎么都断不了，往奶头上敷辣椒水，辣得他小白脸火烧似的红，舌头都肿了，他照吃不误。把奶妈的两只白奶涂成恶魔鬼脸，他吓得惊叫，做噩梦，可肚皮饿极了还是照吃不误，有点赴汤蹈火在所不惜的意味。强行断，断一次闹一次病，一病就像要死的，发高烧，长毒疮，吐黄水。就这样，断不了，六七岁还每天叼着奶。人大了，奶妈抱不动，只好立着吃，把奶妈两只白花花的奶子拉得跟吊袋似的长，见的人都要笑。八岁去城里上学，逃回来了，因为离不开奶妈。他小学几乎没有读，后来直接去读中学，所有功课都是全校倒数第一。唯有画画（不是正式功课），又有点出奇出格地好。凡见过他画的人，都说他有当画家的天质。就这样去读了美术学校。那时候，老家伙还在世，他想到自己的后代里要出个泼墨作画的艺术家，经常笑得要哭，哭了又想笑。他把小三子是当女儿看的，没有指望的。有点白养养的意思，无所谓。

因为是由奶妈一手带大，跟家里人不亲热，连家丁都有些歧视他。要不怎么不叫三少爷，叫小三子呢？是有缘故的。老家伙双双死时，家里人都哭得死去活来，唯有他，才十六岁，却像个六十一岁的老人一样绝情，没有流一滴泪。都说他恨着薄待他的双亲，可他又因此蓄了发，好像是蓄发明志，很怀念双亲似的。总之，搞不懂他是怎么回事。再说，他本来就缺乏阳刚气，蓄了发，男不男女不女的，越发显得不阴不阳了。不过倒很像个艺术家，长发飘飘，雾眼蒙眬，背一个画夹，很惹那些新潮女孩子的眼水。

老大是不要看他的艺术家模样的，看了心里就烦，要倒胃口，冒苦水。他经常望着两个无用的兄弟自怨自叹，遇到苏三皮这只赖皮狗也只能自怨自叹，没招。虎落平阳，没法子，只有自认倒霉。哪想得到，他小三子居然不认，来跟苏三皮叫板，要赶人家走，好像他手上拎的不是一只画夹，而是一挺机关枪。

老大觉得可笑，白他一眼，不理睬，走了。说什么呢？说什么都白说。

小三子上前拦住他，咬了牙："哥，我们一定要赶他走！"

老大尽量控制着厌恶的情绪，轻声道："怎么赶，你在纸上画只老虎赶他走？"

小三子说："我要去当兵。"

老大看着他被风吹得散乱的披肩长发，终于忍不住，发了火："你别烦我了行不行！"拂袖而去。走远了，回头想再丢一句难听话，但想了想还是忍下，一言不发，走了。

事隔数日，一个晚上，老大再次见到小三子时，像见了鬼，吓了一大跳。小三子真的去当兵了，蓄的一头乌黑长发，一夜间剃个精光，扣上一顶帆布立沿帽，武装带一扎，判若两人：亦人亦鬼。像个半阴半阳的鬼！一方面是头顶泛着青光，有点匪气和邪劲；另一方面是一对潮湿的眼睛，目光总是含在眼眶里，雾蒙蒙的，像个情到深处人孤独的可怜虫。更要命的是，兴许是小时候奶水吃得太多的缘故，他的肤色细腻又白嫩，总给人一种白面书生的感觉。软弱的感觉。临危要惧的感觉。这样一个人，即使腰里别上两把手枪，老大也是感觉不到一丝力量和安慰的。他只有气愤！肝肺俱裂的气愤！因为这几年家里靠变卖细软供他上学，眼看要熬出头了，毕业了，他做兄长的都已经托了人，花了钱，给他找好职业，以为这样终于可以了掉一件后事，想不到……

简直胡闹！

败家子啊！

盛怒之下，老大抽了他一记耳光，骂："以后你的事我不管了！"咆哮的声音回荡在夜空里，有点出了人命的恐怖。

四

要说，当了兵，吃的是俸养，衣食无忧，也不需要管了。只是伤透了老大的心，丢尽了裘家人的脸。裘家人怎么可以去当兵？要当也要当军官啊。

别急，小三子毕竟是受过高等教育，有了机运当个军官是没问题的。再说还有老大呢，他嘴上骂不管，实际上哪不管得了。很快，小三子在钱虎翼的部队（国民革命军浙江守备师）上当了个小排长。排长，芝麻大的官，但毕竟是官，也是今后当连长营长团长必迈的门槛。

若是从前，什么连长营长团长，都是几包金条银锭可以解决的。当初老家伙下山时，一当就是稽查处长（相当于公安局长）。可今非昔比，如今小三子为了当个大一点的官，居然无计可施，最后不得已出了一个损招：把忠心耿耿的老管家的年青小侄女介绍给钱虎翼做了姨太太，而换回来的也不过是个不大的连长，好造孽哦。

总的说，小三子做的几件事都是挺丢人现眼的，给人的感觉裘家真是完了蛋，黔驴技穷，强弩之末。唯有赶不走的苏三皮，从小三子弃学从军、送女人上门的一系列反常破格的举动中，隐隐感到一丝要被赶走的威胁。

果不其然，一日午后，小三子一身戎装地出现在苏三皮面前，三言两语，切入正题，要收回酒楼的租权。此时苏三皮已在钱虎翼身边结了缘，蓄了势，哪里会怕一个小连长？他阴阳怪气地说：

“你小子想要点零花钱是可以的，但要房子是不可以的。不信你回去问问咱们虎翼老兄，他同不同意。嘿，你只给他送了一个女人，我送了有一打，金陵十二钗，红白胖瘦都有，你说他会不会同意？”

把钱师长称为**咱们虎翼老兄**，这辞令玩得好神气哦，把苏三皮的几张皮都玩转出来。今日的苏三皮，有钱能使鬼推磨，不但能跟大师长称兄道弟，蛮话也是说得笑嘻嘻、文绉绉的。

苏三皮是笑里藏刀，不料小三子却真的拿出刀来。是一把月牙形的飞刀。从贴胸的武装皮带底下摸出来的，刀身很短，刀背却厚厚的，微弯，像个放大的翘起的大拇指。飞刀在小三子手上跟个活宝似的快速翻转了几个跟斗，末了尖端对着苏三皮，泛着寒冷的光芒。

苏三皮下意识地跳开一步，呵斥他：“你想干什么！”

小三子冷静地说：“我只想要一个公平，把我们家的房子还给我们家。”

苏三皮拣了一句好话说："还？谁抢你啦！我不是租的嘛，租完了自然还。"

小三子说："我要你现在就还。"

苏三皮说："我要不呢？"

小三子晃了晃刀子："那我只好逼你还。"

苏三皮以为他要动手，仓皇抄起一张椅子抵挡。小三子却开颜笑了，叫他不要紧张："你怕什么，它伤不着你的。你现在是我们钱师长的兄弟伙，我怎么敢伤害你？伤了你，我这身军装不得给扒了。再说，"他拍拍枪套，"我要伤你用得着刀嘛，用枪多省事，掏出来，扳机一扣，叫你去见阎王爷。"

"你敢！"说到钱虎翼，苏三皮心里有了底气，嘴皮子也硬起来。

"不敢。"小三子承认他不敢。不过，接着他又补充说："也不是不敢，主要是不划算，不值得。"他一脸认真地向苏三皮解释道，"我要是毙了你，我是杀人犯，要被枪毙的，这不等于跟你同归于尽嘛，值得吗？一点屁大的事情，葬掉两个大活人的性命，怎么说都不值得的。"

说着，小三子伸出左手，带表演性地收拢前面几个指头，只凸出一个小指头，眯着眼瞄着它说："这么点屁事，顶多值它，而且是我的，不是你的。"他承认，苏三皮现在什么都比他金贵，吐出来一口痰都要比他香，同样的小指头也比他值钱，而他今天来议论的屁事值的只是他的小指头。

他的小指头一直孤独地翘在那儿，任凭刀尖指来点去，一副任人奚落的样子。但谁也没有想到，小三子会如此残忍地对待它——他把它垫在桌沿上，用那把拇指一样的飞刀，像切一个笋尖一样，咔嚓一下，把它的三分之一切了下来。

切下来的那截指头，不像有些人说的那样在抽搐、痉挛，而是真的如笋尖一样，一动不动，血也是流得极少。他似乎有点失望，厌恶地视它一眼，用刀尖一挑，像个烟蒂一样朝苏三皮飞了去。

苏三皮身子一矮，躲过去了。但脸色已经躲不过去地发绿，声音也做不到不惊不乍。他惊呼起来，像个被一只黑手捏了把奶子的泼妇一样叫：

“来人！来人哪！”

伙计咚咚咚地跑上楼来，却被小三子抢先招呼上，他亮出血淋淋的小指头，厉声喝道：

“快拿酒来！”

伙计见状，哪知道什么，以为老板喊“来人”就是为这事，急忙掉转身，跑下楼去端了一碗烈性白酒来。小三子把半截血指头插在酒里，跟油煎似的，可想有多痛，额头上立马油出一层汗。但除此，别无反应，不龇牙，不哎哟，不瞠目，不皱眉，还笑嘻嘻跟伙计开玩笑：“我这是要同你们苏老板喝血酒结盟呢。”伙计信以为真，傻乎乎地祝贺老板，气得苏三皮简直要死，朝他骂一句滚，自己也拔开腿，准备走。

小三子放伙计走，但挡住了他的老板：“你就这么走了，那我的指头不是白剁了，难道你真以为我只会剁自己吗？”苏三皮不理睬，闪开身，夺路而走。小三子一把抽出手枪，一个箭步冲上去，抵着他后脑勺严正警告：“如果你敢走出这个门，老子现在就开枪打断你的狗腿，然后挖出你两只狗眼珠子，叫你下半辈子生不如死，不信你试试看！”

这是不可以试的，他碰到疯子了，人疯了比狗疯还不好对付。苏三皮怯了，不敢再朝前挪一步。他劝小三子放下枪，有话好好说。等小三子真放下枪，他话又不那么好说了，横竖要求，还要再租用一段时间，一年不行半年，半年不行三个月，三个月不行一个月。

小三子认定这种事夜长梦多，必须速战速决，一口咬定：今天必须走人，不走留下尸首！

这一年，小三子十八岁，在外人看来，他个儿不高，身不壮，说话没个大声，行事没个脾气，而两只眼睛总是雾蒙蒙的，像个不谙世事的小女子，哪能有这么毒辣的血气？不可能的，怎么说都不可能。然而，此刻，此时此刻，苏三皮望着小三子手上乌黑的枪口，恍惚间以为老家伙又复活了。

泼皮可以视功名为粪土，但对性命是格外珍视的。小三子切下一个指头做赌注跟他赌命，苏三皮想一想都觉得可怕。泼皮毕竟是泼皮，打打闹闹无畏得很，到真正玩命时又畏缩得很。当天晚上，他卷了钱财，带了一身的屈辱，丢下一篓筐黑话，走了。他去找兄弟伙钱师长，以为还能卷土重来，不料后者连面都不见。苏三皮这种人说到底是一个贼坯子，没人看得上眼的，何况师长身边有裘庄老管家的亲侄女，总是起点作用。

这是一九三六年寒冬腊月的事，傲立在裘庄后院山坡上的几棵腊梅，在清冽的寒风中绽放出沁人的花香，迎接着新春的到来，也有点欢庆苏三皮终于落败的意思。新春过后，是色情业最萧条的时月，裘家人正好用这一闲暇时光筹备开业诸事。待春暖花开，诸事妥当，天时地利人和，外院又是灯红酒绿起来。虽说生意没有苏三皮在时那么火爆，但眼看着是一夜比一夜热火，到了夏天，热火的程度已经同苏三皮那时差不了多少啦。

这般下去，可以想象，裘庄虚弱的银根笃定会日渐坚挺起来。但是好景不长，进入八月，日本鬼子一来轰炸，人都魂飞魄散，谁来逛窑子？扯淡！到了年底，鬼子进了城，如前所述，裘庄被鬼子霸占，地盘都丢了，还有什么好说的。就这样，小三子割了个指头，实际上换回来的只是可怜的几个月的好光景，更多的是屈辱：替人受过，被人草菅，受人耻笑……洗不尽道不白的屈辱，哑巴吃黄连的苦楚。正如老古话说的：时运不济，纵是豪杰，也是狗熊。

小三子的指头算是白剁了。

五

鬼子占据裘庄后，门前屋顶挂出屁眼一样鲜红的膏药旗，门口把守着黄皮哨兵。但偌大的院子，既没有大小部队驻扎，也没有权贵要员入住。入住的，只是一对看上去挺尊贵的中年夫妇和他们带来的几个下人。主仆加起来不足十人，加上卫兵也不过十几人。他们住在里面与外界少有往来，多数人几乎门都不出。唯有男主人，时不时会带夫人出来逛逛西湖周边的景点。

男主人三十几岁的年纪，戴眼镜，扇折扇，眉清目秀，给人的感觉是蛮儒雅的，遇人端于礼仪，见诗能吟能诵，看画有指有点。他经常在一挂挂楹联、书画前聚精会神，痴痴醉醉地迷津。有时触景生情，伫立于湖边吟诗抒情，长袖清风、茕茕孑立的样子，颇有古人之风，可观可赏。相比之下，他年轻的夫人有点做作，头上总是戴着遮阳帽，手里牵着一匹小马驹一般威武的狼犬，而且动不动对路人怒目，嗤鼻，满副洋鬼子的做派，实在叫人不敢恭维。夫妇俩从何而来，身份为何，寄居在此有何贵干——凡此种种，无人知晓，也难于探察。因为，没有外人能进得去，里面静声安然，好像什么事也不曾发生，叫人无法作出任何揣度。

其实，看上去的静安中，裘庄已经被搅翻天。尤其是后院，两栋小洋房已经被捣鼓得千疮百孔。

做什么？

寻宝贝！

鬼子之所以强占裘庄，目的就是为了寻宝，只是派这么一个书生来干此营生，似乎有点不可思议。也许是为了掩人耳目吧。书生——挖宝；恩爱伉俪——男盗女贼；静声安然——鸡鸣狗盗：这几个之间都有点风马牛不相及。鬼子要的就是这效果，有距离，叫你看不透，说不来。毕竟，裘庄有宝人皆共知，鬼子若是明目张胆地盗，将有损于所谓的**建立大东亚共荣圈**的招牌。

然而，日复一日，月复一月，转眼几个月过去，但凡想到的地方都找寻了，挖地三尺地找，挖空心思地寻；能打的东西都打了，能挖的地方都挖了；地上地下，屋里室外，井里沟里，墙里树里，洞里缝里……哪个犄角旮旯都找了，竟连根毛都没找到。狗日的老土匪贼子好像把财宝都带到地狱里去了，后来甚至把尊贵的洋夫人也带去了地狱。

那是次年端午后的事，其时暑意正浓，夫妇俩经常吃了晚饭，牵着狼狗去湖边散步，遛狗，日落而出，月升而归。那个晚上，暑热腾腾，他们迎风而走，穿过苏堤，光顾了太子湾。返回途中，夜已黑透。行至一处，一只停靠在湖边的乌篷船里突然蹿出四个持刀黑汉，朝他们举刀乱砍。夫人和狼狗不等惊叫声落地，便快速成了刀下冤鬼。想不到的是丈夫，貌似一介书生的文气男人，居然凭着一把折扇，左挡右抵，叫四把刀都近不了身，分明是有功夫在身。他一边奋力抵挡，一边大声呼救，叫四把刀心悸脚软，更是近不了身。后来，他挡退到湖边，见得机会，纵身一跃，没入湖中，终于在黑夜的掩护下，逃过杀身之祸。

事后发现，女人身上挂戴的金银首饰一件不少，足见案犯行凶并不是为劫财。侦查现场，凶手在逃逸前似乎是专事收拾过的，线索全无，只从死掉的狼狗嘴里觅得一口从凶手身上咬下来的皮肉。可皮肉无名无姓，不通灵性，既不会说也不会听，哪破得了案子？破不了的。

案子不破，等于是还养着杀手，万一杀手以后使枪呢？纵有天下第一武功，也是在劫难逃……这么想着，哪受得了，哪怕是眼见着要寻到财宝，你也不敢拿性命来博。这条命才刚刚侥幸捡回来，惊魂未定呢，哪敢怠慢。

罢！

罢！

罢！

寻宝的事情就这样结束了，一行人悄然而去，正如当初悄然而来。

当初一行人来时，裘庄亦庄亦园，处处留香，而现在园内屋里，处处开膛破肚，伤痕累累。因之，虽则鬼子走了，也不见有人来抢占裘庄。来看的人倒是很多，一干接一干，都是日伪政府里的权贵。但看到这败破不堪的样子，谁都没有了占为己有的兴致。最后，让骑兵连的十几匹种马占了便宜，它们在如此华贵的地方生儿育女，似乎意味着它们的后代注定是要上战场去抛头颅，洒热血。

马不寻宝，但要吃草。不过数月，马啃光了园里的花草，屙下了成堆的粪便。从此，裘庄成了一个臭气冲天的鬼地方，更是无人问津，只见**马进马出**，肮里肮脏，一个养马场而已，叫人一时难以想起它昔日的荣华富贵。

六

一九四〇年三月，汪精卫在南京成立伪国民政府。之前几个月，钱虎翼出了大名，大报小报都登着他的名字和职务：（伪）华东剿匪总队司令。不过，杭州人都叫他是**钱狗尾**，因为他卖掉了骨头，做了日本佬的狗腿子。是可忍孰不可忍！小三子造了反，又盗又炸了狗司令的弹药库，带了十几个亲信失踪了。

作为小三子的前司令官、苏三皮的前兄弟伙，钱虎翼，或者钱狗尾，自然晓得裘庄藏有宝贝的事。他自信能找到，因为有苏三皮呢。钱虎翼做了狗尾巴，官兵跑掉大半，用人讲究不来，凡来者都要，哪怕是苏三皮这种烂人，贼骨头。何况，苏三皮拍着胸脯对他信誓旦旦：一定能找到裘家秘藏的财宝。所以，钱虎翼上任不久便废除养马场，把庄园收到伪总队名下，出资进行翻修，实质上也是为了寻宝：一边修缮一边寻，免得被人说闲话。

再说，苏三皮知道个屁，他的誓言连个屁都不是！财宝迟迟没有显露，修缮工作因此扩大了又扩大，做得尤为全面、彻底，最后连屋顶上的琉璃瓦都一片片揭了，换了。地上的树木也一棵棵拔起，易地而栽：前院的栽到后院，后院的移植前院。

修缮一新，总不能弃之不用吧？当然要用，前院做了伪总队军官招待所，茶肆酒楼一应俱全。后院两栋小楼，伪司令占为己有：西边的一栋做私宅，住着一家老小；东边的一栋有点公私兼营的意思，楼上住着他豢养的几位幕僚，楼下是他们密谋事情或行丑之地。所谓行丑，不外乎弄权狎色。弄权很复杂，所以要养幕僚，狎色现在简直易如反掌，分分钟能搞定，因为人就在外面招待所里养着呢。

事实上，在一个曾经赫赫有名的色情场所开办招待所，是注定要死灰复燃的。很快，这里又是美色接踵而至，酒色泛滥成灾，再现了过去的糜烂。和过去不同的是现在有点内部的意思，嫖客都是一身戎装，腰里别着枪械，外人一般不敢涉足，怕秀才遇见兵，有理说不清——有钱也说不清。同样是穿制服别枪，也是分怕和不怕的：长枪怕短枪，伪军怕皇军。皇军烧杀抢掠，亦奸亦淫，什么都干。钱狗尾是最喜欢皇军来这里的，你不来我去请，这样就是把龌龊告到南京去也不怕。心里无忌，就不会缩手缩脚，放开胆子做。于是乎，一个凋敝的养马场转眼又变得生龙活虎，灯红酒绿，歌舞升平。钱狗尾偶尔在院子里走走，看看，心里收获的尽是志得意满。他觉得裘庄向他展开了一幅他向往的生活蓝图，现在很不错，将来会更好。

天不怪地不怪，只怪姓钱的命贱如狗，骨头轻，沉不住高官厚禄，享不了福寿。他惬意的日子刚起步不久，准确地说是一百二十一天，结束的步伐便在一个黑夜杀气腾腾地大驾光临。

对这个黑夜发生在裘庄的案子，杭州诸多的文史资料中都有记载，我看到的至少有十几个出处，内容惊人的一致。比较而言，《杭州市志》上的记述措辞精到，言简意赅，不失一个文史工作者应有的才干，特摘录如下：

> 一九四〇年六月二十二日，一个隆冬深夜，月黑风高。裘庄后院，东西两栋楼齐遭暗袭。伪司令钱虎翼一家老少九口，连同钱秘密豢养的两个亲日幕僚和三个临时上门来服务的妓女，共十四人，被悉数暗杀。

死者的血分别从两栋楼的楼上流到楼下，又沿着台阶淌到屋外，钻入泥地里，以致很长一段时间，后院的空气里都浮沉着一股膻臭的血腥味。

谁干的？

墙上有血诗为证：

降日求荣该死

荒淫无耻该死

杀！杀！杀！

分明是抗日反伪的志士仁人干的。

诗抄落在伪司令设在东楼会客室的墙上，蘸的是狗司令流的鲜血，白墙红字，分外醒目。除狗司令外，屋内另有一具全裸女尸，可想，这个晚上狗司令正好在此宿妓。一雄一雌，两具裸尸，分陈屋子两头，但尸血漫流在一起，看上去着实是有些无耻。相比之下，鲜红的血诗反倒有些令人起敬，非但内容正气，字形也正宗，书法有度，可想非粗人所为。

不知是谁看出来的，说这是小三子的字。小三子自幼习画，写得一手好字也在情理之中。小三子在画界混迹那么多年，画了那么多画，要找他的字也非难事。便找来小三子的字。便请来一路行家验证。

行家确认，这就是小三子的字！

一时间，小三子声名大噪，包括两年前，在湖边刺杀洋鬼子夫妇的义举，也一并记在了他的英名下。但是无人知晓，此时的小三子身在何处，志在何方。有人说，他接了老家伙的衣钵，上了山，为了匪，既扰民也抗日，好事坏事一肩挑，有点混世魔王的意思。有人说，他拉了一支旧部，出没在浙西山区打游击，专打鬼子和伪军，是英雄好汉的形象。也有人说，他投身于国民党蓝衣社门下，经常穿着蓝衣蓝裤在杭沪线上神出鬼没，专事暗杀日鬼汉奸。这就是军统特务的形象啦。还有人说，他加入了中共地下组织……总之，众说纷纭，莫衷一是，有的只是小三子神秘莫测的鼎鼎大名。

七

我藏藏掖掖，手段并不高明，聪明或细心的读者我想一定早已猜到，小三子必定就是**老虎**同志，否则我凭什么用这么大的篇幅来写他？是的，小三子就是老虎同志，也就是今天的靳老，时任中共杭州地下组织的领导人。

还有，王田香其实就是苏三皮。

两人后来都改了名姓，小三子改，是为了掩护，是地下工作的需要；苏三皮改，是因为他想割掉泼皮这根烂尾巴，让人忘记他造孽的过去。这种人实在是人中次品，丢人现眼的，他不知道割掉了烂尾巴，续的却是一根更烂的尾巴。好在他的后人，我感觉有点出污泥而不染，人品、爱国心，都有口皆碑。女儿王敏告诉我，她家里至今没有一样日货，之所以这样做（有点偏激）是想替父亲还债。我问她为何不改姓苏，她说就是要记住父亲的耻辱，做一个真正的中国人。她哥哥取名王汉民，这份心情就显得更明显了。王田香于一九四七年以汉奸罪被处决，他的耻辱其实不光是他子女的，也是所有中国人的。

聪明或细心的读者想必已经猜到，裘庄忠心耿耿的老管家的小侄女，该就是**老汉**同志（**二太太**）。是的，一点没错，靳老作证，绝对不会错。岁月让一个昔日长发飘飘、瘦弱的白面书生变成了大胖子，头上丝发不剩，但关于老汉的记忆一点也没有损失。

靳老告诉我，老汉嫁给钱虎翼根本不是他和老管家的主意，而是老汉自己决定的，她那时已经是中共地下党员，是学校老师发展她的。当时钱虎翼的部队正在浙赣交界的山区围剿红军，形势十分严峻，组织上急需有人打入该部，获取相关情报。在没有合适人选的情况下，老汉同志主动请缨，用这种**特殊的方式**插到钱虎翼身边，为后来红军突破围剿立下大功。由于老管家的关系，老汉跟靳老接触比较多，她曾多次动员靳老加入共产党，却由于种种原因一直没有如愿。

靳老说，日本鬼子占领杭州后，钱虎翼率部逃到浙西山区，厉兵秣马，声称要伺机反击。他当时一心想打回杭州，夺回家业，认为加入共产党对他没有意义，所以没有加入。没想到后来钱虎翼居然带旧部向日伪政府投降，他便揭竿起义，带上亲信潜回杭州，组建了一支锄奸队，无党无派，独树一帜，专杀鬼子汉奸。直到他带人暗杀钱虎翼一家人后，有一天老汉又找到他，对他做工作，希望他加入共产党。这回，他同意了，把他的队伍纳入新四军，自己则依然留在城里做地下工作，后来做了中共杭州地下组织的负责人，代号老虎。

说起老汉，靳老不时发出感慨，认为她的光荣伟大不亚于李宁玉，两人对党都无比忠诚，工作干劲大，觉悟高，信念坚定，无私无畏，是当时所有地下工作者学习的榜样。当然，老汉是她的地下工作代号，她的名字叫林迎春，浙江富阳人，富春江边长大的，一九二〇年出生，牺牲时才二十二岁。

靳老今年八十九岁，他一生中用过无数名字，现在用的是抗战胜利后取的，叫靳春生。靳老说，这是为了纪念老汉同志起的，他用这种方式告诉人们，也告诉自己，他光荣的一生是老汉赋予的。至于他父亲藏的财宝，靳老说至今都没有找到。他认为财宝肯定是有的，只是不知道藏在哪里——现在唯一可以知道的是，肯定没藏在裘庄里面。到底在哪里，只有天知道了。

第三章

一

本章单说肥原，他的过去，他的家庭，他的传闻……我想说得简单一点，同时又预感即使再简单也可能是**长篇大论**。因为他太复杂，比我想象和感觉的都要复杂。

说真的，我对他最初的认识与后来的印象有云泥之别，到最后我甚至都有点害怕和恨他了——因为，老是被嘲弄。我不得不承认，走近他，我感觉仿如走进一个迷宫，到处是岔路和镜子般吊诡的幻影，我的知识和智力都受到深刻的挑战、考验和嘲弄。

有关肥原的史料记载颇多，故事里那么多人绑在一起都没他一个人多。他像个中日现代史上的名人，去中国现代史馆翻书，有关他的生平资料随处可见，多如牛毛。

其实，肥原就是几年前来裘庄寻宝的那个洋鬼子，那个寻宝不成反倒丢下一个亡妻的倒霉蛋。再往前说，二十年前，肥原是大阪每日新闻社驻上海记者，曾以笔名中原，撰写过一系列介绍中国文化和风土人情的游记、通讯，在日本知识界颇具影响力。再往前说，四十年前，肥原出生在日本京都一个与古老中国有三百多年渊源的武士家族里，其源头是明末反清名士朱舜水。

肥原祖上是水户的一门旺族，朱舜水参与反清复明活动失败后，潜逃日本，与肥原祖上结下因缘，后者迷爱朱的学问、思想、书法，前者要为稻粱谋，各取所需。朱一直寄居在肥原家，以讲学谋生，谈古论道，传授中国诗艺，有点现在家庭教师的意思。一六八二年，朱在肥原家中寿终正寝，然而其学问、思想、情趣、书籍，包括语言，似乎都在肥原祖上的血液里得到了永生。几个世纪过去了，肥原的祖上生生死死，迁来徙去，人非物异，但迷爱华夏文气古脉的痴情盛意却代代承传下来。到了肥原曾祖父这一代，家族里相继有人来到中国访问，亲历中国山水，带回去几船中国书画和艺术品，并在京都创办了传播中华文明的学堂。一时间，整个家族成了日本著名的中国迷和中国通。肥原的祖父生前曾三次游历中国，是日本从事唐诗研究的不二权威，出版有《诗山词海》《日本俳句与中国绝句》《唐诗宋词》《紫式部的心脉》等名篇佳作，是日本文艺界研习中国诗词不可或缺的教学材料。

一九一四年，肥原祖父从厦门搭船去台湾，准备由台湾返回故里，不料船沉人亡，葬身大海。其在上海租界谋事的几位生前好友和同乡闻讯后，在租界公墓为他买了三尺地，立了一块碑，修了一座衣冠冢。次年，肥原父亲带着儿子来上海，为祖父扫墓、接魂。父亲带着亡灵缥缈的魂气返回日本，却把年少的儿子永久地留在黄浦江畔，陪伴祖父的亡灵。时年肥原十三岁，还是个少不更事的中学生。他寄宿在祖父生前的好友家里，读汉语，说汉话，穿唐装，背唐诗，诵宋词，汉化得比汉人还要汉人，以至人们都不觉得他是日本人，而是从日本来的中国人。

一九二一年春，肥原在复旦文科师院的学业临近毕业之际，日本著名作家芥川龙之介以大阪每日新闻社记者的身份出现在上海，肥原慕名拜访。此时，往前十年，日本作为日俄战争的胜利国，在东北获得了某种无人能抗拒的权力和自由；往后十年，日本将在北国长春折腾出一个伪满洲国。总之，自进入二十世纪后，日本对华夏西国的觊觎之心，可谓见风就长，有目共睹。到了二十年代后期，岛国上下极右势力盛行，朝内朝外，民间官方，都发出强烈的声音，要将列岛塑造为一个帝国，扩军备战，力争把中国、朝鲜等国划入大日本圈，建立大东亚共荣圈。

肥原对此予以猛烈抨击，让芥川大为赞赏。两人一见如故。

芥川需要一个翻译陪他观光览胜，哪有比肥原更合适的人选。于是，两人形影不离，逛租界，看外滩，访民居，走乡间。不日，两人又相约一起，离开上海，赴苏州、杭州等地游览。一路游下来，知根知底，情同手足。芥川回国后写了诸如《上海游记》《江南游记》《长江游记》等一系列游历散文。其中在《上海游记》中，专门有对肥原的记评：

小伙子二十出头，却有老人般的阅历和智慧。他天性也许是个温和的人，加之知书而达理，礼仪是足够得让人觉得多了。但在言及时下国人热忱的大日本军事谋略时，他之义愤令人判同两人。以他的年纪言，义愤常常只是一份热情，兴致所来，劈头盖脑，不讲究自圆其说，也不在乎、也不胜任自圆其说。然，坐在我面前的年轻人，动之以情，晓之以理；出乎于情，合乎于理。他读书之多令他巧舌如簧，引经据典，信手拈来；他辩才之雄令人瞠目结舌，口若悬河，声情并茂。只是，国人听了要唾骂他长了奴骨，失了大和之魂。他仿如生活于上古唐风时代，言之所及，无不洋溢出对华夏文明的向往和崇尚。而言下之意，又是丝丝相吻，声声入理。起码，在我听来是如此。我惊诧于他知识之广，思维之缜，见识之独。他驰骋于知与识间，智与慧上，思与想下，如同织网纺纱，有起有落，有藏有显；从起及落，融会贯通；由藏及显，神机妙用。如是，国人或许可以唾骂他，但断不能讥笑他。因为，他不仅有热情，更有理有据……

这是开场白，引子，接下来还有一路的故事、例子，说得极为细详，道得甚是有兴。洋洋数千字，对肥原的赞赏可谓不惜笔墨。

乐意写这样文字的人，自然乐意做伯乐。芥川回国不久，肥原便接到大阪每日新闻社的烫金聘书。真是雪中送炭啊！因为其时肥原毕业在即，正要找一份工作安身立命。芥川赠给他的是最适用，也是最为实际的毕业礼物，使肥原终生不忘。几年后，即一九二七年七月二十四日，芥川在家中吞食安眠药自杀，肥原闻讯，毅然回国吊唁。这是他离国十余年后第一次回国，几年前祖母去世他都没回来，足见芥川在他心目中的位置。

然而，其时的肥原已经和芥川赏识的那个肥原有很大变化，待他再度离国西走时，变化又被扩大、深刻化。是那种翻天覆地的变化，面目全非。似乎很难相信，但事实就是这样，当肥原再次进入中国时，他的真实身份已不再是什么记者，而是日本陆军部派驻中国的高级特务，有严密的组织、严明的纪律和明确的任务——**窃取中国军事情报**，为大日本帝国陆军踏上辽阔的中原陆地探路铺道，为之肝胆相照、肝脑涂地，在所不辞。

好一个帝国忠臣哦！

幸亏芥川已经去世，倘若不死，肥原的叛逆足以让他再死一次。肥原从过去走到现在，其变化之鸿之大，不亚于芥川从生到死。

二

芥川从生到死，是转念间的事，靠的是数以几十计的安眠药。

而肥原从过去到现在，是一个渐变的过程，从某种意义上说，靠的是芥川送给他的那本记者证。肥原本是生活在书海里的，在芥川对他的记评中也曾写道：

> 他有一个详细的以书为伴的人生规划：二十五岁前读够一千册汉书，然后择其精良，用五年时间研读、精修，三十岁之后动笔翻译，写书，出书……

书中自有黄金屋。

书中自有颜如玉。

这是肥原心仪的人生，也是让芥川称赞的。但是如今一本小小的记者证改变了他，让他走出了书海，走入了人群。几年里，肥原以上海为大本营，四处出访，向北，到了南京、蚌埠、徐州、济南、青岛、石家庄、天津、北京、锦州、沈阳、长春等地；向南，到了杭州，江西上饶、抚州、鹰潭，福建南平、福州、厦门、漳州和广东广州等省市；向西，到了武汉、长沙、宜昌、重庆、贵阳等地。每到一处，短则一天半日，长则数日连月，肥原与当地各行各业和三教九流的人沟通、接触、交流，广泛深入地考察了当时中国的政治、经济、文化、教育、地理、风俗、民情、文艺、学术等，记了大量笔记，写了大量文章。

除了写一些突发的时讯报道，肥原还在《每日新闻》副刊辟有专栏，名为《走遍中国》，每月两篇。他真的走遍了大半个中国，采访了不计其数的人，经历了各式各样的事，听到看到了形形色色：风土人情、天灾人祸、悲欢离合、生死阴阳、男盗女娼、妖魔鬼怪、英雄豪杰……无所不包，无奇不有。这是另一本书，一本大书。大得让肥原虚弱不堪，不知所措——难以制订一个可以掌控或展望的阅读计划。他无所适从，又难能自拔，任凭一双迷途之足，不知疲劳地走啊，看啊，想啊，写啊。

不停地走。

不停地看。

不停地想。

不停地写。

停不下来。怎么也停不下来。停下来的是报纸。

不，其实报纸也没有停下来，只是换了名头，由《每日新闻》换成《朝日新闻》，接着是《万朝报》，然后是《民报》《创造报》《日出东方报》，最后是《时事新报》。就是说，有停即有续；这边停下，那方续上。总之，《走遍中国》的专栏一直在走，像一根接力棒，在多家报刊中轮换交接，此伏彼起。

每一次**落**都是诀别。跟老报刊诀别。跟老读者诀别。更是新肥原跟老肥原诀别。老报刊、老读者、老肥原，都是**左**的——最老的《每日新闻》最**左**。新的代表**右**——最新的《时事新报》最**右**，在上个世纪二十年代，它就像魔鬼一样鼓动国民侵略中国。就是说，肥原与报纸和读者的一次次的告别，一次次的**推陈出新**，其实是一次次的**向右转**。到后期，以前认识肥原的人都不认识他了。他自己也不认识自己了。他在猖獗极右的《时事新报》上一露面便如是说：

这是一个没有出息的民族，或许是因于以前太有出息。现今的中国，如比一只落入平阳之虎，拔毛之凤，徒有虚名。根本里，败弱又痴迷，驯服又可怜，爱之不堪爱之，恨之不堪恨之，灭之不堪一击。唯有灭之，建立大东亚共荣圈，方能令其重生，也不枉为五千年历史的后人……

这与几年前，他刚开始在《每日新闻》推出《走遍中国》专栏时的论调全然不一。大相径庭。那时候，即使在一篇单纯的山水游记里，他也不能抑制对大中华的崇敬和对小列岛的嫌斥：

过了澎浪矶，则到彭泽县。此地乃长江南岸，山骨嶙峋，危岩狰狞。山、江之间，芦花盛开，放眼眺望，奇观满目。一路行之，凡大江沿岸，洲渚平衍处，芦荻丛生，往往数十里不绝。时方孟冬，叶败花飞，如霜如雪，极目无涯；或是长天杳渺，云树相接；或是水天一色，天地相连……如此宏远豁达之景之观，唯有在大陆中原才有缘识得，于我等见惯了本邦以细腻取胜的风光之辈，实乃不可想象，只能望天地而兴叹……

要而言之，中国之长在莽苍、宏豁、雄厚、雄健、迤逦、曲迂、幽渺，赏之如啖甘蔗，渐品佳味；我邦之景在明丽、秀媚、细腻、委曲，品之如尝糖蜜，齿牙颐皆甘。以我之见，糖蜜太过于甘甜，久品无益。一个久日捧杯品蜜之人，风雅是多了，而总是少了大自然之魂，之趣……

现在，事隔几年，肥原重游中原，笔下已是物非人异——

放眼望去，山河破碎，窝棚成片，疮脓满目……一路行之，难民结队，丐帮成群，目不暇接……每一张脸上都笼罩着悲绝的阴影，如洪荒降世。而高墙内，深院里，妻妾成群，婢女如云，猫狗成宠，佳肴成堆，宿鼠成硕——赛过老猫……更可恨的是，宦海里，谋位不谋事，上下钩心，左右斗角，贪赃枉法；官军里，养兵不卫国，供饷不保家，割据称雄，内战纷乱，仗势欺人，如匪如盗。更可悲的是，文人学士，有知无识，见利忘义，知识者良知荡然不存……

统而言之，昔日有着汉唐勃发生机之古中国，因不知改进之道，故步自封，傲然不省，卑屈也不省，只一味迷恋古风旧俗，贪图享乐，千百年无异，千万人一面。是故，生机日枯，腐朽日盛，终是朽成烂泥，散沙一盘……

有人因此指责他自相矛盾，以前夸得那么好，现在却骂得这么凶，不可信。对此，他也有忏悔性的辩解——

以前，我乃一介书生，日夜浸泡书海，凡事以书论断，望文生义。然，书里书外，实乃两界，如阴阳两界，有黑白之异……迄今，我仍懊悔泅出书海，将真相一睹。不睹，不解实情，稀里糊涂醉在书海里陶冶精神，汲精取华，自得其乐，何乐不为？为了便是上策。只是，悔恨一张记者证引领我走四方，见了世面和真实。木已成舟，奈如反其道而行之？非矣。真相入目，实情刻骨，又奈如充耳不闻，视而不见？非矣！非非矣！！我心有大和之魂，岂有此理……

这意思很明白，就是以前他之所以迷爱中国，只因专心读书，两耳不闻窗外事，受了欺骗。如今走出书斋，豁然开朗，痛心之余，不甘执迷不悟。这样倒是能够自圆其说，正如芥川所说，他**巧舌如簧，长于雄辩**，更何况是为自己而辩，怎么会不能自圆？圆了的。一点豁口也没有。浑圆如初，浑然天成。所以，言下之意，毋庸置疑，而且价值翻番地涨，颇有点浪子回头金不换的意味。陆军部正是研究了他一系列**向右转**的文章后，认定他是个可靠人选，才发展他入伙，委以重任。

恩师的追悼会正是他加盟秘密组织的契机。陆军部的特务正是在芥川的追悼会上找到他，对他抛出绣球。他没有拒绝，他的感觉是**宾至如归**。天生我材必有用。英雄有了用武之地，除了欣然还是欣然。就这样，他一点不痛苦地从地面上转入地底下，有如恩师芥川凭借安眠药平平静静、毫无痛苦地从阳世转入阴世一样。

几乎有点不可思议。芥川视肥原如己，后来恰恰又是芥川本人把他推到了自己的对面：记者证，开专栏，加入特务组织之契机等，都是芥川有意无意促成的。世界既然这样荒唐，死了也就死了，有什么好留念的。所以，后来也有人把芥川的绝望和肥原的绝情关联起来，说是肥原的堕落把恩师芥川气死了。但流言而已，不足为据。公平地说，肥原对芥川并不绝情，只是决裂。志不同，道不合，分道扬镳罢了。

三

作为伯乐和知己，芥川生前一直很关注肥原的《走遍中国》这个专栏，跟踪读了上面的大部分文章，并时常在接受记者的采访中谈到它：始于欣赏，终于厌恶。在临死前半个月，芥川在接受《时事新报》记者采访时，也谈及这个话题。和以前的访谈比，芥川在这次访谈中有些话说得非常露骨，明显带有情绪。不知是因为他已经预想到自己的死期，还是因于他对极右的《时事新报》素来反感之故。两人这样说道：

芥川：我在半年前就知道有今天。

记者：对不起，我不明白您说的“今天”是指什么？

芥川：就是今天，现在，现在我们看到的这种情况，《走遍中国》会“走”到你们的报纸上，而你，或者另外一个你，会来采访我，问我你刚才问我的问题。

记者：那么能谈一谈吗？我想您一定是有话要说的。

芥川：我要说的早都说过了。你，记者，你来采访我，应该关心我，事实上几天前我才对贵报一个女记者答过相同的问题。

记者：我很关心您，我看到了那个访谈，您说有人在往天上走，有人在往地狱里走。我就想问，您认为肥原是在往哪里走，天上，还是地下？

芥川：当然是地下。我认为，你们的报纸就是个地狱，只有一个生活在深不见底的黑暗中的人，地狱里的人，才会为你们写这种稿子。我知道，他现在非常适合你们。

记者：也是大多数人。我们报纸代表的是大多数日本人。

芥川：那我就是少数人了。

记者：肥原先生以前也是少数人之一，这也是您赏识他的原因。您觉得您会不会像肥原先生一样，离开少数人，加入到大多数日本人之中？

芥川：不会。不会的。而且我也不认为我代表的是少数人。你应该知道，我们《每日新闻》的发行量一点也不比你们《时事新报》少。

记者：起码少了一个肥原先生。

芥川：有少也有多。人各有志，这没什么好奇怪的。

记者：就是说，您也承认，肥原先生的志向已经发生变化？

芥川：不是变化，是堕落、腐朽。

记者：就算是堕落吧，可您想过这是为什么吗？

芥川：我的时间非常有限，有很多比这个更有价值的问题需要我考虑。

记者：我觉得这是个很有价值的问题，所以认真思考了。我认为，肥原先生确实是行走在地狱里。我上个月才从中国回来，肥原先生带我沿着养育中华文明的黄河走了半个月，一路上我的感受就同走在地狱里一样，人都衣衫褴褛，面黄肌瘦，乞丐比行人还多，见了我们都排成队，跪在我们面前向我们要钱要物。我觉得，肥原先生所写的都是事实，所思所想入情入理，值得我们认真思考。

芥川：我也到过中国，不止一次。我也和肥原一起走过，一起看到了你刚才说的这些现象。但是，这是他们的事，跟我们没有关系。

记者：我记得您曾经说过，作家应该都是人道主义，为什么说他们在受苦受难跟我们没关系呢？

芥川：难道出兵挑起战争就是人道主义？

记者：战争？那是他们在自相残杀。据我所知，迄今为止，我们帝国的军人还没有和中国政府军队交过战。

芥川：现在没有不等于将来没有。你还年轻，我想如果照此下去，你一定会看得到日中交战的这一天的。

记者：若真有这一天，大日本皇军必胜……

这一天说来就来，接连而来——

一九三一年九月十八日，东北沦陷；

一九三二年一月二十八日，第一次淞沪会战爆发，上海失防；

一九三七年七月七日，日军制造卢沟桥事变，开始大举进犯华北；

一九三七年八月十三日，第二次淞沪会战爆发，中国军队上下合力，大兵压上，终以溃不成军告败，致使上海、南京、杭州等要地相继失守……

凡此种种，不一而举。

总之，一九三一年九月十八日后，中国有很多很多的**这一天**，长城内外，大江南北，神州上下，到处都在重演重现**这一天**。其中，大多数的**这一天**均以**皇军必胜**告终——正如《时事新报》的那位记者所言，也正应验了肥原的预见：**灭之不堪一击**。

四

我说过，**这一天**很多，到了一九三七年八月，**这一天**自天而降，降到杭州。

这天，一百二十七架贴着红色狗皮膏药的飞机从停泊在沪淞口海域的**出云号**航空母舰上起飞，直飞杭州，投弹无数。在敌机的轮番轰炸下，西湖岌岌可危。杭州人毕竟是受尽了西湖恩泽的，他们在弃城逃生之际，想到在劫难逃的西湖，心里格外眷恋它，或顺路，或绕道，男女老少，络绎不绝，云集到湖边，以极大的虔诚祈求神灵保佑它。如果西湖能够像金银细软和家宝一样捎上带走，我思忖他们一定会丢下财宝，捎上它，带它走。

手脚捎不上，也要用眼睛带走它。这是最后一眼，怎么说都是最后一眼，逃生不成是，逃生成了也是。因为，就算逃了生，活着回来，谁知道西湖会被炸成什么样？与其看一个满目疮痍的西湖，不看也罢。

罢，罢，罢，西湖完了！

殊不知，轰炸结束，西湖竟然无恙。安然无恙。八百亩水域，周围数十处景点景观，由始及终，未见一枚炸弹惊扰。水中岸边，景里景外，屋还是屋，园还是园，桥还是桥，堤还是堤。连一棵树都没少，一盆花都没伤，可谓毛发未损，像是真有神灵保护似的。

是哪方神灵行了如此盛大的恩典？

杭州人要刨根问底，好知恩图报。但挖出来的神灵却是一个狰狞恶鬼，想报答都不行。恶鬼有名有姓，叫松井石根，时任淞沪战区日军总指挥官，日后将出任日本上海派遣军总司令官。他不但是个恶鬼，而且还是个大恶鬼！那个夏天，他枯坐在泊于沪淞海域的出云号航母上，杀气腾腾地开动着杀人机器，疯狂屠杀了数十万中国军民。几个月后，就是他，直接纵容制造了惨绝人寰的南京大屠杀。

似乎很难相信，这样一个恶魔会施恩于西湖。但事实就是如此。据史载，在松井纠集了上百架飞机准备对杭州实施轰炸的前夕，一位当时著名的日本记者突然拜访了他。此人和松井密谈的结果是，使松井命令空军在行将付诸轰炸的杭州战区图上，用粗壮的红笔画了一片禁炸区。红线几乎是沿着西湖弯曲的岸线游走的，红线之内包括了整潭西湖和周围的主要名胜。

松井还在红线内留下权威的手谕：

蔚蓝之中，有帝国美女，禁炸！违令者军法处。

且不管拜访他的人是谁，红线总之是松井下令画的，手谕总之是他写下的。不用说，正是这条附有手谕的红线，像孙行者用金箍棒画圈护师一样保救了美丽的西子湖。

哦，红线！弯弯曲曲的红线，像一道天然屏障，隔出了天堂和地狱：红线之外火光冲天，血肉横飞；红线之内碧波荡漾，鱼翔浅底。这是一九三七年八月的杭州的一个特别景象，有点二重天的意思，有点匪夷所思，有点可遇不可求，有点……总之是说不清。不过，有一点完全可以说清楚，就是：那个突然造访松井的著名记者不是别人，正是肥原！换言之，归根到底，杭州人要感恩的人是他，是他说服松井画下了那道紫气腾腾的红线。

如实说，自陪芥川游览杭州后，肥原对杭州一直念念不忘，感情笃深。尤其对山青水软的西湖，更是情有独钟。他曾写过文章，把西湖比为**月落人间，情满碧水……遍及天涯无觅处，读破万卷空相思**……是一种独上高楼、百赏不厌的心意。干上陆军部的特务公差后，每逢夏季，他总带着年轻的夫人来杭州，一般就在西湖边包租一间屋，住上一个暑期，一边读书，一边游山玩水。游山玩水也是履行公务，看的听的都可能是情报，可以报国尽忠，也可以换到大把票子，真正是百里挑一的好差使啊。

八一三战役打响时，肥原正和爱妻一起在杭州西湖边避暑热。一日，肥原突接上峰通知，要他尽快带人带物离开杭州。此时的肥原有多敏感啊，他马上猜测杭州要有战事了。果然，肥原回到上海，即从上级那边得到消息，新任的司令官松井石根已经下令，要轰炸杭州。

猜测一经证实，肥原倍感失落，在他看来只要攻下上海，杭州将不战自降。他向上面每月一报的《战略分析报告》中，几次都这样表态、预言的。现在看来，新任的长官松井石根并没有重视他的报告。

松井也是个中国通，早年曾担任过沈阳奉天特务机关长、关东军副司令官等职，后来又在广东、上海等地的驻华公使馆出任过武官，在华时间长达十余年，对中国之通晓程度可与肥原比一比。正因此，淞沪战争打响后，因年岁已高而退出现役的他又被召回现役，出任上海派遣军司令官。但毕竟时隔多年，对沪杭之间的新形势、新格局和现代关系，肥原自信比松井知之更多、更深、更准。他坚信自己的判断，执意要觐见松井，试图说服他。

于是，便有了如前所述的，肥原和松井在出云号航母上的历史性会晤。

五

以下说的更多是来自民间，不足为评。

据说，肥原和松井会面的经过和结果颇具戏剧性。起初，松井拒绝接见肥原，他本是特务出身，对特务爱吆五喝六的那一套，首先是滚瓜烂熟，其次是不以为然。不在乎。不怕你。松井皱着眉头对参谋官说，他有什么情报让他写成报告交上来。皱着的眉头说明松井对肥原的吆喝非但不在乎，可能还颇为厌烦。但后来听说肥原就是那个《走遍中国》专栏的作者，松井又把他当贵客接见了。

原来，松井是肥原后期发在《时事新报》上的一系列**战斗檄文**的忠实读者。保驾护航者，实而践之者。两人均系**支那不堪一击论**的积极鼓吹者、呐喊者，一根藤上的两只瓜。松井曾在国会上多次慷慨陈词，只要南京国民政府存在一天，所谓的**中国事变**只是美梦而已，大东亚共荣圈将永无实现之日。多年的武官生涯，使他对南京政府有着常人所没有的接触和认知，也使他增添了常人所没有的痛和恨，进而对南京这个城市也产生了莫名又莫大的恨。不久之后，正是他纵容制造了震惊世界的南京大屠杀，流氓地表达了他内心对这个城市莫大的恨。

恨是撒旦。

恨使他成为撒旦、魔鬼，人性灭绝。一九四八年十二月二十三日，松井石根以直接纵容南京大屠杀之滔天罪名，被远东军事法庭作为甲级战犯罪有应得地处以绞刑。

但此刻，一九三七年夏时，在出云号航空母舰上发号施令的他，尽管对战事有卓越的预见性，但对自己最终的下场并无应有的预见。毫无觉察呢。

他把肥原请上舰来，饶有兴致地带着他漫步在海风习习、凉爽宜人的甲板上，分析形势，畅谈未来。两人深有一种相见恨晚、相得益彰的感觉。只是肥原谈到拜见的具体事宜时，松井对他攻下上海，杭州将不战自降的说法一笑了之。松井把肥原带进办公室，指着一台平面宽大、立体起伏的五色作战沙盘，和一张挂在沙盘对面墙上的战情统计表，请肥原看。肥原细细看来，发现杭州笕桥机场停落着三百余架飞机，不时飞越杭州湾，投入到淞沪之战的烟空中，极大地限制了日本空军强大的威力。

这是天上。

地上，三个主力师已经兵分两路向上海包抄，挺进，即日便可投入战斗，另有九个师的兵力可以分三路随时向上海开拔。就是说，屯扎在杭州的兵力成了他们打赢这场战争的一大隐患。隐患不除，何以攻下上海？所以，话不是那么说的——攻下上海，杭州不战自降，应该掉个头，反过来说——要攻下上海，必先炸平杭州，铲除隐患。

肥原茅塞顿开，明白了松井之策，旨在切断中国军队的后援线，便咬紧如簧巧舌，吞下酝酿已久的建言。只是想到美丽的杭州，天堂的西湖，他的度假胜地，即将遭受灭顶之灾，心里总有那么一点不对劲。是一种盲目的丧气之状，遗珠之憾。

心有所思，嘴上不说也会写在脸上。

心有所思，偶有说起也可以理解的。

一来二去，松井终于发现肥原对他轰炸杭州城的狐狸之悲，戏言道："是否杭州城里有纤纤玉女令贤弟相思不下？"既是玩笑，肥原也笑而应之："日有所思，夜有所想。"松井听罢，即令参谋官送来一幅一比三千的杭州战区图，铺张在肥原面前，请他指明心爱玉女之住址。松井说，他的空军是举世一流的，配备了世上最先进的俯瞰定位系统，只要他指明玉女家居何方，道明街巷名和门牌号，届时他下个补充命令，以玉女家址为圆心，方圆多少米内将毫发不损。说得慷慨而亲善，幽默而大度。肥原灵机一动，将西湖假想为心爱玉女，以长长的苏堤为径线，画了一个不甚规则的大圆圈，道：

"这就是我心爱的玉女家。"

总以为松井一定会看出这是个玩笑，终以玩笑而一笑了之。哪想到，松井不假思索地抓来一支记号笔，顺着肥原刚才比画的大致线路，粗粗实实地画了一圈红线，并在圆圈内潇洒地落下如前所表的那道手谕。

肥原自始至终也不知晓，松井究竟是真糊涂，还是装糊涂。

真也好，假也罢，总之在杭州民间，不乏这种传说：西湖就是这样躲过了日机的轰炸。如果这是真的，我想真是有点令人啼笑皆非。不过，我个人觉得，这则传说正如中国多数民间传说一样，过于重视想象力而轻视了它着地的能力。我个人对肥原和松井会面经过的传闻是不大相信的。

然而，松井下令炸杭州，肥原适时造访松井，且前者爱慕西湖，西湖终是躲过一劫，这些都是不容置疑的，《西湖志》中有记载，肥原自己也在相关文章中提及：

> 帝国（日本）之强，中国之弱，弱不禁风，不堪一击。既是不堪一击，偶尔手松软一下，网开一面，也是可以的。就像男人打女人，该怜香惜玉时不妨怜香惜玉一下。关键是有些东西是不能打的，比如杭城之西湖，月落人间之圣，阴柔之美之极，打坏了实实可惜。留下它，日后我等尚可享用，不亦乐乎哉……

六

自初次见面后，松井成了肥原的又一恩师，推崇至极。他用手中之生花妙笔，频频给老将军做蛋糕，传佳话，舔屁股，歌功颂德，助纣为虐。一来二往，两人交情笃厚。一天，松井在黄浦江的游艇上又接见肥原。时值皇军节节胜利之际，两人举杯频频，欢庆贺喜。席间，松井令参谋官铺开一幅肥原最熟悉不过的杭州旅游地图。松井告诉他，皇军已于一夜前轻松占领该地，他可以随时前往游览观光，约会**纤纤玉女**。他指着曾经画过红线的地方，对肥原夸耀地说：

“蔚蓝之内，秋毫不犯，想必你的纤纤玉女一定安然无恙。”

肥原以为这下终于是到了破题之时，心里不免忐忑，毕竟这是个弥天大谎。不料，松井根本不在这个问题上打圈圈，他像在有意回避，将所谓的纤纤玉女点到为止，旋即将手指头停在西湖北山路上的一处，话锋一转，介绍起裘庄的情况来。

裘庄，一个有名的肉庄，肥原常来西湖，自然是晓得的。早些年，他甚至还经常去那里吃茶看风月，只是有了夫人后不再去。但是松井后来跟他说的情况，他是一点也不晓得的。松井告诉他：

那庄上藏着黄金万两！

松井是怎么获悉此事的，无人知晓，反正军队开到哪里，哪里都会冒出一批向他摇尾乞怜的奴才走狗，倾其所能取悦他，有献计献策的，有献身献宝的。有人向他奉献一个藏宝地—— 一个迷人的诱惑，当然也没什么好奇怪的。奇怪的是，松井为什么不派工兵去掘宝，而是煞有介事地告诉肥原？这就说到松井的鬼心思：他想私吞万两黄金！

跟谁私吞？

他想到肥原。肥原是最佳人选，理由至少有二：一是肥原常去杭州，熟悉那边的情况；二是让肥原去掘宝，容易掩人耳目。谁想得到，他会派一介书生去干这种事？这是强盗干的事，派一个书生去，对外称是为国家收集西湖文物资料，天知地知，你知我知，谁能洞穿其鬼心思？根本没人会往这边想。

凡事出奇才能制胜，跟打仗一样。淞沪之战拉锯三个多月，双方死伤近百万人，收不了场，但最后又是在一夜间收了场，靠的就是他松井突发奇招，派出一支小分队，迂回到杭州湾金山卫去偷袭登陆。正面久攻不下，双方杀红了眼，注意力都直直地盯着对方正面，谁也无暇顾及背后的无名野地。你顾不到他顾到了，悄悄腾出手，将一把匕首游刃有余地从你背心窝里插进来，难道你还能不死？除非你的心脏是不连着背脊的。

派肥原去干这活，道理是一样的，他不是个常规人选，又是个最理想的人选。所谓理想，又是两方面的：一方面没人想得到，有出其不意之妙；另一方面，想必他的胃口不会太大，是廉价劳动力。

果然，肥原没开口要价，他愿意白干。就是说，所得黄金将来都是你松井将军的——不是私吞，是独吞。肥原表示，如果可能的话，事成之后赏他一个公职。他似乎已经厌倦老是在地下当鼹鼠，想钻出地面，名正言顺。

这有什么难的？好办！松井爽快地应允他，并慷慨表示：将来所得黄金财宝二八开。给人感觉，两人在这件事上都是谦谦君子，雍容而大度。只是事情本身是脏的、黑的，属于鸡鸣狗盗之事，不能揭幕，要见光死的。

如前所述，寻宝之事终以无功告返。非但无功，还赔了夫人。瓮中捉鳖还捉不到，这事情真正是邪乎了。如实说，肥原幸亏赔了夫人，否则他休想离开此地，要不就把万两黄金找到。找不到也要变出来。变不出来，你想走，往哪里走？走得了吗？你说没找到黄金，谁相信？松井会相信吗？世间见利忘义的事多了去，更何况是黄金万两。不把东西拿出来，你就在那儿待着吧，肥原。所以，从某种意义上讲，当四个蒙面人在黑夜里把肥原爱装怪的夫人送上黄泉路时，肥原才获得了某种走的可能。

事后想来，裘庄之行对肥原来说无异于噩梦一场。噩梦以噩梦结束，是以毒攻毒的意思。说白了，肥原现有的一切，清正和自由，公职和权力，都是夫人用性命换来的。正因此，肥原哪能忘记夫人的死？忘不了的。耿耿于怀。如影相随。白天撞见她，夜里梦见她；睁开眼看见她，闭上目听见她；时而乘风而来，时而拔地而起；时而借物寄情，时而凭空降生……一言蔽之，阴魂不散呢。

阴间的事情书海里找不到答案的，特高课二掌柜的权力也是解决不了的。只有一个办法，找通灵人，半阴半阳，亦人亦鬼，上天入地，化险为夷。最后在镇江金山寺找到一个亲日法师，忠诚地给他超度魂灵，指点迷津。法师说，死者尸血分离，魂灵不得安生，若想安生，尸血合一是上上策。但事隔半年有余，死者的尸骨早已化为灰烬，运回国内安葬，哪里还能有上上策？不可能的，这比叫死人复生还难呢。换言之，在死者的尸骨化为灰烬之际，上上策其实也随之化为灰烬，难能成全。

于是，只好退而求之，行下策。下策比较简单，好操作，只要找到事发现场，将死者血流之地的泥土石沙如数采之，权当尸骨筑一坟地，以安定死者流离之亡灵。后来，肥原果然是照样做了，重回凶杀现场，在那里挖地三尺，筑出一座新坟。每年到清明和七月半两个鬼节，肥原都要专程来作法祭奠。平时来杭城或周边公干，也跟回家似的，总要来打一头，报个到，看一看，问个安，小祭一下。

话说回去，那天晚上，王田香看到肥原去湖边坟地作法，其实就是给他亡妻上坟，芳子就是他妻子。妻子死在中国人刀下，说出来挺丢人现眼的，他当然不会如实相告。

我在想，肥原当时为什么那么积极地赶来裘庄判案，上午说下午就来了，那么兴致勃勃，除了他爱慕西湖外，还夹杂着一份对亡妻说不清的悼念之情。他想假公济私呢。他总是在找各种机会来杭城，游西湖，祭亡妻。那么好了，当顾小梦拿出四根金条要买他性命时，就不愁找不到机会了。

七

这不是传说，都上过报的，图文资料一应俱全。

据载，是一九四二年中秋夜，肥原携新妻、幼女、女仆，乘一叶轻舟，在银亮暗绿的西湖上把酒问月，却再也没有上岸。上岸时四人都成了尸，气断魂飞。那叶轻舟也成了尸，没于湖底，要人打捞。银亮的月光为打捞工作提供了方便，但最终打捞上来的只有三具尸体：妻子和女儿及女仆，没有肥原。待天色明亮，路人发现，肥原之尸已碎成三段，悬于岳庙。

令人称奇的是，四具尸首都跟传说中的武大郎的冤尸一样，**黑如炭木**，可见死前四人是吃足了毒药。船打捞上岸后，办案人员又发现，船底凿有一对拳头大的漏眼，凿功细致，绝不是在水下仓皇打凿的。

种种迹象表明，这是一起经过精心谋划和细心准备的凶杀案，杀手预先在酒水、零食和月饼等食物里下足毒药，四人吃了东西，呜呼哀哉后，杀手又潜着夜色没入湖底，从从容容地拔掉了事先凿好的漏眼塞子，将船沉没。杀手的水功一定不亚于《水浒传》中的阮氏兄弟，因为沉船的目的不仅仅抛尸灭迹，还要在水中把肥原沉重的死尸拖走，拖上岸。

据后来勘案人员说，湖底有一路脚印，长七十余米，脚印深深，可以想见有两个人在水中托举着死尸，如行走旱地，一直往北山路方向走去，近岸脚印才消失。

如果脚印留在旱地，案子或许能破，但留在雪地一样的淤泥中，想破谈何容易。侦案工作终以不了了之收场，杀手姓甚名谁，长相哪般，大概只有西湖知道。

作为一个对西湖有恩的人，我不知道西湖在见证肥原被人毒杀、碎尸时会不会感伤情乱。但我想，我要说，人死案迷对肥原来说是十分恰切的，难道他的黑手结下的无头案会少吗？少不了的。天外有天，法海无边。俗话说，多行不义必自毙。万物有万般神秘的逻辑，正如谓：你用右手挖人左眼珠，人用左手捏碎你右眼珠。这是世相的一种，不过不是那么直接、明朗而已，像暗香疏影，像暗度陈仓，是私底下的世相。

2007-7-31 完稿于成都

2013-11-10 修订于杭州

2020-7 又修

代跋

亲爱的三角梅

麦家

那个夏天，成都，凝滞的燠热，古怪的多事：官司（我状告《暗算》电视剧出品方，明明是我的原著、编剧，却要生吞活剥我），夫妻失和（唉——！），朋友交恶，孩子在学校打人，父亲间歇性失忆（痴呆收场，势在必然），新邻居夜半叮当（退休老师，以居家为作坊，伪造银制首饰：耳环、胸针、头钗等），单位改制（公司化，收入减半），失眠，腰痛，脚板底长鸡眼……这是我写《风声》的那个夏天，仿佛妖魔鬼怪统一接到命令，一起向我开火，烽火连天。这是要把我按倒在地的意思，我却以静制乱，以不变应万变：躲在裘庄里，遮风挡雨，呼风唤雨。

裘庄是他们的监狱，生活是我的监狱，那个夏天。

一切历历在目，L型的写字台，装护栏的窗户，栏顶挂着一蓬三角梅，绿叶并不翠，红叶却出奇地艳，滴血似的。三角梅种在二楼阳台上，它神奇的生命力令我吃惊；我几乎是虐待它，种在一只废弃的铁皮油漆桶里，数年如一，不施肥，不换土，只浇水，它却当奶吃——我怀疑它还能吃铁——蛮生蛮长，爬上楼顶，又侵略楼下。我每天看它，时时看它，像囚徒望蓝天一样，从中受到鼓舞，汲取力量。生活背叛了我，唯有它铁了心忠诚于我，钻进铁栏，红得灿烂，白天黑夜守着我，对我声声切切：要发愤，别趴下。这个夏天我就是如此孤寂，把一蓬红叶当亲人似的对待。也正因此，《风声》写得超常的孤独、险峻、挺拔：像我几近坠崖的人生，一寸一寸爬，披荆斩棘，死里逃生，绝处逢生。

《风声》是我“解密”三部曲的收官之作。尽管是“三部曲”，但《风声》和《解密》《暗算》有别：《解密》《暗算》是亲兄弟，姊妹篇，一条藤上的；《风声》是堂的，长在另一条藤上。如果说《解密》和《暗算》侧重的是“人的命运”，《风声》则侧重于“事的命运”。《风声》的壳（故事）是个密室逃生游戏，这是好的，任何时代的读者都欢喜游戏、娱乐。小说天生有娱乐性，你画地为牢，锁上手链脚铐，然后施出绝计，金蝉脱壳，只要脱得高明，智力上胜人一筹，读者笃定认账；只怕你黔驴技穷，破绽百出。我是理工男，设计、推理、逻辑这套，我擅长，不担心。只是，我不满足于游戏，我要装进去“思想”：对人道发问，对历史发声。于是“风声”便生出三个声音：东风、西风、静风。“东风”代共产党说一套，“西风”代国民党，反过来说一套，“静风”

是“我”静观其变，查漏补缺，翻老账，理蛛丝马迹。

理出来了吗？好像没有，也不能有。

作品终归是作家的心声，逃不脱的。《风声》是有大绝望的，也有大孤独、大坚韧，恰如我当年当时的心境。从大背景看，一九四一年的中国乃至世界令人绝望，二战局势未明，人类处于硝烟不绝的乱世。从小环境说，美丽的裘庄其实是个人间地狱，人人在找鬼，人人在搞鬼，恶对恶，狗咬狗，栽赃，暗算，厮杀，人性泯灭，兽性大发。而真正的“老鬼”，身负重任，却身陷囹圄，内无帮手，外无接应，似乎只能忍辱负重，坐以待毙。眼前大限将至，她以命相搏，绝地反击，总算不辱使命，令人肃然起敬。殊不知翻开下一页，有人跳出来，把她舍生取义的故事推翻，形象打碎，一切归零。这是多大的绝望！空间的裘庄转眼变成时间的裘庄，我们都身处裘庄里、迷宫里，看人在时间的长河里不休止地冲突、倾轧、厮打，不知谁对谁错。“我”费尽心机，明访暗探，仍不知所终，甚至挖出来更多令人心寒的“史实”。

所谓“史实”，却始终虚实不定，真相不明，像远处传来的消息。我要的就是这个，不确定：历史像坐地而起的风声一样吊诡，人云亦云，真假难辨。教科书上的历史是确定的，但果真如此吗？书上的历史其实是真实历史的驯化版，化妆过的——不是有人说，历史是任人打扮的小姑娘？我刻苦提出质疑，希望读者学会怀疑，因为怀疑的目光更接近真实、真理。这是《风声》惊心动魄的故事下的声音，弦外之音。巴尔扎克说，小说是一个民族的秘史。跟历史书对着干，这是文学的任务之一。文学很古怪的，本来只是一句话，却要写成一本书，而这也是文学的魅力所在，隔山打牛，醉翁之意不在酒。

感谢时代，已经走到“风声”面前，允许作家对历史进行钩沉、拷问。拷问历史是为了拷问人性，丈量人心：一个表面的密室逃生游戏暗藏着人类逃生的庄严拷问。这是“风声”之所以能够“四起”的命门：关乎人生的真相。《风声》出版后迅速被改编成电影，狂揽票房，然后是电视剧、话剧、游戏、绘本等衍生品粉墨登场，敲锣打鼓，《风声》小说因之红得灿烂，像那棵三角梅。现在又将推出网剧，韩国也准备翻拍电影，包括话剧、游戏、图书，都将推出新品。经过这么多年，《风声》依然活在读者的记忆里，这对作家是吉星高照。有时，我觉得《风声》给我的太多了，是因为那个夏天我付出的太多了吗？

那个夏天，那棵三角梅，真的，我忘不了。我离开成都已经十年，之后每次去成都，我都要专程去看它——我的三角梅——进不了屋，在楼下看看也好。三年前的一回，我带朋友去看它，铁皮桶已经裂开，但在五月的烈日下，它照样蓬勃得像一场大火，把我们围住。我向朋友讲起它与《风声》的因缘，朋友说：一定意义上说，“老鬼”和《风声》整个故事，都像这三角梅，在极其有限的条件下（逼仄的时空里，铁桶里）绝地求生，凭向死而生的决心和意志，硬撑出一抹血红的光彩。

我听了当场洒泪，因为我一下想起写《风声》时的心境：大孤独，大绝望，大坚韧，三角梅是我唯一的亲人。世间多难，人生多险，我们注定孤独，我们也注定要坚韧。坚韧是煎着，熬着，苦着，痛着，但我们别无选择，唯有坚韧不拔方可赢得生命尊严。老实说，我是经历过人心的险、人生的痛的，也在书写这些，但不是要人绝望，而是要你有坚守的德道，有坚韧的意志。曾经，是那棵三角梅给了我不丧气、不趴下的力量；希望，“老鬼”可以成为你的三角梅，给你勇气，给你锚力，陪你在风声肆掠的人生路上，迎风挺立。

无险的人生是无趣无聊的，如盆景，似假山；我亲爱的三角梅，如崖树一般，生在贫瘠里，凌空而长，缺土少肥，吃风受寒，却蓬蓬勃勃，年年岁岁，生生不息。这才是生命的骄傲，贫而不惫，困而不屈。虽然，我和亲爱的三角梅已分别多年，我却从不担心它死，因为死了它也是骄傲的，活在我心底里。我把它看作我良心的一部分，良在宽厚、坚强，不轻言放弃。

2018-4

图书在版编目（CIP）数据

风声 / 麦家著. -- 4版. -- 北京 : 北京十月文艺出版社, 2025.9（2025.11重印）

ISBN 978-7-5302-2395-6

Ⅰ. ①风… Ⅱ. ①麦… Ⅲ. ①长篇小说－中国－当代 Ⅳ. ①I247.5

中国国家版本馆CIP数据核字（2024）第092585号

风声
FENGSHENG
麦家 著

出　　版　北 京 出 版 集 团
　　　　　北京十月文艺出版社
地　　址　北京北三环中路 6 号
邮　　编　100120
网　　址　www.bph.com.cn
发　　行　新经典发行有限公司
　　　　　电话 (010)68423599
经　　销　新华书店
印　　刷　河北鹏润印刷有限公司
版　　次　2025 年 9 月第 4 版
印　　次　2025 年 11 月第 2 次印刷
开　　本　850 毫米 ×1168 毫米　1/32
印　　张　12
字　　数　226 千字
书　　号　ISBN 978-7-5302-2395-6
定　　价　69.00 元
质量监督电话　010-58572393
如有印装质量问题，由本社负责调换